Als die Giraffe noch Liebhaber hatte

Michael Lichtwarck-Aschoff

Als die Giraffe noch Liebhaber hatte

Vier Entdeckungen

KLÖPFER&MEYER

Inhalt

Die Blindheit des Geoffroy Saint-Hilaire
7

Das unangemessene Speckhemd
59

In diesem Jahr 1940, als der Sommer kein Ende nahm
107

Über die Bescheidenheit der Rebe
189

Die Blindheit des Geoffroy Saint-Hilaire

Aufrecht wie ein Schilfrohr saß er und schaute in den blassen Himmel über der Stadt. Saß so mühelos auf der Bank aus Eisen, als sei das die Haltung, die dem Menschen angeboren ist: mit zurückgelegtem Kopf das Gesicht in den Himmel zu halten. Stundenlang konnte er so dasitzen. Irgendetwas sah er dort oben.

Er heißt Atir.

Atir, und wie weiter? Nichts weiter. Kein Nachname überliefert, man wird ihm keinen gegeben haben. Stammte aus Sannar, einer Sklavenstadt am Blauen Nil. Dort tragen sie die Geschichte ihrer nie endenden Gefangenschaft auf der einen Schulter. Auf der anderen den Korb mit getrocknetem Kameldung. Nachnamen tragen sie nicht.

Es ist noch Nacht, wenn Atir sich auf die eiserne Bank setzt. Er blickt in die Dunkelheit. Wenn der Morgen kommt, hat er den Kopf nicht bewegt.

Und warum sollte er ihn dann jetzt bewegen, wo der alte Hilaire in den Garten geführt wird, in den *jardin du roi* der Stadt Paris. *Jardin du roi*, so hieß dieser Garten schon vor der Revolution. Eine kurze, atemlose Zeit lang war er der *jardin des plantes*, der Garten für die Pflanzen gewesen, und nicht mehr der Garten für den König. Aber in diesem Jahr 1840 ist die Wut aufgebraucht. Der Garten hat seinen alten Namen zurückbekommen. Die Zeit, während der er der *jardin des plantes* war, reichte gerade dafür, eine Revolution zu machen. Und sie wieder zu verlieren. Jetzt haben sie ihm seinen alten Namen zurückgegeben. Gegen ein mäßiges Entgelt können die Bewohner der Stadt Paris den Garten betreten. Sie tun es selten in diesem Sommer.

War es so, dass die Stadt starb, als die alten Namen wieder von ihr Besitz ergriffen? Die Straßen unter dem weißen Augusthimmel waren leer, und die Bäckerläden rochen nach kaltem Wasser. Die Fensterläden verschlossen. Die Bewohner fortgezogen, sie kommen erst wieder zurück, wenn es Zeit ist, sich im alten Kinderzimmer ein letztes Mal auf das harte Bett zu legen.

Nur der *jardin* mit seinen fremden Pflanzen und wilden Tieren, der schien noch ein paar Mal Luft zu holen.

Der junge Charcot, der Hilaire in den Garten führte, schob den alten Mann auf die Bank neben Atir, setzte sich dann an seine Seite. Legte Hilaire den Lederkoffer in den Schoß. Étienne Geoffroy Saint-Hilaire, so heißt der alte Mann. Professor für Vierfüßler, Meeressäuger, Flughunde, Reptilien und die Fische des Salz- sowie des Süßwassers im Naturkundemuseum des *jardin du roi*. Ein umfassender Beruf, könnte man sagen. Der alte Mann hatte es darin zu etwas gebracht.

Aber er hatte aufhören müssen, mit dem Sehen ging es immer schlechter. Die Welten unter dem Mikroskop verschwammen ihm, und er konnte das Grinsen im Gesicht seiner zahlreichen Gegner nicht mehr erkennen. »Hilaire schwadroniert von seinen gestrigen Verdiensten, wir wissen: Es sind die heutigen Irrtümer.« Wie will man da arbeiten.

Hilaire ging nicht mehr in sein Labor im Naturkundemuseum. Saß lieber unter der Jacaranda neben Atir und schaute blicklos in die Tage. An Atir konnte man stundenlang hinreden, ohne eine Antwort zu bekommen. Ebenso gut konnte man an ihn hinschweigen, es machte keinen großen Unterschied und war ganz gut so, fand Hilaire. Wenn er wirklich einmal redete, verschluckte Atir Silben. Aus dem ›d‹ und dem ›p‹ machte er silbrige Klicklaute. Auch aus anderen Konsonanten, die gab es nur in seinem Alphabet.

Da sitzen sie – Atir, den Kopf in den Nacken gelegt, der alte Mann Hilaire, eine milchige Haut ist über seine Augäpfel gezogen. Und der junge Charcot. Der sollte um diese Zeit eigentlich in der Schule sein, *Lycée Louis Le Grand*. Dort wird man was. Doch lieber ist er hier. Hofft darauf, dass der alte Mann von den vielen menschlichen Missbildungen erzählt, die er untersucht, von all den Leichen, die er aufgeschnitten hat. Wo das Gemüt, die Seele, die Furcht und die Gier sich im menschlichen Körper verbergen, das fesselte den fünfzehnjährigen Charcot. Er sollte sein ganzes Leben mit der Suche danach verbringen.

Wenn Charcot Hilaire in den Garten führt, sitzt Atir nicht allein auf der eisernen Bank unter der Jacaranda. Immer sind da noch drei oder vier Männer, schwarz wie Atir oder braun. Vielleicht sind es Tierwärter oder Gärtner, Labordiener, irgendetwas in der Art. Der junge Charcot begreift nicht, warum sie flüstern, als wäre die Nacht noch nicht herum. Versteht doch eh keiner ihre klickende Sprache. Sie schauen ihn und den alten Hilaire feindselig an, dann stehen sie auf und gehen davon. Ihre Schritte hört man nicht, sind sie vielleicht barfuß? Merkwürdig. Welche Heimlichkeiten kann der Wärter eines Gürteltiers, einer Mönchsgrasmücke von mir aus oder eines Nashorns denn schon haben. Oder einer, der den Buchsbaum zu geraden Mauern schneidet.

Hilaire bemerkt Atirs Kameraden nie, dafür ist er viel zu sehr mit sich selbst beschäftigt. Kameraden, so nennen sie sich untereinander. Das hat Charcot einmal gehört, das einzige französische Wort, das sie zu kennen scheinen, *camarade*, da waren sie schon im Gehen, verabschiedeten sich mit diesem Wort. Wahrscheinlich weiß Hilaire überhaupt nicht, dass sie da sind. Er glaubt wohl, dass Atir die ganze Zeit alleine dort auf der Bank sitzt. Atir, der zu Zarafa gehört. Irgendwann muss Hilaires Welt auf ihn selbst und Zarafa und den störrischen Schatten Atirs zusammengeschrumpft sein.

»Ich war gestern bei Desmarres«, sagte Hilaire jetzt anstelle einer Begrüßung. Von höflichen Floskeln hatte er nie viel gehalten. Dabei rutschten seine stumpfen Augäpfel zu den Käfigen hin, in denen die Tiere gefangen gehalten wurden.

»Desmarres sagt, heute Abend ist es vorbei. Heute noch, und dann sehe ich nichts mehr. Nichts, Atir, gar nichts. Dann bin ich blind. Nicht einmal mehr meine Schatten.«

Atir schaute wortlos in den Himmel. Was kann man sagen, wenn ein alter Mann am Abend blind sein wird.

Hinter der eisernen Bank, auf der die drei saßen, wuchs ein Jacaranda-Baum. Jussieu hatte ihn noch vor seinem Tod pflanzen lassen, obwohl es der Jacaranda hier im Winter zu kalt und im Sommer zu regnerisch sein musste. Jussieu hatte diesen besinnungslos blühenden Baum geliebt. Hatte Röhren zwischen seine Wurzeln legen lassen, sie mussten im

Winter mit warmem Wasser gefüllt werden. Man möge ihn freundlicherweise nicht darüber belehren, pflegte Jussieu zu sagen, dass die Pflanzen sich von den Tieren dadurch unterscheiden, dass die Pflanzen nicht weglaufen können. So bleibt ihnen nichts, als tapfer stehen zu bleiben. Und im Stehen müssen sie sich verteidigen, das erklärt ihre Eigentümlichkeiten, er wisse das. Aber jedes Mal, wenn er die Jacaranda anschaue, schon wahr, sie gehöre nicht hierher in die grauen Wetter von Paris, denen sie nun nicht davonlaufen könne, dann zweifle er, ob das mit dem Stehenbleiben wirklich für alle Pflanzen gelte. Für ihn sehe es jedenfalls so aus, als sei die Jacaranda ständig im Begriff, mit einem blühenden Lächeln davonzulaufen. Bestimmt bliebe die Leichtfüßige nur seinetwegen im *jardin*.

Jetzt im August war die Jacaranda lang verblüht. Zwischen ihren Zweigen hindurch blickte Atir in den Himmel. Auf seinem Gesicht sah man den Schatten der Jacaranda nicht. Seine Haut war schwarz, so schwarz dass, eigentlich war sie blau.

Atir zog einen Kamm unter seinem Hemd hervor, zog ihn durchs Haar.

»Du musst mir helfen, Atir.« Hilaires Stimme war rauh.

»Die Welt hat sich mir schon so lange entzogen. Nur meine Schatten sind mir geblieben, das weißt du. Nicht die auch noch verlieren, irgendetwas muss mir doch bleiben. Desmarres sagt, es ist aus, er kann nichts für mich tun. Jemand hat in Nôtre Dame eine Kerze für mich angezündet. Wenn ich nichts mehr sehe, und habe niemanden außer dem jungen Charcot hier, der mich auf die Bank führt, da kann ich gleich in die Grube steigen. Heute schaffe ich das noch ohne Hilfe. Morgen wird mich schon einer an die Hand nehmen müssen dafür.«

Es war so, dass Hilaire seit langem nur noch Schatten sah. Er hatte geglaubt, dabei werde es bleiben, immerhin Schatten, man lernt ja, damit umzugehen. Weicht man der Begegnung mit Neuem sorgfältig aus, kommt man zurecht. Oft hatte er Atir erzählt, was er mit hinübernehmen wollte in die Dunkelheit. Welche Erinnerung, welches Bild, welche Buchseite, welche Farbe. Aber das war doch nicht ernsthaft gewesen. Mehr wie ein Spiel, das den Dingen des Lebens Reihenfolge und Ordnung geben sollte. Was war wichtig, was unwichtig. Jetzt war diese grauenvolle Finsternis wirklich. Sie würde morgen auf ihn kommen.

Wie kam Hilaire darauf, dass Atir ihm helfen könnte? Ein Eingeborener aus dem Sudan, der nichts gelernt hatte, als mühelos wie ein Schilfrohr aufrecht zu sitzen und mit zurückgelegtem Kopf in den Himmel zu starren. Wo Desmarres, der berühmteste Augenarzt Frankreichs, keinen Rat mehr wusste. Hilaire kannte den Wärter Atir seit Jahren. Die beiden, der Professor für unbekannte Tiere und der Wärter für ein einziges Tier, verbrachten die Vormittage nebeneinander auf der Bank unter der Jacaranda. Der eine rollte seine stumpfen Augäpfel in Richtung der Käfige. Der andere hielt das Gesicht in den Himmel. Manchmal redete Hilaire über die Vergangenheit. Atir redete fast nie.

Hinter ihren Käfigstäben erwachten die Tiere. Im *jardin du roi* schlafen sie länger als ihre Verwandten in Freiheit. Gittertüren wurden aufgeschlossen. Die Wärter schleppten Körbe mit Fleisch hinein. Hilaire selbst war es gewesen, der vor Jahren die ersten Tiere in den *jardin* gebracht hatte. Vergessen, wie das meiste von dem, was er geleistet hatte. Später würde sein Sohn berichten:

»Nach dem 10. August 1792 wurde die Menagerie des Königs in Versailles geplündert. Ein wunderschönes Dromedar, mehrere kleine Vierfüßler und eine große Anzahl von Vögeln wurden entweder aufgegessen oder geschunden. Nur fünf Tiere, darunter ein indisches Nashorn und ein Löwe, entkamen dem Gemetzel. Doch sie gehörten unglücklicherweise wie die anderen Tiere auch dem König und wurden deshalb als Erinnerungsstücke der Tyrannei betrachtet. Sie waren überdies nutzlos, mussten gefüttert werden und waren eine Gefahr für die Stadt. Daher wurde ihr Tod beschlossen.«

Entgegen diesem Beschluss hatte Hilaire die letzten wilden Tiere vor der Wut der Fischverkäuferinnen und dem Hunger der Tagelöhner in den *jardin* geschafft. Er hätte selber nicht sagen können, warum er das tat. Widersetzlich war er nicht. Und dass die Menschen essen müssen, das verstand er. Wenn es keine Schweine und Hühner mehr gibt, dann müssen eben die Panther und Pfauen gekocht werden. Jetzt waren die Tiere froh, wenn das Auftauchen der Wärter mit Fleisch, rohen Kartoffeln oder Blättern bewies, ihr letzter Tag war noch nicht gekommen.

»Atir, verdammt, ich brauche deine Hilfe. Muss ich erst vor dieser Bank auf meine alten Knie gehen, damit der Herr mir zuhört? Ich sehe nichts mehr, nur noch bis heute Abend.

Dich sehe ich nicht, unseren Schüler Charcot hier nicht, Paris nicht, Zarafa nicht, vor allem Zarafa nicht mehr. Hör mir endlich zu, du Vieh. Hör mir bitte zu und hilf mir.«

Welche Hilfe mag Hilaire von dem Schwarzen erwartet haben? Der Zufall hatte die beiden nebeneinander auf die Bank gegenüber der Rotunde im *jardin* gesetzt. Sie hatten sich nichts zu sagen, und, sieht man von Zarafa ab, kein anderes Interesse aneinander als die eigene Verlassenheit. Sie saßen jeden Morgen unter der Jacaranda und warteten. War es Mittag geworden, kam Hilaires Diener und holte ihn wieder ab. Welchen Grund hätte der schwarze Tierwärter gehabt, Hilaire, diesem von aller Welt vergessenen Wissenschaftler, zu helfen? Und: Was versteht ein Tierwärter vom Sehen?

Tatsache ist, dass Atir dem alten Hilaire früher durchaus schon geholfen hatte. Auf unaussprechliche Art hatte er geholfen, ohne es selber zu wissen und bestimmt, ohne es zu wollen. Sudanesische Magie. Die wirkt am zuverlässigsten, wenn man nicht daran glaubt. Ein aufgeklärter Naturwissenschaftler kann darüber höchstens lachen. Trotzdem. Die Zauberei hatte Hilaire Erleichterung verschafft für die Bresthaftigkeit des Alters.

Da war diese Sache mit dem Harnverhalt, ein peinliches und schmerzhaftes Leiden. Wenn man Hilaire nicht mehrmals am Tag mit einem Katheter Erleichterung verschaffte, käme es zu einer Urinvergiftung. Er wusste selbst nicht, warum er Atir davon erzählt hatte. Was ging den blauschwarzen Silbenesser ein fremder Harnverhalt an. Irgendwann später hatte Atir einen Zweig der Jacaranda abgebrochen und gedankenlos daran herumgeschnitzt. Am Ende sah das Stück Jacarandaholz aus wie eine Rinne. Er hatte dieses Holzstück ohne ein erklärendes Wort auf der Bank liegen gelassen, vergessen vielleicht. Hilaire, er wusste nicht, warum eigentlich, steckte das Holzstück ein, dachte nicht mehr daran. Aber, merkwürdig, mit dem Harnverhalt war es seither besser. Manchmal brauchte er den ganzen Tag keinen Katheter. Er hatte Atir nichts davon gesagt.

»Kannst du einmal aufhören mit diesem nervtötenden Haarekämmen«, – Hilaire wird kaum gesehen haben, dass Atir sich kämmte, vielleicht erkannte er das Geräusch, mit dem Atir den Kamm durch sein störrisches Haar zerrte – »und mir einmal im Leben eine Antwort geben? Bitte, Atir, hilf mir doch.«

Atir schwieg.

Später sagte er: »Desmarres hilft nicht. Die berühmten Kollegen helfen nicht. Die Beichtväter von Nôtre Dame wissen nichts. Was soll Atir wissen, der dumme Schwarze. Hat Lesen und Schreiben nicht gelernt. Hat gelernt, wie man auf eine Giraffe aufpasst, sonst nichts. Und wenn er helfen könnte – warum sollte er es tun? Da sitzt einer jeden Tag neben einem auf der Bank aus Eisen. Er füllt Atirs Ohren mit seinem Leben. Muss Atir deswegen sein Freund sein? Ist Atir ihm etwas schuldig für seine Erinnerungen? Das möchte man schon wissen. Er hat doch nie danach gefragt.«

Eine Antwort war das nicht. Atir gab selten eine Antwort. Am ehesten war es ja noch ein Nein.

Es ist auch nicht ausgeschlossen, dass Atir einfach zu müde zum Antworten war. Die Nächte erschöpften ihn. Manchmal wünschte er sich längere Tage, damit sein Körper sich erholen konnte von den Begierden irgendeiner Aurélie oder Éloise. Die Damen der Pariser Gesellschaft hatten die schöne Zarafa vergessen. Den schwarzblauen Wilden Atir hatten sie nicht vergessen. Ganz und gar nicht. Wenn er vor Morgengrauen in den *jardin* zurückkehrte, wusste er nicht, wen er mehr verabscheute, sich selber oder die verschwitzten, milchweißen Körper. Im *jardin* warteten dann schon die Kameraden mit ihren Plänen auf ihn. Wüste, hirnrissige Pläne. Fieberträume, die abgewogen, erörtert und verbessert werden wollten. Schwer zu entscheiden, ob Atir so viel schwieg, weil er tiefe, sudanesische Gedanken dachte. Oder weil er unausgeschlafen war. Ständig musste er sich den Schlaf aus den Haaren kämmen. Wachen Tiere eigentlich auf, bevor sie ausgeschlafen haben? Sind Meerkatzen schlaflos? Das kann man sich fragen.

Atirs Nächte interessierten den Schüler Charcot noch mehr als Hilaires Leichenöffnungen. Aber Atir dachte nicht daran, davon zu erzählen. So erregte Charcot sich an reichlich ungenauen Traumbildern von einem schwarzblauen Schatten zwischen milchweißen Schenkeln. Später würde er daraus seine Lehre von der weiblichen Hysterie entwickeln. Die ihn wiederum zum Unbewussten führte. Als man ihn befragte, (die Geschehnisse sollten gründlich aufgeklärt werden und Charcot war schließlich Augenzeuge gewesen,) kam heraus, dass er nie etwas Handfestes beobachtet hatte. Die Gestalten, die weggingen, wenn er mit Hilaire in den *jardin* kam. Atir, der sich den Schlaf aus dem Haar kämmte, Andeutungen, die die Phantasie des Schülers erhitzt hatten. Mehr hatte er nicht zu berichten. Nur, dass Atir das Arabische und das Französische, vielleicht auch andere Sprachen, flüssig las und schrieb, obwohl er unbegreiflicherweise so tat, als sei er

Analphabet, das konnte Charcot bezeugen. Und dass die Wärter sich untereinander *camarade* nannten. Ja, das auch.

In den Käfigen begannen die Tiere jetzt zu rufen und zu trompeten, zu schnarren und zu schnalzen, zu heulen und zu blöken. Noch lärmten sie ohne rechte Überzeugung. Als müssten sie erst ausprobieren, wie viel Töne die Morgenkühle trägt. In der Rotunde, dem palastartigen Gebäude, vor dem die drei auf ihrer eisernen Bank saßen, rührte sich nichts.

»Was verlangst du für deine Hilfe, Atir? Du kannst alles haben. Ich gebe dir alles. Wenigstens die Schatten will ich von dieser Welt behalten.«

Atir gab keine Antwort. Legte nur den Kopf zurück in den Nacken.

Der junge Charcot stand auf und ging zur Rotunde, in der es heute seltsam still blieb. Sonst stand sie doch um diese Zeit schon dort, den anmutigen Körper straff aufgerichtet. Genoss die tastenden, zudringlichen Blicke.

Charcot verstand nicht, warum es Hilaire in den Wahnsinn trieb, sie nicht mehr sehen zu können. Obwohl, was kümmert einen Schüler Anmut. Er erkennt sie ja nicht einmal dann, wenn sie ein Schild um den Hals trägt. Anmut ist eine Sache für das Alter. Hilaire war zu diesem Zeitpunkt etwas über achtundsechzig Jahre. Seit seiner Niederlage gegen Cuvier vor zehn Jahren sah er sich als Greis. Als einen Greis ohne Würde. Aber die Liebe zu Zarafa war wichtiger als Würde. Füllte die Leere, die die Würde hinterlassen hatte.

»Atir! Einmal wenigstens, einmal gib Antwort!«, drängte Hilaire.

»In Sannar und den Dörfern ringsum«, sagte Atir, »gibt es genug Blindheit. Die Würmer bringen sie mit dem Blauen Nil. Wenn der Regen ausbleibt, kommen sie durch den trockenen Sand. Sie bohren sich durch die Haut und das Fleisch der Muskeln. Sie nehmen einen langen, schmerzhaften Weg. Bis sie in der Augenhöhle ankommen. Die alten Frauen, die so viel Blindheit gesehen haben, sagen, man muss sich an etwas erinnern, was einem Scham bereitet. Was man in sich hineingetan hat, damit man es vergisst. Man muss es herausgraben. Wie die Würmer, die man aus den Augenhöhlen gräbt. Man muss es von allen Seiten ansehen. Es abwaschen. Das hilft manchmal, sagen sie. Sehr selten. Wenn man sich wirklich reinwäscht, geht man vielleicht nicht ganz in die Dunkelheit. Aber es ist schwierig und gefährlich. Wenn man es nicht schafft, bleibt einem nur die Scham. In die Dunkelheit muss man trotzdem.«

»Wofür soll ich mich schämen?«, fragte Hilaire. Als könnte der Sudanese, der Tierwärter, ihm, dem einst berühmten Tierwissenschaftler Étienne Geoffroy Saint-Hilaire, einen Vorschlag machen, wofür er sich schämen könnte.

»Muss ich mich für meine Niederlage gegen Cuvier schämen?«

Die Niederlage gegen Cuvier. Das fiel ihm natürlich als Erstes ein.

Es kümmerte schon lange keinen mehr, soll der Ordnung halber hier aber doch erwähnt werden: Hilaires Niedergang hatte sich bereits vor zehn Jahren, mit dem Pariser Akademiestreit, abgezeichnet.

Die Jahre um 1830 waren eine schlechte Zeit für Hilaires

Ideen über den Fortschritt in der Natur. In der Natur und überall. Aber hätte er damals deswegen den Mund halten sollen? Seine Niederlage war ausgemacht, sobald er anfing zu reden. Sein Gegner, Professor Cuvier, – Georges Chrétien Dagobert Cuvier, auf so einen Namen musst du dir erst einmal etwas einbilden –, war vor zwei Zeitaltern sein Schüler gewesen. Inzwischen selbstverständlich Baron Cuvier. Und der Baron hatte sich, sozusagen unter der Hand, in ein Schwein verwandelt. Ein dummes Schwein, wenn man Hilaire gefragt hätte.

Ob die Natur sich weiterentwickelt oder ob sie stillsteht und fertig ist, ein für alle Mal, darum war es gegangen. Ob es einen einheitlichen Bauplan gibt, auf den alles Lebendige zurückgeht und je weiter die Entwicklung fortschreitet, desto stärker wird vom ursprünglichen Plan abgewichen, desto weniger ähneln die lebenden Dinge sich untereinander, wie Hilaire annahm. Oder ob die Natur aus genau jenen vier Klassen besteht, vier, keine mehr und keine weniger, in die Cuvier sie einzementiert. Cuvier war der Meinung, Gott habe alles so herrlich eingerichtet, dass es nichts mehr zu verbessern gebe.

Das also war die Frage. Das, und nicht irgendwelche griffelförmigen Zungenbeinfortsätze, von denen Cuvier, der Versteinerungsspezialist, natürlich mehr verstand als er, Hilaire. Cuvier hatte so getan, als ginge es um Zungenbeinfortsätze. Was Unsinn war, aber eben das Einzige, von dem der Baron etwas verstand. In Wirklichkeit ging es ja um die Idee der Entwicklung. Aber wer hätte Hilaires Gedanken über Höherentwicklung noch ernsthaft zugehört, wenn man ihn schon mit einem Zungenbeinfortsatz niederschlagen konnte?

Das Tierreich war vom Herrn Baron in vier Klassen eingeteilt, die durch unüberwindliche Mauern voneinander getrennt sind:

Zuoberst die Wirbeltiere, die Gott als fertige Wirbeltiere auf die Welt geschickt hatte, und die sich seit der Schöpfung bis zum Jüngsten Tag nicht weiter verändern würden. Darunter sodann die Gliedertiere, also die Würmer und ihre Verwandten, auch sie, solange die Bibel gilt, also in alle Ewigkeit, nur Würmer. Noch tiefer die Weichtiere und ganz zuunterst die Strahlentiere. In diesen vier Klassen erschöpfte sich das Lebendige. Was oben war, blieb oben, und was unten war, blieb unten. Eher ginge ein Kamel durch ein Nadelöhr, als dass ein Plattwurm sich zu einer Giraffe entwickelte. Was den Baron anging, so hat Gott die Lebewesen zu Gefangenen ihrer Klasse gemacht. Ein Hottentotte bleibt ein Hottentotte, eine Kellerassel eine Kellerassel, ein Bauer ein Bauer und ein Herzog ein Herzog. Alles andere ist Gotteslästerung. Kein Wunder, dass so einer es bis zum Justizberater des Bourbonenkönigs und zum Pair von Frankreich bringt. Hat dieser Schwachkopf in meinem Unterricht eigentlich überhaupt nie zugehört, fragte Hilaire sich. Redet von Versteinerungen und meint Steuersätze.

»Das ist doch«, hatte Hilaire dem jungen Charcot immer wieder gepredigt, »überhaupt das Wichtigste: dass wir einander ähnlich sind. Wir müssen erst einmal ähnlich sein, damit wir uns zu Unähnlichen fortentwickeln können. Alle Geschöpfe der Natur, vom Flösselhecht bis zu Cuvier sind einander ähnlich. Der Flösselhecht ist meine Entdeckung, das fürs Protokoll. Und was einander ähnlich ist, ist miteinander verwandt, hat denselben Vorfahr. Auf die Empfindlichkeiten eines Herrn Cuvier, der sich für unverwechselbar und einzigartig hält, kann keine Rücksicht genommen werden.«

Man hatte über Hilaire im Akademiestreit gespottet. Der sieht wohl so schlecht, dass er ein Zungenbein nicht mehr von einer Mistgabel unterscheiden kann. Der redet besser nur noch mit seinen kleinen Freundinnen, den Wurzelmundquallen, während ernsthafte Wissenschaftler wie Cuvier ihre Schlüsse in zuverlässigen Stein meißeln. Hinter seinem Rücken hatte es geheißen: Hilaire, ach der! Eine Karikatur seiner selbst. Ganz aus der Zeit gefallen, der arme Kerl. Bald lachte man ihm ungeniert ins Gesicht. Dass er das alles nicht mehr so genau mit ansehen musste, war für Hilaire eine Erleichterung gewesen. Sein Gehör war ohnehin wohltuend schlecht.

Viel war Hilaire nach diesem Streit nicht geblieben. Ein bisschen Erinnerung in kleiner Münze. Die ruhmreichen Tage, als er Napoleon nach Ägypten begleitete, oder Zarafa von Marseille nach Paris. Kein Geld. Ein leerer Labortisch im Institut, lange nicht mehr benutzt. Eine Wohnung mit drei kahlen Zimmern unweit des *jardin*, die er sich mit seinem Diener teilte. Sein Harnverhalt. Die Tage im *jardin du roi*, auf der Bank neben Atir, unter der Jacaranda. Und eben Zarafa, seine wunderschöne Zarafa. Die vor allem. Wenn Desmarres Recht hatte, Desmarres hatte immer Recht, würde er sie schon morgen nicht mehr sehen können.

So bindet der Zufall diese drei Menschen auf der Bank vor der Rotunde zusammen, knüpft aus ihren Lebensfäden, kurz bevor sie ihr ausgefranstes Ende erreichen (aber Charcots Faden war ja noch lang und glatt) einen festen Knoten.

Hilaires hoffnungslose und fast blinde Liebe zu Zarafa hing jetzt zusammen mit den Plänen Atirs und seiner Kameraden, und diese mit der Neugier des Schülers Charcot. Und alles das war verschnürt mit der Leiche, deren Scham, eingelegt in einem mit Eau de Vie gefüllten Schauglas (Ausstellungsstück Nummer 33) seit zehn Jahren im Naturkundemuseum ausgestellt wurde. Das Wirkliche klingt manchmal weit hergeholt. Manches würde man beim Aufschreiben lieber weglassen, oder Gründe dazutun, sich Verbindungslinien ausdenken, die es wahrscheinlicher aussehen lassen. Die Vergangenheit verstehen heißt oft genug, Muster auch dort erkennen, wo es gar keine gab. Und vielleicht war es doch kein Zufall, sondern ein sudanesischer Zauber, der alles zusammenführte?

Über Atirs Pläne muss gesprochen werden.

Man hat später darüber gestritten, ob die Pläne Atirs und seiner Kameraden überhaupt als Pläne bezeichnet werden können. Ein Plan braucht ja eine Struktur, einen Ausgangspunkt A, ein Ziel B, den Weg C, auf dem das Ziel erreicht werden soll. Atirs Pläne hatten keine Struktur. Sie hatten nur ein Ziel. Die Mittel, glaubte Atir, würden sich finden.

Es gab im *jardin* noch eine andere Welt. Sie lag, sagen wir, anderthalb Meter unter dem Rasen, den Gewächshäusern und den Käfigen der Meerkatzen, Panther und Bonobos. Es war die Welt der Wärter, der Kameraden. Zusammen mit den Tieren hatte man die Kameraden in den *jardin* geschafft, sie sollten den fremden Tieren Heimat vorspielen. Ein paar Säcke Sand, eine Dattelpalme und zwei Araber, die ein Kopftuch trugen, das wird reichen, um das

Heimweh des Elefanten und des Nashorns zu lindern. Dazu die Gärtner, die den Buchsbaum zu Figuren schnitten, die Gehilfen, die mit dem Kot der wilden Tiere die Pflanzen düngten. (Keine einfache Aufgabe, verträgt sich die Gladiole mit dem Gepard? Und der Rosenbaum mit dem Elefantendung?) Mit den Jahren waren diese Unsichtbaren zu einem strunkigen Geflecht zusammengewachsen, auf dem der *jardin* nun ruhte. Nein, nicht ruhte. Denn sie waren nicht zuhause in diesem Leben, ewig unzufrieden, unruhig waren sie. Anders musste es werden. Sie dachten, dafür bräuchte es ein Fanal. Sie müssten ein Fanal entzünden in der toten, blassen Stadt Paris.

Angefangen hatte es damit, dass einer sich die Beutelratte gebacken hatte. In einen Mantel aus Lehm gewickelt und ins Feuer gelegt. Nicht so sehr aus Hunger, zu essen bekamen die Unsichtbaren genug. Vielleicht aus Heimweh oder weil er eine Pflicht gegenüber seinen Göttern erfüllen musste; es schien, er dürfe darüber nicht sprechen. Es war die letzte Beutelratte ihrer Art gewesen. Die französischen Oberaufseher im *jardin* hatten sich entsetzlich aufgeregt, obwohl die Besucher sich nie für die Beutelratte interessiert hatten. Eine Untersuchung wurde angeordnet, bei der nichts herauskam. Der Wärter, der für die Beutelratte verantwortlich gewesen war, wurde entlassen. Man brauchte ihn ja auch nicht mehr. Er verschwand in den Straßen von Paris. Hinterher dachten sie, die kleine Beutelratte hatte kein richtiges Fanal abgegeben. Für ein Fanal müsste man ein größeres Tier backen. Andererseits waren die großen Tiere nicht ungefährlich. Es gab auch nicht genügend Lehm.

Die Unzufriedenheit der Kameraden wuchs, als man anfing, im *jardin* nicht nur wilde Tiere auszustellen, sondern zusätzlich wilde Menschen. Menschen wie die Wärter, manchmal mit den passenden Tieren, manchmal ohne. Die Menschen mussten zu den Tieren passen, und die Tiere zu den Pflanzen, so herum ging es im *jardin*.

Die Rotunde im Zentrum war der Platz, wo die schönsten, die wildesten, die absurdesten Wesen ausgestellt wurden. Solche, die es eigentlich gar nicht geben dürfte. Höchstens in den Albträumen der Franzosen. Eine Familie von Menschenfressern hatte ein paar Wochen lang ihr Leben hinter den Gittern der Rotunde gelebt. Keine Wand, kein Schirm. Sogar ihre Notdurft hatten sie vor aller Augen verrichten müssen. Ein Paar Ainus, beide so ausgiebig behaart, dass man nicht sicher war, ob hinter den Gittern nicht doch zwei Bären saßen. Zarah Baartman, die Hottentottenvenus. Alles, was das große Frankreich sich unterworfen hatte, dessen ungezähmte Wildheit es sich jetzt vor Augen führen lassen wollte. So kam es, dass auch die Unsichtbaren aus der Unterwelt des *jardin* auf einmal sichtbar wurden. Man begaffte diese Dunklen mit ihrer blauen Haut, in ihren Kopftüchern und Turbanen, verglich sie mit den rotärschigen Pavianen und den zutraulichen Bonobos.

Es war jedes Mal schwer vorherzusagen, welche Gefühle die exotischen Lebewesen auslösen würden. Mit Zarafa war es so gewesen: Die Menschen hatten Zarafa geliebt, wie toll geliebt, auch wenn sie ihnen jetzt gleichgültig geworden war. So war das eben, die Liebe ist eine kurze Sache. Vor Zarah Baartman hatten sie sich geekelt. Vielleicht war es der Ekel vor sich selbst, vor der dumpfen Begierde, die sie in ihnen weckte. Niemand hatte sich gewundert, dass diese Frau, als man das Gitter der Rotunde für sie aufschloss, hinausging auf die Straßen von Paris und ihren hässlichen Körper feilbot.

Ein Fanal wurde immer dringender. Sie würden keine Petitionen schreiben und keine Bittgänge abhalten. Wenn sie schon Wilde waren, dann würden sie sich auch so verhalten. Ein Fanal musste her. Ein paar machten ihrer Wut auf eigene Faust Luft. Sie saugten das Eau de Vie, in dem die missgebildeten Föten und die monströsen Körperteile eingelegt waren, aus den Schaugefäßen ab, ersetzten es durch Wasser und verkauften es an die armseligen Pariser Säufer. Die Naturwissenschaftler beschwerten sich, dass ihre Missbildungen in den Schaugläsern verschimmelten. Andere stahlen das Fett menschlicher Leichen, die in den Laboratorien obduziert wurden. Die Emaillierer schworen, vom Fett menschlicher Leichen bekäme die Emaille einen durchscheinenden Glanz. Sie zahlten gut dafür, aber irgendwie waren die Leichen ohne ihr Fett nicht mehr vollständig, manche meinten sogar: entehrt. Es gab Ärger und Unruhe. Ein richtiges Fanal kam dennoch nicht zustande.

Einer hatte damit angefangen, Zarafa zu vergiften. Jeden Tag eine kleine Portion Strychnin, damit es aussah, als litte sie unter einer chronischen Krankheit. Atir war dagegen. Er hatte einen besseren Plan. Einen, der ein echtes Fanal auslösen würde.

Die Kameraden warfen Atir vor, dass er mit Hilaire und dem jungen Charcot redete. Aber erstens redete er tagsüber fast nie. Zweitens gehörte es zu seinem Plan. Drittens und außerdem hatte er Mitleid mit Hilaire, der aus der Welt gefallen war, mit dem alten Mann und der närrischen, letzten Liebe seines Lebens.

Hilaire, der Atirs Mitleid nicht wahrnahm, kam nicht des Sudanesen wegen täglich in den *jardin*. Nicht wegen der eisernen Bank, der blassen Himmel oder der Jacaranda.
Der alte Hilaire kam Zarafas wegen, Zarafa, was heißt: ›die Liebliche‹. Nie hatte er jemanden so geliebt.

Wenn der junge Charcot ihn zum Reden bringen wollte, dann reichte das einzige Wort Zarafa, und Hilaire konnte gar nicht mehr aufhören mit dem Erzählen.
»Am 4. Mai 1827, das Datum werde ich nie vergessen.« Hilaire tat so, als läse er seinen damaligen Bericht ab, den er aus dem Lederkoffer hervorgekramt hatte; tatsächlich erzählte er ihn auswendig her, wie ein Kind, das vorgibt, es könne lesen:
»an diesem Maitag sind Zarafa und ich uns in Marseille das erste Mal begegnet. Noch heute feiere ich diesen Tag wie meinen Geburtstag. Ich erinnere mich, es regnete. Das zarte Geschöpf hatte eine unvorstellbare Reise hinter sich. Von den äthiopischen Hochebenen, wo man sie gefangen hatte, in die Stadt Sannar und über den Blauen Nil nach Khartum, und von dort den Sklavenweg weiter nach Kairo und Alexandria. Auf den Sklavenschiffen lassen sie alte Frauen mitfahren. Die müssen die neuen Sklavinnen trösten und sie lehren, sich in ihr Schicksal zu ergeben. Zarafas Gefährten dagegen waren selber Neulinge in der Sklaverei, die davon und vom Trösten nichts verstanden: drei Milchkühe, die ihre besten Freundinnen werden sollten, zwei seltene Antilopen, ein Paar edler Pferde.

Ein sardischer Zweimaster führte sie über das Mittelmeer. Ins Deck hatten sie ihr ein Loch gesägt, damit ihr Stolz nicht beschädigt würde, und sie den Kopf hochhalten und über das Mittelmeer schauen konnte, das noch keine Giraffe vor ihr je gesehen hat. Außer der einzigen Medici-Giraffe, aber das ist weit mehr als zweihundert Jahre her und fällt hier nicht in Betracht. Wie ein eleganter Mast erhob sich ihr Hals vor den beiden anderen Masten des sardischen Schiffs.

Der Hals ihres Wärters Atir war krumm gebogen, denn unter Deck konnte er den Kopf nicht heben. Und oben auf dem Deck hatte er nichts zu suchen. Man ersparte dem Neger Atir den Anblick des Meeres, und dem sardischen Meer den Anblick eines Negers aus Sannar. Europa hat viel Feingefühl.«

Das sagte Atir immer an genau dieser Stelle. Wenn er nicht gerade schlief oder oben im Himmel etwas suchte, das nur er finden würde. Hilaire und Charcot warteten darauf, dass Atir hier unterbrach. Aber was der heute an dieser Stelle von Hilaires Bericht sagte, war völlig unerhört:

»Die alten Frauen sagen, wenn man sich wirklich fürchtet vor der Dunkelheit, dann ist es nicht genug, sich zu erinnern. Das, wofür man sich schämt, muss man umdrehen. Man muss es noch einmal machen. Aber dieses Mal muss man es recht machen.«

Hilaire war verblüfft. Damit Hilaire sich in seiner Schattenwelt zurechtfand, sollte Atir eigentlich immer an derselben Stelle mit genau denselben Worten unterbrechen, sollte der junge Charcot immer dieselben Fragen stellen, sollten die Tiere des *jardin* stets auf dieselbe Weise blöken und trompeten. Verwirrt wühlte er in dem Lederkoffer, den Charcot ihm auf den Schoß gehoben und für ihn geöffnet hatte. Seine Finger ertasteten ein paar Geldscheine. Er streckte sie in Atirs Richtung. Der sah gar nicht hin.

Außer seinem Lohn nahm Atir kein Geld an. Oft steckten Besucherinnen Münzen durch die Gitterstäbe. Atir hob sie auf, spuckte darauf, und warf die Münzen hinter den Besucherinnen her, sobald die sich umdrehten. Selber Geld auszugeben war dagegen ein Akt der Rache, den er sich gerne gönnte. Abends schickten die tagsüber so unnahbaren Pariser Damen ihre Lakaien nach Atir. Sie empfanden eine ungekannte Lust, wenn der blauschwarze Wilde sie erniedrigte. Bevor er ging, legte er ihnen ein Stück Geld auf den Nachttisch. Nicht viel, sie waren ja billig, und das sollten sie wissen. Atir genoss seinen Hass.

Hilaire ließ die Geldscheine zurück in den Koffer fallen. Er war aufgeregt und verwirrt. Trotzdem musste er den angebrochenen Bericht über seine Hochzeitsreise mit Zarafa zu Ende führen. Musste aber auch herausbekommen, was Atir mit seinen Andeutungen meinte.

»Willst du sagen, Atir, es ist nicht die Niederlage gegen Cuvier, es ist die, nun sagen wir: die Sache mit Zarafa eben, für die ich mich schämen muss? Denk ruhig, mein junger Freund«, damit wandte Hilaire sich an den jungen Charcot, »denk ruhig, ich sei in Zarafa verliebt. Der alte Narr liebt eine Giraffe, sagst du dir und schüttelst den Kopf. Dabei ergeht es mir doch nur so, wie es jedermann mit Zarafa ergeht. Völlig hilflos ist man gegenüber ihrer wilden Schönheit. Gerade das, was uns auf den ersten Blick so seltsam schief und unproportioniert erscheint, berührt uns tief. Und weißt du warum?

Weil wir darin ein höheres Gesetz ahnen. Dass nämlich die Natur das, was sie an der einen Stelle dazufügt, – etwa bei Zarafas viel zu langen Vorderbeinen oder ihrem Hals, der kein Ende hat –, dass sie das an einer anderen Stelle fortnimmt, an ihrem mitleidsvoll abfallenden Rücken, ihrem entzückend kurzen Rumpf etwa oder ihren kindlichen Hinterbeinen. Damit stellt sie die Gesamtproportion wieder her. Ich habe daraus das Gesetz vom Ausgleich der Organgrößen abgeleitet.«

Der junge Charcot seufzte. Er wünschte sich blutvolle Tatsachen. Während Hilaire ihn auf seine mühsamen Ausflüge ins Allgemeine mitzerrte. Die unternahm er wahrscheinlich nur, um seine verrückte Liebe zu einer Giraffe zu rechtfertigen.

Immer, wenn Hilaire die Geschichte seiner Hochzeitsreise mit Zarafa erzählte, führte ihn die Erinnerung zurück nach Marseille, wo Zarafa im November 1826 an Land gegangen war. Sie lebte dort, beim Grafen Villeneuve-Bargemont, dem Präfekten von Marseille. Die Bürger der Stadt Marseille, in deren Hafen doch die merkwürdigsten Lebewesen an Land gehen, gerieten außer sich vor Begeisterung. Der Präfekt brachte Zarafa in einer Suite seines Palastes unter, während Madame *soirées à la girafe* veranstaltete, in deren Mittelpunkt Zarafa stand, gelassen und neugierig. Die Damen frisierten ihr Haar *à la girafe*, was immer das bedeuten mochte, die Herren trugen Krawatten und Westen mit dem Muster von Zarafas Fell. Hilaire konnte noch jetzt den weichen Regen schmecken, und den Duft des Thymian, den der Wind von den umliegenden Hügeln herunter in die Stadt Marseille trägt. Eine Giraffenweste besaß Hilaire nie.

Charcot wusste, an dieser Stelle kam dann der Vortrag darüber, welche Bedeutung die Schönheit der Giraffe für die Wissenschaft habe. Schönheit werde erst dann zu einer Tatsache, wenn ein Muster erkennbar sei, das sie vollende. Gleichzeitig aber müsse sie, um wirkliche Schönheit zu sein, genau dieses Muster verletzen, es überschreiten. Im Falle Zarafas gehe es um ein Muster der Entwicklung. Der wissenschaftliche Name Zarafas sei *giraffa camelopardis*, so als sei die Giraffe aus der Vereinigung eines Kamels mit einem Leoparden entstanden. Selbstverständlich sei eine solch chimärische Hochzeit gegen die Natur, müsse notwendig steril bleiben, brächte nie eine Zarafa hervor. Diese entstünde vielmehr aus der schrittweisen, sinnvollen Veränderung von Proportionen und jenen Funktionen, die durch diese Proportionen vorgeschrieben wurden, hin zu einem Geschöpf schließlich, das nur aus Hals, Vorderbeinen und schierer Eleganz besteht. Bis es am Ende mit seiner blauen Zunge Akazienblätter erreiche, die für jeden anderen Vierbeiner unerreichbar hoch wachsen.

»Eine weiße Frau muss aufgeschnitten werden. Genau hier in der Rotunde. Jeder soll dabei zusehen. Die Leiche einer weißen Frau. Und ein Schwarzer, der das weiße Fleisch so in den Händen hält, dass man ihr Innerstes sieht«, sagte Atir unvermittelt.

Hilaire kam endgültig keinen Schritt mehr vorwärts auf seiner Hochzeitsreise. Ihn konnte dieser rätselhafte Atir doch nicht gemeint haben, nicht ihn. Aufschneiden. Obduktion. Er führte schon lange keine Obduktionen mehr durch. Zudem war es heute schon das zweite Mal, dass

Atir Hilaires Bericht mit einer falschen Bemerkung unterbrach.

Aber es war schon so – Atir hatte tatsächlich Hilaire gemeint. Die Eröffnung einer weißen Frauenleiche, bei der ein Schwarzer assistierte, das sollte sein Fanal werden. Als Hilaire heute Morgen von seinem Besuch bei Desmarres berichtet hatte, und von der Gewissheit, dass er erblinden würde, hatte Atir begriffen: Da hatte der Zufall ihm endlich die Chance auf ein Fanal in den Schoß geworfen. Wenn er jetzt nicht zugriff. Er musste Hilaire nur dazu bringen, an irgendeinen sudanesischen Hokuspokus zu glauben. Die alten Weiber in den Dörfern seiner Heimat waren ein recht guter Einfall gewesen. Den eigenen Frauen trauten die Europäer nicht viel zu. Aber wenn von der uralten Mütterweisheit schwarzer Völker geraunt wurde, bekamen sie Gänsehaut. Zur Mütterweisheit packe man noch Schuld und Scham, (die übel gelaunten katholischen Götter witterten ohnehin überall Schuld), fertig war der Zauber Afrikas. Jetzt zahlte es sich aus, dass Atir damals, als er die Rinne aus Jacaranda geschnitzt hatte, bereits Magie auf Vorrat betrieben hatte. Hilaire, der sich so sehr fürchtete, die letzte Verbindung zu einer Welt zu verlieren, die ihn längst vergessen hatte, Hilaire würde alles glauben, alles. Hilaire würde obduzieren, Atir würde ihm dabei die Hand führen. Ein garantiertes Fanal.

Kein dummer Plan, auch das muss gesagt werden.

Jetzt fragte Charcot, der ja wusste, wenn man Hilaire über seine Zarafa nicht ausreden ließ, würde es nie bis zu den blutvollen Tatsachen kommen, fragte, nur um das Gespräch am Leben zu halten:

»Sie haben mir ja einmal gesagt, dass Zarafas Reise von Marseille nach Paris ein Triumphzug war. Worin bestand denn der Triumph?«

Womit hatte Zarafa triumphiert? Das war die Frage. Hilaire fiel es schon schwer, einzelne Menschen zu lesen, jemanden, mit dem er sich unterhalten, dem er etwas erklären oder abschlagen musste zum Beispiel. Wie sollte er verstehen, warum ganze Dörfer und Städte jubelnd und schreiend, lachend und weinend, ja weinend, an Zarafas Weg von Marseille nach Paris gestanden hatten? Warum führte der Anblick dieses ebenso gewaltigen wie zarten Tieres dazu, dass die Menschen auf den Kopfsteinen Fandango tanzten? Wieder und wieder hatte Hilaire in seinen Berichten festgehalten, wie Zarafa sich verhielt, was sie bewegte, was sie peinlich berührte oder ängstigte. Er hatte beschrieben, wie arglos Zarafa sich der Führung der Kühe anvertraute, die auf der Reise vor ihr hergetrieben wurden. Zarafas Schamhaftigkeit ließ es zu, dass alle, die sie sehen wollten, sich ihr nähern durften. Sie hatte es aber nicht gern, berührt zu werden.

Die Hunderttausende am Straßenrand bei ihrer Hochzeitsreise von Marseille in den Pariser *jardin du roi* mussten in Zarafa etwas gesehen haben, das sie in sich selber suchten. Die Wildheit eines Erdteils, den sie unterworfen hatten. Das Fremde, dessen unheimliche Bewegung sie in sich spürten, wie die Muskeln unter Zarafas buntem Fell. Wie gedankenlos die sich bewegten, wie kraftvoll, wenn Zarafa die Blätter aus den Wipfeln der Linden zupfte, die den Platz der Revolution beschatteten. So wie man die ungeheure, anmutige Giraffe bezwang, so hatte man Afrika bezwungen. Und so würde man die Wildheit in sich selber bezwingen. So musste es sein.

Die Menschen ahnten durchaus, dass die Unterwerfung Afrikas nicht nur Fortschritt und Zivilisation in diese dunkle Weltgegend gebracht hatten. Aber bewies Zarafa nicht gerade, dass Unterwerfung und Anmut, beides zugleich möglich ist. Fremdheit und Vertrautsein, die Zivilisation und diese Wildheit, die einem tief innen bleibt, die einen unruhig macht. Afrika war nicht wirklich gezähmt, das ahnte man, es konnte sich jeden Tag so hoch aufrichten wie eine Giraffe und ausschlagen. Aber hier, auf der Hochzeitsreise von Marseille nach Paris, kam Afrika zu ihnen und sie zu sich selber. Afrika hatte ihnen sein schönstes Tier geschickt, eine Giraffe, ohne Alter. (Man rechnete das Alter dort nach Monden). An einer Leine aus Ziegenleder, die Atir in der Hand hielt, lief Afrika gefügig durch die französischen Alleen. Es war hoch wie ein Kirchturm, und so wild, wie man es sich vorgestellt hatte, und so zärtlich, wie man es nie erträumt hätte. Es war gerade so menschlich wie diese Giraffe. Zarafa machte Afrika begreiflich. War das die Ursache für Zarafas Triumphzug, für die Giraffomanie, die Frankreich damals erfasst hatte? Ein Jahr lang vergaßen sie alles außer der Giraffe. Dann hatten sie genug von Zarafa. So wie sie von allem genug bekommen.

»Zwei Wochen nachdem wir uns zum ersten Mal begegnet sind, am 20. Mai 1827, brach ich mit Zarafa zu unserer Reise nach Paris auf. Ich hatte Zarafa gegen unseren Regen, von dem sie in ihrer Heimat nichts wissen, einen Ölumhang anmessen lassen. Eine mühevolle Arbeit. Der

Schneider glaubte, es reiche, wenn er das Öltuch mit einem dicken Strick achtlos zusammennähe, es sei ja nur ein Tier. Ich musste ihn daran erinnern, dass auch wir nur Tiere sind und dann seinen Lohn verdoppeln, bis er schließlich das Öltuch mit Nähten verarbeitete, die fein genug waren, dass sie Zarafa nicht drücken würden. Außerdem hatte ich ihr Lederschuhe anfertigen lassen, die ihre empfindlichen Hufe auf dem langen Marsch schützen sollten. Wir nahmen weiches Leder, und diese Schuhe, eigentlich eher so etwas wie dicke Strümpfe, mussten alle paar Meilen durch neue ersetzt werden.«

Es war ihre Hochzeitsreise gewesen. Wenn Hilaire davon erzählte, wärmte die Augustsonne seinen trockenen Körper noch einmal. Sogar heute, wo er immer wieder daran denken musste, dass nach diesem Abend alles für ihn dunkel bleiben würde.

»Der Graf von Villeneuve-Bargemont hat sich Zarafas wahrhaftig wie einer Tochter angenommen, und auch mir ist er dadurch zu einem wirklichen Freund geworden. Täglich habe ich ihm berichtet, wie unsere Reise verlief, und wie Zarafa die jeweilige Etappe erlebte. Ich hatte das Gefühl, ein sehr intimes Tagebuch auf einer sehr sentimentalen Reise zu führen. Hin und wieder ließ ich den Grafen hineinschauen.«

In seinem Koffer fanden Hilaires Finger Abschriften seiner Briefe an den Präfekten.

»Dies alles belegt die alte Redensart«, hatte Hilaire geschrieben, »dass es einen speziellen Gott für die unschuldigen Geschöpfe gibt – und der kümmert sich auch um Giraffen. Wie viel, lieber Graf, verdanke ich Ihnen; und ich wiederhole mein Versprechen, dass ich Sie auf dem Laufenden halten werde über diese Tochter Ihrer Zuneigung und Aufmerksamkeiten. Wie Sie vorgeschlagen haben, ließ ich gestern den Ölumhang unseres armen, kleinen, sehr großen Mädchens mit dem Wappen Frankreichs schmücken. Was uns nun allerdings den Erpressungen der Gastwirte ausliefert, die wir entlang unserer Reise aufsuchen müssen. Wir bezahlen für unser Wappen. Das Königstier, so meinen die, hat ja einen Herren, den unverschämte Preise für Kost und Logis nicht schmerzen. Mich reden sie kurzerhand mit Comte de la Girafe an, stellen Sie sich das vor. Ich gestehe, es rührt mich, und ich bin schwach genug, es nicht zurückzuweisen. Kommen wir in die dicht bevölkerten Städte, ist es das Vordringlichste, unsere schöne Afrikanerin vor den Neugierigen zu schützen. In einer Stadt, die von dreißigtausend Menschen bewohnt wird, kommen leicht zwanzigtausend, um sich in Zarafa zu vergaffen. Stellen Sie sich das einmal vor. Ich muss gegen die immer höher heranbrandenden Menschenmassen ankämpfen, die sich um meine Zarafa drängen. So geht das jeden Tag.«

Der alte Mann schwieg, er schien die Strapazen der Reise noch einmal durchzumachen. Atir spielte mit seinem Kamm. Er war ja dabei gewesen, hatte Zarafa am Zügel aus Ziegenleder geführt. Die Innenfläche seiner Hände war hell geschliffen von diesem Zügel. Er hatte von dem Fleisch gegessen, das noch von Zarafas Mutter stammte, die sie zusammen mit Zarafa in den Bergen nahe Sannar gefangen genommen hatten.

»Meine arme Schöne hat sich nie anmerken lassen, wie sehr die Neugier und die Bewunderung der Menschen sie erschöpften. Ich habe ihre empfindsame Seele gelesen. Ich habe dem Präfekten berichtet, welche Scheu Zarafa davor hatte, dass wildfremde Menschen ihr dabei zusehen sollten, wenn sie ihre Milch trank. Sie können sich nicht vorstellen, mein lieber Graf, wie fügsam Zarafa ist, auf wunderbare Weise völlig gehorsam. In Loriol trank sie abends und am nächsten Morgen sehr tapfer vor der ganzen Gesellschaft aus ihrem Napf mit Milch, sie ziert sich nicht länger, aber sie ist sehr mitgenommen. Paris, der König, ganz Frankreich ist trunken von Zarafa.«

Die Sonne stand hoch über dem *jardin*. Der junge Charcot sah zu den Käfigen. Der Panther und die Riesenschlangen dösten in der Hitze.

»Diese Stadt, Jean-Marie, verschlingt und vergisst alles. Auch Zarafa, von der sie erst nicht genug bekommen konnte. Nur Atir, der sie kämmt, und ich, der die braunen und gelben Farben ihres Fells nicht mehr erkennt, wir sitzen noch immer hier und leisten ihr Gesellschaft.«

»Die Leiche einer weißen Frau. Eine Weiße, unbedingt. Huren hat es in Paris genug«, wiederholte Atir jetzt.

Hatte der völlig den Verstand verloren? Wovon redete der? Am ehesten eine Gehirnentzündung. Die Ausschweifungen. Wie kam Atir darauf, dass man die Leiche einer weißen Frau öffnen musste, damit Hilaire nicht völlig erblindete? Falls er das überhaupt gemeint hatte. Der Mensch war ein Rätsel. Er aß Silben. Wer verstand so einen schon.

Für eine Leichenöffnung reichte Hilaires Augenlicht nicht mehr. Er würde sich nur die Finger abschneiden oder gleich die ganze Hand. Er würde die Organe verfehlen, selbst wenn es ihm gelänge, den großen Schnitt von der Kehle bis ganz hinunter zur Scham auszuführen. Und bei diesem blinden Gemetzel sollte ihm ein Schwarzer assistieren. Eine absurde Vorstellung. Wo die Öffnung einer Leiche noch immer als eine Schändung angesehen wurde.

Wie sollte er denn an eine Leiche kommen. Eine weiße Weiberleiche würde ihm keiner anvertrauen. Nicht nach der Niederlage gegen Cuvier, als es offenbar geworden war, dass der alte Hilaire nicht einmal ein Zungenbein erkannte. Der würde doch wieder nur nach seinen widernatürlichen Ähnlichkeiten und Verwandtschaften suchen. Verwandtschaft zwischen dem Flösselhecht und der Dirne, zwischen der weißen Frau und der Meerkatze. Gotteslästerlich. Aus gutem Grund hatte man angeordnet, dass Leichen nur am anderen Seine-Ufer, in den Hörsälen der Medizinischen Fakultät der Sorbonne geöffnet werden durften. Nirgends sonst. Auch nicht mehr hier im Naturkundemuseum des *jardin*, wo Hilaire noch ein verwaistes Labor besaß. In den Leichenschauhäusern von Paris, in den ungezählten unwürdigen Schuppen, die sich ›Anatomiesaal‹ nannten, wurde Unfug mit den Toten getrieben. Es war der Abfall von Paris, der hier darauf wartete, wenigstens einmal im Leben zu etwas nutze zu sein.

»Die Öffnung einer weißen Leiche? Davon redest du? Das soll mir gegen die Blindheit helfen?«

Atir blieb stumm. Es war das, was er am besten konnte. Er hatte ja gesehen, dass seine Worte sich in Hilaire hineingebohrt hatten wie ein Nilwurm. Sie würden ihm wüste Schmerzen bereiten, ihn hoffen, ihn verzweifeln lassen. Eigentlich konnte er den alten, traurigen Mann ganz gut leiden. Aber wo es nun einmal beschlossene Sache war, dass der erblindete, und nichts mehr daran war zu ändern, konnte er Hilaires Blindheit genau so gut benutzen, um das Fanal zu entzünden.

Hat sich der Zufall darum gekümmert, dass es eigentlich gar nicht Atirs eigener Plan war? Darüber wird nichts gesagt. Jedenfalls gab es diesen Plan (oder etwas Ähnliches) schon lange, nämlich seit Oktober 1816, als Hilaire und Cuvier die Leiche Zarah Baartmans geöffnet hatten. So lange gab es diesen Plan. Er war vergessen worden. Dann holte ihn einer der Kameraden wieder aus dem Gedächtnis, Einzelheiten wurden hinzugefügt, anderes wurde verworfen. Für ein paar Tage, Wochen oder Monate redeten die Kameraden von nichts anderem, dann verstrich die Gelegenheit, er wurde wieder vergessen und erneut hervorgeholt und jedes Mal wurde Zarah Baartman mehr zu einer Prinzessin, zu der Prinzessin, die sie von Geburt aus bei den Khoikhoi ja gewesen war. Aber statt ein Denkmal für sie zu errichten, stellte man ihre Körperteile in Eau de Vie zur Schau. Der Hass und die Wut der Kameraden waren gewachsen. Und jetzt Hilaires Blindheit.

Hilaire wusste, wie sinnlos es war, Atir zu bedrängen. Er würde, den Kopf im Nacken, auf der eisernen Bank sitzen und schweigen. Atir konnte nicht nur die Augen schließen, sondern auch die Ohren. Mit jedem Wort, das man an ihn richtete, sank er tiefer in sich hinein. Bis er überhaupt aufhörte, da zu sein. Sie konnten das vielleicht alle, diese

Sklavenvölker. Auf einer eisernen Bank sitzen wie in blauen Schiefer gehauen.

Hilaire war so müde von den vielen offenen Leichen, in die er im Laufe seines Lebens hatte hineinschauen müssen. Es hatte Leichenöffnungen gegeben, die heimlich abgelaufen waren. Und es hatte andere gegeben, die sich zu einem gesellschaftlichen Ereignis ausgewachsen hatten. Die umso hitziger diskutiert wurden, je gründlicher sich die Menschen davor ekelten. Am meisten Aufsehen hatte die Obduktion der Hottentottenvenus Zarah Baartman erregt. Das war damals noch zusammen mit Cuvier gewesen, dem Herrn Baron, der so versessen auf die Schürze war. Die Schürze, nur die hatte ihn doch interessiert.

Das Fleisch der Hottentottin war weiß und rosa gewesen, wie das jeder anderen Leiche. Nur außen war sie schwarz. Keine Schwimmhäute zwischen den Zehen, keine wölfische Gebärmutter, keine Brüste wie die Euter irgendeines Milchviehs. Die Anatomie einer Frau, das Hinterteil ein wenig ausladend, sonst nichts Erwähnenswertes. Aber was für eine öffentliche Erregung. Monatelang hatte man diese Hottentottenvenus, als sie noch lebte, in der Rotunde ausgestellt. So wie man heute Zarafa ausstellte. In genau demselben Käfig dort. Auch die Obduktion hatten sie in der Rotunde durchgeführt.

Das hatte der Zufall nun miteinander verknotet.

Cuvier war ganz besessen gewesen von der Schürze. Er, Hilaire dagegen, war enttäuscht. Keine Falte, keine verborgene Höhle in diesem hundsgewöhnlichen Frauenkörper. Nichts, worin sich der Abdruck einer Seele gefunden hätte, oder wenigstens die Hohlform einer Fremdheit, die Spur einer Abweichung, die die Hottentottin in eine Entwicklungslinie gestellt hätte, irgendwo zwischen Äffin und Pariser Frau.

Sollte er sich für seine Enttäuschung schämen? War es das, was Atir meinte?

Keine Leichen mehr, nie mehr. Damit war es vorbei, und er war froh darum. Hilaire wollte nur noch Zarafa sehen. Auch wenn er sie schon kaum mehr erkannte. Wenigstens noch diese gelassene Bewegung ihres Halses. Dieses unbegreifliche, hilflose Schwanken. Als er noch besser sah, hatte er gedacht, jetzt, jetzt müsse sie aus ihrer Höhe herabstürzen. Er hatte den Atem angehalten. Jedes Mal hatte sie sich im letzten Augenblick gefangen. Dann schwankte sie wieder. Inzwischen war er ruhiger geworden, weil er begriffen hatte: Dieses Schwanken und sich wieder Fangen, das ist nur Zarafas Art zu gehen.

Aber bevor Hilaire noch fragen konnte, ob Atir wirklich jene Obduktion der Hottentottenvenus vor einem Vierteljahrhundert meinte, kam, pünktlich, wie stets, Hilaires Diener, packte den alten Mann am Arm, sagte, es sei höchste Zeit für seinen Katheter, ob er an der Urinvergiftung krepieren wolle, er solle es ihm nur geradeheraus sagen, vorher schulde er ihm allerdings noch den Lohn für das letzte halbe Jahr, wies den jungen Charcot mit einer Kopfbewegung an, er solle den Koffer nehmen, und zerrte Hilaire aus dem *jardin*, zu den kahlen drei Zimmern, die der sein Zuhause nennen musste.

Wie seit aller Zeit saß Atir auch am nächsten Morgen auf der eisernen Bank. Als wären wir Menschen Schilfrohr, wenn man uns nur ließe.

Nur dass der *jardin* an diesem Morgen ein anderer war. Er hielt den Atem an. Als habe er über Nacht von Atirs Fanal erfahren. Eine Unruhe, ein Brausen zwischen den Wurzeln der Jacaranda, unbestimmbare Geräusche aus den Käfigen, deren Echo die Buchsbaummauern zurückwarfen. Tierwärter rannten ohne Sinn und Verstand zwischen den Käfigen hin und her. Gittertüren kreischten in den Angeln.

Wie jeden Morgen hatte der junge Charcot Hilaire hergeführt. Ängstlich fragte er Atir, er war überhaupt schnell verängstigt, ob diese Unruhe etwas zu bedeuten habe.

Jemand habe, antwortete Atir, ungewohnt gesprächig, jemand habe die Käfige aufgeschlossen. Jedenfalls behauptete der Verwalter das. Die Tüpfelhyänen seien schon verschwunden, mit ihnen zusammen die Erdwölfe, die Springböcke und der Panther. Anderen schien die Freiheit so unheimlich zu sein, dass sie ihre Käfige nicht verlassen wollten. Sobald aber ein Wärter versuchte, die Gittertür zu schließen, fauchten und brüllten sie voller Verzweiflung. Keiner wagte es, sich denen zu nähern, die die Freiheit fürchteten. Die Rotunde war leer, Zarafa nicht zu sehen. Die sei aber nicht verschwunden. Man habe gestern beschlossen, dass sie krankheitshalber nicht zur Schau gestellt werden dürfe. Sie solle in den hinteren, dem Publikum nicht zugänglichen Stallungen bleiben, sie ertrüge gegenwärtig keine Besucher. Ein Zeichen sei das, wie schlecht es ihr ginge. Sehr schlecht, sie fresse kaum noch, ihre Zunge sei verfärbt.

Als Charcot heute den alten Hilaire zur Bank führte, hatten Atirs Kameraden sich nur zögerlich und offensichtlich widerwillig entfernt. Charcot meinte später, er habe in ihren Gesichtern den Aufstand, mindestens aber ein spöttisches Grinsen gesehen. Schon im Gehen, hatten sie sich immer wieder umgedreht. Als hätten sie etwas mitzuteilen. Und Atir hatte heute keinen Schlaf aus seinem Haar zu kämmen. Stattdessen blies er eine Melodie auf seinem Kamm. Ein Fandango, mit dem die Sklaven Havannas den Boden schlagen. Heute tanzte der *jardin* seinen kopflosen Tanz dazu.

Wie von selbst rollten die milchigen Augäpfel des alten Hilaire dorthin, wo Zarafa sonst stand. Die Unruhe im *jardin* vergrößerte seine eigene. Nach Desmarres' Voraussage sollte er heute eigentlich bereits blind sein, das war jeden Augenblick so weit, er wusste nicht, ob er sich damit abgefunden hatte. Nein, nicht abgefunden. Er brauchte unbedingt Atirs Rat, schnell brauchte er ihn. Er würde diesen Menschen schütteln, die Hilfe aus ihm herausquetschen. Und dann Zarafas Erkrankung, wenn Zarafa stürbe, wozu sollte sein Augenlicht noch gut sein.

Was ziemlich dramatisch klingt. Für seine Verhältnisse war es das wohl auch, schon lange läpperte sein Leben nur noch so vor sich hin, er hatte gar nicht gemerkt, dass da noch Aufregung übrig sein könnte. Gewiss, auch daran hatte er sich gewöhnt, seine schöne Zarafa war schrecklich anfällig. Sie vertrug das Klima schlecht und das dauernde Angestarrtwerden. Ihre langen Beine waren nicht gemacht für das knappe Dutzend Schritte, die sie in der Rotunde tun konnte. Aber in den heißen Sommermonaten ging es ihr sonst doch gut. Wenn sie im August Fieber hatte und keinen Appetit, dann musste es sehr ernst sein.

Wenn seine Augen ihn verließen, hätte er nur noch seine Finger. Vielleicht könnte Atir ihm zeigen, wie man Zarafa kämmen musste. Ihr Fell könnte er noch spüren, seine Finger würden sich an ihre Farben erinnern, die dunklen Flecken eine Spur wärmer als das Gelb ihres Rückens, am kühlsten wäre das weiße Fell, das die Innenseite ihrer Schenkel bekleidete und sich nach oben bis hinauf zu ihrer Kehle zog. Was genau forderte Atir von ihm, damit er seine sudanesische Magie an ihm erprobte?

»Das, was wir damals mit der Hottentottenvenus taten, noch einmal tun?«, fragte Hilaire Atir, grußlos und so, als sei ihr Gespräch gestern gar nicht unterbrochen worden. »Eine weiße Frau und ein schwarzer Leichenöffner? Daran denkst du? Welchen Skandal das machen würde. Ein unvorstellbarer Skandal. Ein Fanal geradezu, das stellt die Welt auf den Kopf oder von mir aus auf die Füße, dreht sie jedenfalls herum. Wie kommt einer wie du überhaupt dazu, etwas von Zarah Baartman zu wissen? Sie ist Geschichte, es war lange vor deiner Zeit, wer erinnert sich denn noch an sie. Ja, wir hatten Zarah Baartman ein paar Monate lang hier in der Rotunde ausgestellt, das stimmt. Und ja: an Zarafas Platz, genau dort im Käfig der Rotunde. Ein Zufall, was sonst. Sie hatte eine Reise hinter sich, die noch länger war als die Zarafas. Sie kam vom Kap. Und diese alte Geschichte wird jetzt mein Augenlicht retten? Wie soll das gehen?«

Atir dachte nach. Und dann war es schon das zweite Mal an diesem ungewöhnlichen Tag, dass er so etwas wie eine Antwort gab.

»Zarah hieß sie nicht. Es hat nur keinen interessiert, wie

sie wirklich hieß. Zarah, den Namen kennt ihr Volk, die Khoikhoi, nicht. Satchwe, das könnte es gewesen sein. Die Buren werden sie Zarah genannt haben, vielleicht auch Saartje, weil ihre klumpige Zunge den richtigen Namen nicht herausbringt. Ich war nicht dabei damals, als sie hier in der Rotunde stehen, tänzeln und sich begaffen lassen musste. Das stimmt. Ich war nicht dabei, als die Herren später dann hier in der Rotunde ihre Leiche geöffnet haben. Das stimmt. Aber andere waren dabei. Andere geben die Geschichte weiter. Wir reden miteinander. Wir sind das Gedächtnis des *jardin*. Wir sind nicht auslöschbar. Wir bewahren alles auf, alles. Auch wenn wir nichts ändern können, bewahren wir es doch auf.«

Er verschluckte nicht so viele Silben wie sonst. Man konnte ihn verstehen.

Und dann fuhr Atir mit dem Kamm, den er zwischen Zeigefinger und Daumen hielt, auf seltsame, fast ungeschickte Weise hielt, so wie man vielleicht irgendein spezielles, selten benutztes Instrument hält, mit dem man empfindliche Hirnwindungen freipräpariert, fuhr Atir also in Hilaires geöffneten Koffer, zwischen die Papiere und Hefte, die Hilaire da mit sich herumschleppte. Es sah aus, als wolle Atir die Bibel stechen. Obwohl in dem Koffer keine Bibel war, und der Schwarze mit einer Bibelstelle, die sein Kamm gestochen hätte, wenig hätte anfangen können. Charcot allerdings hatte gesehen, dass es kein zufälliges Bibelstechen war. Atir konnte ausgezeichnet lesen. Es war ganz offensichtlich, dass er das Stück Papier, in das der Kamm stechen sollte, sorgfältig ausgesucht hatte. Für die Wirkung seiner Magie hätte er sich dieses Zauberkunststück sparen können.

Der junge Charcot nahm das Papier heraus, das Atirs

Kamm gestochen hatte. Atir sah ihn an, nickte ihm zu, er solle vorlesen. Das tat er dann auch.

»Mister Bullock, Eigentümer des Kuriositätenkabinetts in Piccadilly, gab zu Protokoll, Ende August 1810 sei ihm die Haut einer Giraffe sowie, als Beipack dazu, eine lebende Hottentottenfrau zum Kauf angeboten worden. Er sei dann allerdings so frei gewesen, dem Besitzer lediglich die Giraffenhaut abzunehmen.«

»Ja«, nickte Hilaire, »so ist Zarah Baartman nach Europa, nach London gekommen. Im Beipack.«

Das Papier war das Protokoll einer Gerichtsverhandlung.

Die Unruhe im *jardin* war jetzt zu einem hohen Summen angeschwollen, dazwischen Schreie, wie wenn auf Schiefer gekratzt wird. Eine Gruppe großäugiger Meerkatzen hatte sich entschlossen, ihren Käfig zu verlassen. Eng aneinandergedrängt, schlichen sie über den Rasen, beobachteten über die Schulter hinweg die anderen Geschöpfe genau. Erschraken über deren Aussehen. Sie wussten, was die anderen für Geräusche machten, gesehen hatten sie die noch nie. Auch andere wurden jetzt mutiger, hüpften, schlüpften, schlichen durch die offenstehenden Türen ihrer Käfige. Mit einem Sprung retteten sich die Meerkatzen in die Zweige der Jacaranda. Sahen hinunter auf Hilaire, der, wie er glaubte, alles von ihnen wusste.

In Hilaires Lederkoffer gab es ein großes Plakat, das wochenlang in den Straßen Londons gehangen hatte. Eine augenscheinlich nackte Frau mit einem gewaltigen, aufreizenden Hinterteil, eine Pfeife im Mundwinkel, auf dem Kopf eine Wollmütze, als herrsche dort, wo sie herkam, und trotz ihrer Nacktheit, Kälte. Darunter stand:

»Die Hottentottenvenus – gerade angekommen! Und zu besichtigen zwischen ein Uhr und fünf Uhr nachmittags in Piccadilly Nummer 225, London. Sie kommt von den Ufern des Gamtoos-Flusses, der die Grenze zum Kaffernland im Innern Südafrikas bildet, und ist ein nahezu perfektes, erregendes Exemplar dieser ungewöhnlichen Rasse. Ab nächsten Monat, 24. September 1810 – versäumen Sie die Hottentottenvenus nicht. Eintritt zwei Shilling pro Person.«

Am Rand des Plakats, in kleinen Buchstaben noch, dass die Rechte an dieser Darbietung das Eigentum Zarah Baartmans seien. Was immer so ein Recht bedeuten mochte.

Jetzt, fast fünfundzwanzig Jahre später, hatte die Gestalt Zarah Baartmans keine Ähnlichkeit mehr mit der nackten Frau auf dem Londoner Plakat. Alle, die den Untergrund des *jardin* bildeten, sein eigentliches Erdreich, die Wärter, die Gärtner, die Pfleger, die Unsichtbaren, die Kameraden, alle kannten ihre Geschichte und gaben die Farben ihrer ganz persönlichen Sehnsüchte und Verzweiflung dazu. Sie war geboren 1789, im Jahr der Französischen Revolution. Das schien ihnen mittlerweile wichtig. Auch wenn dies, wie so Vieles, selbstverständlich wieder nur ein Zufall war. London, Paris, ganz Europa hatte sie sehen wollen, sie bewundert, ihr zu Füßen gelegen. Die wollene Mütze hatte sie abgelegt, und gegen das Diadem einer Prinzessin oder einen Heiligenschein, je nachdem, ausgetauscht. Nur eine wirkliche Prinzessin konnte die Träume der Europäer so beherrschen.

Dass jedermann sie sehen wollte, bewies, sie war keine Sklavin. Sie hatte Europa einen Spiegel vorgehalten. Europa schaute in den Spiegel und kniff schnell die Augen zu. Zarah Baartman war das geworden, was sie sein musste. Eine Prinzessin der Revolution, ein Traum vom Aufruhr. Ein Fanal.

Das Gerichtsprotokoll ist sehr einfach und nüchtern.

Zu der Gerichtsverhandlung war es folgendermaßen gekommen. Als noch der letzte Londoner Zarahs nackten Körper begafft hatte, jeder Autor einen Schwank über sie geschrieben, und jeder Komponist sein albernes Liedchen auf sie gemacht hatte, da, auf einmal, begann man sich Sorgen über Englands Ansehen zu machen. Einer, der weiß Gott oft genug im Piccadilly gewesen war, um sich an ihrem Körper sattzusehen, schrieb der Zeitung, dass England bekanntlich ein freies Land sei. Hier habe jedermann die Freiheit, sich zu erniedrigen, wolle er oder sie seinen Lebensunterhalt auf andere Weise nicht bestreiten. Die Hottentottenvenus, die mit der Schaustellung ihres Körpers Einkünfte für ihren Wärter erwirtschafte, sei nun aber nichts weiter als eine Sklavin. Er habe gelesen, schreibt der Mann, die Luft Großbritanniens sei zu rein, als dass Sklaven sie atmen dürften. Die Hottentottenvenus, von der man jetzt genug gesehen habe, müsse deshalb des Landes verwiesen werden. Ihre Zurschaustellung verletze die Würde des Vereinigten Königreiches.

Richtig kam es daraufhin zu einem Prozess, den ein Mister Macaulay, ein Aktivist der Gesellschaft gegen den Sklavenhandel, angestrengt hatte. Er wollte feststellen lassen, dass Zarah Baartman gegen ihren Willen im Kuriositätenkabinett von Piccadilly 225 ausgestellt werde. Sie habe ein Anrecht darauf, in ihre Heimat zurückgeschafft zu werden. Darum ging es in der Gerichtsverhandlung.

In diesem Augenblick brachen zwei Antilopen, vielleicht diejenigen, die man als Gefährtinnen für die Giraffe Zarafa mitgebracht hatte, die Berichte sind hier ungenau, mit weiten Sprüngen durch die Mauern des Buchsbaums. Atir machte Klicklaute, die Antilopen blieben einen Augenblick stehen, witterten zu Atir hin, flüchteten dann in Richtung der Stadt. Ein Nilpferd trottete hinter ihnen her.

»Sie sei«, las der junge Charcot weiter aus dem Gerichtsprotokoll vor, »mit ihrem Einverständnis nach England eingereist und bekam für die Ausstellung ihrer eigenen Person im Kuriositätenkabinett Piccadilly die Hälfte der Einnahmen versprochen – sie stimmte zu, für die Dauer von sechs Jahren nach England zu kommen. Mr. Dunlop, der Schiffsarzt, der sie nach England gebracht hat, versprach, sie nach dieser Zeit auf eigene Kosten zurückzuschicken und ihr das Geld, das ihr gehört, mitzugeben. Sie hat keine Beschwerde zu führen gegen ihren Herrn oder die, die sie ausstellen; ist ganz und gar glücklich mit ihrer gegenwärtigen Lage; hat kein Bedürfnis, irgendwie in ihr eigenes Land zurückzukehren, nicht einmal mit der Aussicht, ihre zwei Brüder und vier Schwestern zu sehen; sie wünscht hierzubleiben, weil sie das Land schätzt, und sie bekommt Geld von ihrem Herrn, um am Sonntag ein paar Stunden mit einer Kutsche herumzufahren. Sie hat sogar zwei schwarze Diener, die sich um sie kümmern;

einer der Männer hilft ihr morgens, wenn sie fast vollständig angekleidet ist, das Band um ihre Taille zu schnüren; ihr Kleid ist zu dünn, darüber hat sie sich bei ihrem Herrn beschwert, der ihr wärmere Kleidung in diesem kalten Land versprochen hat. Zu den verschiedenen Fragen, die wir an sie gerichtet haben, ob sie, wenn sie könnte, irgendwann aufhören würde, ihre Person auszustellen, konnten wir keine befriedigende Antwort aus ihr herauslocken. Die Klage wurde abgewiesen, so steht es am Ende des Protokolls. Der Kronanwalt fügte hinzu, dass es sehr zu Gunsten des Ansehens dieses Landes war, dass sogar eine Hottentottin Freunde finden konnte, die ihre Interessen schützten. Im Übrigen werde sie auch nicht nackt ausgestellt, unter ihrem hautengen Seidenanzug trüge sie immer noch einen baumwollenen Anzug.«

Der junge Charcot ließ das Protokoll sinken. Wir sollen ihn uns als Jüngling mit schulterlangem Haar vorstellen, das er glatt zurückgekämmt trägt. Er benutzt Pomade. Aus seinem weichen Jünglingsgesicht springt das viel zu männliche Kinn heraus. Und diese Augen. Auf allen Bildern – aus seinen späteren Jahren gibt es viele – hat er diesen irritierten, flackernden Blick. Man würde ihn einmal den ›Napoleon der Neurosen‹ nennen. So sieht er aus.

Er war ja neugierig und beweglich, suchte im Inneren, nie im Außen. Seine Leidenschaft war die Photographie, er wollte das Innere unbestechlich festhalten. Damit würde er als Neurologe berühmt werden. Er hätte gerne die Tiere photographiert, die jetzt immer mutiger ihre Käfige verließen. Aber er war zu ängstlich. Außerdem hielten sie nicht lange genug still. Eine einzige Photographie der damaligen Ereignisse gibt es. Aber auch da ist unsicher, ob Charcot sie gemacht hat, oder wie sie überhaupt entstanden ist. Man sieht ein Gewirr von Zweigen, und wenn man will, erkennt man dazwischen große, staunende Augen. Vielleicht von Meerkatzen, aber die Photographie ist unscharf, es könnte auch etwas anderes sein. Noch lieber hätte Charcot natürlich die nackte Hottentottenvenus photographiert, von der das Protokoll der Gerichtsverhandlung ein so anderes Bild zeichnete, als er es sich vorstellte. Aber das ging natürlich nicht mehr.

»Das hier ist Cuviers Bericht über die Obduktion unserer Hottentottenvenus am 17. Oktober 1816«, Hilaire hielt ziellos ein Blatt in die Luft, »du musst kein Anatom sein, um zu verstehen, dass ihm im Fall der Zarah Baartman die Anatomie herzlich gleichgültig war. Er interessierte sich nur für ein sehr spezielles Thema.«

Es war ein alter Koffer, den Hilaires Diener jeden Tag mit zum *jardin* brachte, wo er ihn an Charcot übergab. Das Leder wie aus dem Ohr eines Elefanten geschnitten. In dem Koffer steckte alles, was Hilaire von seinem Leben als berühmter Wissenschaftler geblieben war. Charcot musste ihn Hilaire auf den Schoß legen und öffnen. Dann tappten die Finger des Alten den Morgen lang in dem Koffer herum. Führten zwischen den brüchigen Papieren ihr eigenes Leben, ohne dass der Rest seines Körpers es merkte. Jedes Mal fiel Charcot auf, dass Hilaire gar nicht so alt sein konnte, wie er tat. Vielleicht gab es ihm eine Entschuldigung dafür, dass ihn nur noch so wenig interessierte. Seine Welt umfasste diesen Koffer aus Elefantenohr, gefüllt mit Notizbüchern,

Labortagebüchern, Zetteln, Zeitungsausschnitten, Abhandlungen und Kopien von Abhandlungen. In diesen Papieren waren seine Finger zuhause. Erinnerten sich, wie die gegnerischen Argumente sich anfühlten und wie die eigenen, wo die schwachen Überzeugungen hingekommen waren und wo die starken lagen. Unablässig und wie aus eigenem Antrieb wühlten die Finger in dem Koffer herum, versuchten eine Ordnung wiederherzustellen, die es vielleicht nie gegeben hatte.

»Beobachtungen am Kadaver eines Wesens weiblichen Geschlechts, das es in London und Paris als ›Hottentottenvenus‹ zu einer gewissen Berühmtheit gebracht hat. Von M. G. Cuvier.« So war der Bericht überschrieben, den Hilaire Charcot jetzt zum Vorlesen übergab. »Gegenstand des ersten Schritts unserer Forschungen konnte zwangsläufig nichts anderes als gerade dieses außergewöhnliche Anhängsel sein, von dem gesagt wird, die Natur habe es zu einem besonderen Merkmal der Hottentottenrasse gemacht. Man fand, dass es sich um eine Vergrößerung der kleinen Schamlippen handelt, deren lappenartige Form mit dem landläufigen Namen ›Schürze‹ recht anschaulich beschrieben wird. Sodann griff man zum Skalpell, um das zunächst nur mit unbewaffnetem Auge untersuchte Organ zu exidieren, und es, zusammen mit benachbarten inneren Organen samt Körperöffnungen, in Eau de Vie zu konservieren. Es soll hinzugefügt werden, dass man vor der Exzision nicht nur von den erwähnten Organen, sondern vom gesamten Körper der Hottentottin einen peinlich genauen Wachsabdruck abgenommen hat. Dieser wurde den Künstlern zur lebensechten Einfärbung, – ihre Haut ist sehr hell, eher mongolisch als negroid –, und weiteren Behandlung übergeben.«

»Du wirst das, was Cuvier exzidiert hat, gegenwärtig gar nicht im Ausstellungssaal für das allgemeine Publikum finden«, sagte Hilaire, den die Erinnerung von der Angst um Zarafa und um seine Sehkraft ablenkte. »Nach der Obduktion ließ er das Schaugefäß in sein Kabinett bringen, gegenwärtig weiß angeblich niemand, wo es hingekommen ist. Ähnlich ging es mit dem Kopf dieser Zarah Baartman. Eines Tages war er verschwunden. Jahrelang war sie nur Fleisch ohne Kopf, bis ihr Kopf urplötzlich wieder auftauchte.«

»Ein Engländer«, las Charcot weiter in Cuvier's Bericht, »hatte ihr ein Vermögen versprochen, wenn sie einwilligte, sich der Neugier Europas darzubieten. Schlussendlich gab er sie jedoch an einen gewissen Monsieur Réaux, Tierschaubesitzer und Dompteur hier in Paris, ab, in dessen Besitz sie am 29. Dezember 1815 an einer entzündlich-eruptiven Erkrankung verstarb. Während der achtzehn Monate, die sie in unserer Hauptstadt verbrachte, konnte sich jedermann von den grotesken Dimensionen ihres Hinterteils ebenso überzeugen wie von der Rohheit ihres Antlitzes. Sie hatte eine Art, ihre übermäßig dicken Lippen vorzustülpen, die wir sonst nur vom Orang-Utan kennen. Ihr Charakter war fröhlich, ihr Gedächtnis ausgezeichnet, ihr Holländisch fließend, ihr Englisch ausreichend und auch in unserem Französisch fand sie sich recht ordentlich zurecht. Sie tanzte so, wie man das in ihrer Heimat tut, und spielte mit inniger Musikalität jenes kleine Instrument, das wir *guimbarde* nennen. Dem Eau de Vie hat sie wohl sehr zugesprochen, man muss ihren frühen Tod durchaus in Verbindung zu dieser schädlichen Gewohnheit bringen. Mit Ausnahme der erwähnten Deformitäten war ihr beinah kindlicher Körper wohlgestaltet, Rücken, Hals und Ansatz der schweren Brüste von großer Grazie, ihre Füße klein, ihre Hände geradezu charmant.«

»Man hätte Cuvier darauf aufmerksam machen sollen«, sagte Hilaire, »dass die Lippen des Orang-Utans keineswegs dick, sondern hart und schmal sind. Und wie sich mit Skalpell und Knochensäge Gedächtnis, Sprachbegabung und der Charme von Händen finden lassen, müsste Cuvier auch erklären. Bei mir hat er das nicht gelernt. Natürlich, wenn es einem vor allem um die berühmte Schürze zu tun ist, dann können einem derlei Kleinigkeiten schon einmal entgehen.«

Durch das dürre Gras des *jardin* glitt gelassen eine bronzefarbene Kaukasusotter auf die Bank zu. Atir machte Zischlaute, als rede er mit der Otter. Es war nicht zu unterscheiden, ob die Schlange den Zischlauten folgte oder ihrem eigensinnigen Plan.

»Cuvier wollte beweisen, dass die Hottentotten eine gesonderte Rasse sind, gefangen auf einer primitiven Stufe, allenfalls auf der Stufe des Affen, wenn nicht sogar darunter. Die spezielle Form der Schürze hat seiner Ansicht nach nur den Zweck, die dumpfe, animalische Gier dieser Geschöpfe zu befriedigen,« fuhr Hilaire fort. Seine Argumentation bewegte sich so zwangsläufig voran wie die Otter, deren Haut in der Sonne dieses wahnsinnigen Morgens wie emailliert glänzte. Atir zog die Füße auf die Bank, beobachtete zwischen seinen Knien hindurch, wie die Otter näher auf Hilaire zu glitt.

»Und was habe ich gewollt? Ich wollte – gegen Cuvier – beweisen, dass unsere Entwicklung nicht stehen geblieben, nicht versteinert ist. Ich wollte herausfinden, wo Zarah Baartman in der Stufenleiter der Entwicklung der Menschen hingehört. Worin ähnelt sie den Menschenfressern aus dem brasilianischen Urwald. Worin unterscheidet sie sich von den asiatischen Ainus. Wie tief steht sie unter uns weißen Europäern. Wir Menschen haben uns aus primitiven zu immer höheren Stufen entwickelt. Das sollte Zarah Baartman beweisen. Ja es geht noch viel weiter. Wir haben uns vielleicht aus Affen entwickelt und die Affen aus den Lemuren und die Lemuren aus den Tüpfelhyänen, wovon ihrerseits die Giraffen abzweigten, und so weiter bis hinunter zum Flösselhecht und noch viel, viel tiefer in den unsichtbaren Untergrund der Geschichte. Die Obduktion der Zarah Baartman sollte das beweisen. Heute denke ich, sie hat für den Entwicklungsgedanken eigentlich nichts bewiesen. Aber ungeheuer viel für den Gedanken der Ähnlichkeit, der Ähnlichkeit der Menschenrassen, und dieser Gedanke der Ähnlichkeit ist ja eigentlich das notwendige Gegenstück zu dem der Entwicklung. Ich hatte Recht und Unrecht zugleich.«

Der alte Hilaire schwieg erschöpft. Heute ja: schämte er sich dieses Irrtums. Zarah Baartman stand nicht tiefer als er selber oder Cuvier, als Atir oder Charcot. Es gab unterschiedliche Rassen, darunter solche mit einem ziemlich ausgeprägten Hinterteil oder dunkler Haut. Aber innerhalb der Menschenrassen war die biologische Entwicklung zum Stillstand gekommen. Es gab nur eine kulturelle Höherentwicklung. Keine Rasse stand aus biologischen Gründen tiefer als eine andere. Vielleicht war der Mensch ja sogar öfter als einmal entstanden. Einmal in Afrika, ein andermal in Asien bei den Ainus, ein drittes Mal vielleicht sogar mitten im heutigen Frankreich. Aber immer war es ein Mensch, der sich mit anderen Menschen mischen konnte, der nicht tiefer stand und nicht höher, der die Grenzen, die Cuvier ihm vorschrieb, mühelos übersprang. Hilaire, an der Schwelle zur völligen Blindheit, sah, dass er sich geirrt hatte. Es war der Irrtum eines ganzen Jahrhunderts und dann noch eines weiteren Jahrhunderts. Und sogar nach diesem Jahrhundert würde dieser Irrtum weiterhin grauenvoll fruchtbar sein.

Ein Gürteltier suchte ohne Eile den Weg hinunter zur Seine. Die meisten Käfige standen jetzt leer. Die Kaukasusotter hatte in ihrem eigensinnigen Gleiten innegehalten. Sie hielt den Kopf zurückgebogen, so ähnlich wie Atir es tat, war noch eine Handbreit von Hilaire entfernt. Wartete ab, dass er zu Ende brachte, was er über seinen Irrtum zu sagen hatte.

Aber bevor Hilaire dazu kam, schickte der Zufall Hilaires pünktlichen Diener in den *jardin*. Vielleicht war es auch nur der fortgeschrittene Mittag, denn um diese Zeit kam der Diener immer, den alten Mann zu holen. Er packte Hilaire am Arm, erinnerte ihn an seinen Katheter, ob er an der Urinvergiftung krepieren wolle, er solle es ihm nur geradeheraus sagen, möglicherweise wolle er ja auch von dieser Giftschlange da gebissen werden, die einen so dämlich anstarrte, und die er jetzt mit einem Tritt in die Buchsbaummauer befördern werde. Die offenstehenden Käfige bemerkte er gar nicht.

Und nun ist es dann schon der dritte Tag, nachdem Desmarres Hilaire gesagt hatte, er werde bis zum Abend nichts mehr sehen können. Noch immer sieht Hilaire seine Schatten. Unverändert und so deutlich, wie Schatten nur sein können. Und wie jeden Tag, und wie noch viele andere Tage, sitzt Atir aufrecht und mühelos auf der eisernen Bank.

Wie jeden Tag führte der junge Charcot Hilaire auch heute wieder in den *jardin*. Nur das war anders: dass Hilaire heute zum ersten Mal die Kameraden neben Atir auf der Bank erkannte. Der junge Charcot fürchtete sie ja, während Hilaire nichts Merkwürdiges an ihnen fand. Er würde noch manche von ihnen sehen, ungenau und schattenhaft. Vier Jahre würde ihm sein Augenlicht bleiben. Der junge Charcot wäre am Ende allerdings nicht mehr da, um ihn in den *jardin* und seiner Liebe Zarafa zuzuführen. Auf Charcot warteten schon die Hysterikerinnen von Paris. Es würde nicht mehr lange dauern, bis er sie vor zahlreichem Publikum entblößen und ihr Inneres herzeigen würde.

In die offenstehenden Käfige waren ein paar der Tiere zurückgekehrt, darunter merkwürdigerweise der Panther. Andere waren für immer in den Straßen von Paris verschwunden.

Neben Atir saßen seine Kameraden auf der eisernen Bank unter der Jacaranda. Sie blieben sitzen, als Charcot mit dem alten Hilaire kam. Blieben einfach sitzen.

Nachbemerkung

Die Sklaverei wurde in Frankreich zum ersten Mal am 4. Februar 1794 abgeschafft. Acht Jahre später, am 20. Mai 1802 ließ Napoléon Bonaparte per Dekret feststellen, dass sie in den französischen Kolonien keineswegs abgeschafft war, sondern weiterbestehen sollte. Am 27. April 1848 beendete die Zweite Französische Republik die Sklaverei offiziell.

Zarafa erholt sich erstaunlich schnell von der Strychninvergiftung, lebt noch knapp fünf Jahre, bis zum 12. Januar 1845. Nach ihrem Tod wird sie im Naturkundemuseum von La Rochelle ausgestellt. Es bleibt unklar, warum nicht im *jardin*, wo man sie jahrelang bewundert hat, und der ihr doch zur zweiten Heimat geworden war.

Einige Monate vor Zarafa stirbt, völlig erblindet, Étienne Geoffroy Saint-Hilaire.

Georges Cuvier ist zum Zeitpunkt unserer Erzählung schon acht Jahre tot.

Von Atir keine Nachricht.

Sehr viel länger würde es dauern, bis Zarah Baartman, die Hottentottenvenus, in ihre südafrikanische Heimat zurückkehren kann. 1974 wird ihr Skelett und ein bemalter Gipsabdruck ihres nackten Körpers, den Cuvier damals hatte anfertigen lassen, aus dem allgemeinen Besuchersaal des Naturkundemuseums entfernt und ins Depot des Museums gebracht.

1994 appellieren die Khoikhoi an Nelson Mandela, er möge sich für die Rückführung der Überreste von Zarah Baartman einsetzen. Der französische Staat weigert sich, sein, wie er sagt, kulturelles und wissenschaftliches unersetzliches Erbe außer Landes schaffen zu lassen. Erst 2002 wird der verstümmelte Leichnam von Zarah Baartman in ihre Heimat zurückgebracht. Sie bekommt ein Staatsbegräbnis.

Nur die Schürze verbleibt, eingelegt in Eau de Vie, in Frankreich.

Das unangemessene Speckhemd

Seinen Kopf haben sie in den Korb geworfen. Jetzt braucht den auch keiner mehr herauszuholen. Einmal abgeschnitten wächst nicht wieder an.

So was überlegt man sich besser vorher. Ich meine, bevor man den Hebel umlegt. Den Hebel, der die Klinge herunterfallen lässt. (Das ›Schaf‹ nennen sie die Klinge. Was für ein friedfertiger Name.)

Hinterher ist jeder gescheiter.

Zwei Tage danach schickten sie Madame seine Sachen zurück. Das Hemd mit den braunroten Flecken am Kragen. Einen einzelnen Strumpf. Die winzige Wasserwaage, die er immer mit sich herumträgt. Herumgetragen hat. Auf dem Weg zum Schafott hinauf hatte er sie dabei. Zwei Bücher. Eines von Joseph Priestley: »Über den Sauerstoff«. Das andere Diderots »Sur les femmes«. Die Hose hat gefehlt, der zweite Strumpf und beide Schuhe. An dem schmutzigen, kleinen Paket hing ein Zettel. »Zurück an die Witwe Lavoisier. Er wurde zu Unrecht verurteilt«, stand darauf.

Am Geschäft der Kurzmacherin hat das nichts mehr geändert. Sie hatte es pflichtbewusst zu Ende gebracht, wie jedes Mal. Und ich? Ich habe mein Geschäft nicht zu Ende gebracht. Mein Geschäft wäre es gewesen, den Bericht an das Revolutionstribunal zu schreiben, als dafür noch Zeit war. Obwohl: Was hätte mein Bericht geändert. Nichts. Glaube ich jedenfalls. Vielleicht will ich es auch nur glauben.

Man hat mir mitgeteilt, mein Bericht, den das Revolutionstribunal so dringend erwartet hatte, erübrige sich inzwischen.

Verläuft die Geschichte anders, wenn wir Labordiener sie niederschreiben? Es heißt ja nicht zufällig – niederschreiben. Was sich nieder auf die Knie oder gleich auf den Bauch werfen muss, und was stehen bleibt vor der Geschichte, das hängt davon ab, wer schreibt. Stimmt schon, vieles will in unsere Labordienerschädel nicht hinein. Aber vielleicht ist es eh besser, man hat nicht für alles Verständnis. Man lässt Fragen stehen. Gibt keine Antworten, die man nicht hat. Schreibt stattdessen lieber ein paar Nebensächlichkeiten genauer auf.

Mit ein bisschen mehr Genauigkeit wäre es jedenfalls nicht passiert, dass sie erst den Kopf meines Herrn Antoine de Lavoisier in den Korb werfen. Und ihm tags darauf eine Statue errichten. Vorher noch schnell der Witwe dieses kleine, schmutzige Paket mit Zettel zugestellt. Die wissen doch nicht, was sie wollen. Sogar den falschen Kopf haben sie seiner Statue aufgesetzt. Es war nicht Lavoisiers Kopf. Sondern der Kopf des Marquis Condorcet, berühmter Berechner von Wahrscheinlichkeiten und Gegner der Sklaverei. Auf beiden Gebieten hatte unsere Zeit nicht viel vorzuweisen. Aber da der Marquis auf ähnliche Weise, nun: hinübergegangen ist wie mein Herr Lavoisier, und kein Labordiener war dabei, der Genauigkeit beachtet hätte, ist die Verwechslung durchgegangen. Viel später werden fremde Soldaten Paris besetzen und seine Statue mitnehmen. Sie brauchen das Metall für ihre Kanonen. Sie werden dabei nichts auslassen, auch den falschen Kopf nicht, sie sind gründlich und genau. Demnach macht Genauigkeit allein noch keinen guten Ausgang.

Labordiener schreiben keine Geschichte.

Warum bloß sitze ich dann in diesem gottverlassenen Gasthof, auf halber Strecke zwischen Paris und Concarneau. Eigentlich will ich zurück in das Dorf, in dem ich aufgewachsen bin. Stattdessen habe ich meine Reise unterbrochen, um einen Bericht zu schreiben, der sich erübrigt hat. Der Bericht eines Zuspätgekommenen.

Hinterher würde gesagt werden, ich hätte mich verspätet. Was muss der sich auch partout einen Fasan im Speckhemd einbilden. Als flögen die Fasanen ungeniert in den Straßen herum. Er kannte die Situation doch. Kein Wunder, dass er nicht rechtzeitig zur Stelle war, als man die Herrschaft ergriff. Wäre er rechtzeitig gekommen, hätte er wenigstens Zeugnis ablegen können. Zeugnis, das kann man verlangen.

Die Rede ist von meiner Herrschaft. Von Madame Marie-Anne Paulze und ihrem Gatten, Herrn Antoine Laurent de Lavoisier, Schwiegersohn des obersten Steuereintreibers von Paris und selber einer. Ein vermögender Mann. Die Chemie würde durch ihn revolutioniert werden.

Die Besserwisser werden sagen, es wäre anders gekommen, wenn ich mich mit dem Fasan wenigstens beeilt hätte. Vielleicht erklärt mir dann jemand, wie man das anstellt: sich beeilen, wenn der Krampf einen schüttelt und diese Kaltigkeit den Kopf anfüllt.

Trotzdem ist es ja wahr – um genau ein Speckhemd bin ich zu spät gekommen. Diesen einen Augenblick habe ich versäumt, sonst bin ich immer dabei gewesen. Habe alles gesehen. Habe nichts verstanden. Marat, der mir die Anstellung bei Herrn Lavoisier besorgt hatte, Marat sagt, schreib es trotzdem auf. Wer nichts versteht, beschreibt die Dinge genauer.

Aber man verlangt doch gar keinen Bericht über die Lavoisiers mehr von mir.

Trotzdem, hat Marat gesagt, schreib es trotzdem auf. Wer nichts versteht, beschreibt die Dinge gerechter. Und man ist weniger bestechlich beim Aufschreiben.

Jetzt, wo es zu spät ist, könnte ich mir den Bericht auch passend machen. Ich tue es nicht. Eines hat Herr Lavoisier mir beigebracht: Beim Messen und beim Bericht über die Resultate der Messung bloß keine Rücksicht nehmen.

Daran will ich mich halten. In dem Bericht, der jetzt nicht mehr an das Revolutionstribunal geht. Der an mich selber geht. An mich, den Labordiener, der um ein Speckhemd zu spät kam. An den geht der Bericht.

»Der Fasan will, vor er zubereitet wird, eine gute Wochen an einem kalten Ort aufgehängt sein.«
Hier komme ich sofort ins Grübeln. Soll das Fasanenrezept wirklich in meinen Bericht? Ich meine: wörtlich hinein. So dass einer, der es liest, sich seinen Fasan danach zubereiten könnte? Es hatte ja eine Bewandtnis mit diesem Rezept. Andererseits habe ich mich rücksichtsloser wissenschaftlicher Genauigkeit verschrieben. Die Entscheidung schiebe ich auf später. Ich kann am Ende immer noch sehen,

ob das Rezept hineinkommt. Oder ob ich es aus Rücksicht auf Églantine herauslasse.

Meiner Herrin, Madame Marie-Anne, jedenfalls hatte ich das Rezept wieder und wieder vorlesen müssen. Jedes Mal hat sie mir das Blatt Papier aus der Hand genommen und es selbst studiert. Als würde davon der Hunger leichter.

Der experimentelle Hunger sozusagen. Während der dreißigtägigen Hungerphase unseres laufenden kalorimetrischen Experiments hatte Madame nur schwach gesalzenes Wasser und eine Handvoll früher Äpfel zu sich nehmen dürfen. (Für die Nicht-Labordiener: Was ist Kalorimetrie? Also Folgendes: Kalorimetrische Messungen dienen der Bestimmung von Wärmemengen, die von Substanzen unter konstanten äußeren Bedingungen aufgenommen oder abgegeben werden, wenn diese Substanzen … – aber das ist zu speziell. Schauen Sie in einem modernen Lehrbuch nach, wenn es Sie wirklich interessiert. Kurz gesagt, wir messen Wärmemengen).

Ganz durchscheinend sah Madame inzwischen aus. Heute sollte die, wie sage ich es, ohne Sie mit den technischen Details zu verwirren, die zweite Phase unseres Experiments beginnen. In der ersten Phase hatte Madame hungern müssen. In der zweiten Phase, ab heute, sollte sie ebenso unbarmherzig dreißig Tage lang gemästet werden.

Ich hatte mir in den Kopf gesetzt, es wäre gut, diese zweite Phase des Experiments mit Fasan zu beginnen. Warum unbedingt Fasan, kann man sich fragen. Weil ich irgendwann einmal den Verbrennungswert von Fasanenfleisch ermittelt habe? Weil mir bei Fasan das Dorf einfällt, in dem ich aufgewachsen bin? Wenn ich ehrlich bin, und das habe ich mir ja vorgenommen, der Fasan war Zufall.

Als Labordiener steht man mit dem Zufall auf verwandtschaftlichem Fuß. Man weiß ja, wie oft eine wissenschaftliche Entdeckung der reine Zufall war. Derjenige, für den man als Labordiener arbeitet, stellt es hinterher gerne so dar, als wäre er einen schnurgeraden Weg von einer logischen Schlussfolgerung zur nächsten marschiert. In Wirklichkeit alles Zufall.

Zufällig also hatte ich Églantines Fasanenrezept in meiner Tasche gefunden. Und genauso zufällig schaute ich in Madames Gesicht, als ich ihr während der ersten Hungertage das Rezept vorlas. (Wie war ich bloß auf den abwegigen Gedanken gekommen, ihr ein Küchenrezept vorzulesen?) Unverkennbar stellte sie sich dabei vor, wie der Fasan duftet, wie das Speckhemd seinen Körper umschließt, wie es sich unter den Zähnen öffnet, wie das Fleisch erlöst nachgibt.

Diese Beobachtung stieß mich darauf, dass man sich eine gute Mahlzeit nur lebhaft genug einbilden muss, damit sich ein gewisses Sättigungsgefühl von selbst einstellt. Womit ich auch bereits mein persönliches Nebenexperiment skizziert habe. Lavoisiers, nein: unsere weit umfassendere Fragestellung war ja die, ob der menschliche Körper Fasanen und Torten genauso anstandslos verbrennt wie der Ofen Kiefernspäne. Buchstäblich, ob wir Nahrung ›verbrennen‹.

Was ich darüber hinaus herausfinden wollte, war, ob der Körper bestimmte Nahrungsstoffe besser verbrennt als andere. Erzeugt eine Fasanenbrust mehr Wärme als eine Dörrpflaume? So etwa. Ich vermute, das, worauf wir besonders Appetit haben, verbrennen wir auch besser. Als Labordiener macht man sich seine persönlichen wissenschaftlichen Hintergedanken. Geht gar nicht anders, wo man beruflich die Hände ununterbrochen in der Materie hat.

Niemand hatte sich bisher die Frage nach der Verbrennung von Nahrung gestellt. Nach diesem Experiment würde Herr Lavoisier noch berühmter sein. Obwohl Madame der eigentliche Kopf hinter seinen Erfolgen ist.

Wenn wir am tierischen Organismus experimentieren, ist Madame nicht nur diejenige, die sich das Experiment ausdenkt und leitet. Sie ist auch unsere wichtigste Versuchsperson. Sie lässt sich nicht davon abbringen, alles an ihrem eigenen Leib auszuprobieren. Deshalb versteht sie die Chemie von Grund auf und mit jeder Faser ihres Körpers. Herr Lavoisier richtet nur den Blick nach oben. Derweil ich hier unten Madame Marie-Anne helfe. Und meine Pflicht gerne tue.

Ein Weniges habe ich auf diese Weise doch beitragen können. Viel ist es nie gewesen, da haben Sie freilich Recht. Aber wenn Sie über das Viele und das Wenige urteilen, bedenken Sie bitte: Die Wissenschaft setzt sich aus lauter kleinen Kieseln zusammen, abgenutzt, wieder und wieder zur Hand genommen, auf die Seite gelegt, noch einmal ausprobiert. Gewaltige Felsbrocken sind die Ausnahme, schwer zu bewegen außerdem. Doch dazu komme ich noch.

Erwähnen möchte ich, dass es seinerzeit Madame war, die mich eingestellt hat. Nicht Herr Lavoisier.

Was nun den Fasan im Zusammenhang mit unserem Experiment angeht, so war sorgfältig darauf zu achten, sich diesen Vogel tatsächlich nur in Gedanken auszumalen. Würde man in der Phase strengsten Hungerns einen gebratenen

Fasan sehen oder riechen, riechen ist überhaupt das Gefährlichste, dann würde das die Säfte zu sehr steigen lassen. Man könnte in einen Erregungszustand hineingeraten, der selber wiederum zu viel Wärme verbraucht und über einen wenigstens teilweisen Zustand der Sättigung weit hinausgeht. Erregung verfälscht alles.

Madame teilte meine Ansicht. Deswegen hatte sie entschieden, es dürfe während der Hungerzeit im Haus nichts Essbares aufbewahrt werden. Kein harter Biskuit, keine Marone, keine Tasse Mehl. Nichts. Es geht um die Verbrennung, nicht um eine Probe auf meine Willenskraft, sagte sie gerne.

Aus wissenschaftlichem Interesse und um es ihr leichter zu machen, habe ich mitgehungert und, jedenfalls in ihrer Gegenwart, nur Wasser und Äpfel zu mir genommen.

Herr Lavoisier zog es vor, in dieser Zeit auswärts zu essen. Hochgestellte Freunde hatte er genug. Ich stelle mir vor, wie er bei diesen Tafeleien den Hunger seiner Gattin in allen Erscheinungsformen schilderte. Und erläuterte, welche Schlussfolgerungen er daraus für die Verbrennungslehre und die allgemeine Volksernährung zu ziehen beabsichtigte. Auch beim Essen richtete der Herr den Blick gern nach oben. Ich sollte nicht vergessen, das in meinem Bericht zu erwähnen.

»Der Fasan wird nur bis zum Halse hinauf gerupft und also der Kopf ungerupft in trockenes Papier eingewickelt und beiseiten gelegt. Nachdem er sonst sauber ausgenommen, reibt man ihn innerlich tüchtig mit Pfeffer, Nelken und Salz ein, tut ein Lorbeerblatt oder zwei, fein geschnittene Scheiben von Limetten und Schalotten hinein, dazu Gewürznelken nebst Magen, Herz und Leber. Der Vogel wird in ein Hemd von feinstem Speck gekleidet, dieses Speckhemd sodann mit glattem Faden umbunden und, ohne den beiseite gelegten Kopf, in wohl mit Butter bestrichenes Papier eingewickelt, welches man zuvor mit gestoßenem Pfeffer, Nelken und Salz bestreut hat. Eine kräftige Stunde lang wird der Fasan in Butter recht saftig und lichtbraun gebraten. Ein wenig Zucker oder Honig wird dem Speckhemd seine feine Kruste geben. Der Bratensaft wird abgefettet und durch ein Haarsieb getrieben; der Sud alsdann mit Bouillon vom Rind, Schnepfen und Haselhühnern und mit Sahne aufgegossen, Champagner wird solange hinzugefügt, bis die rechte Konsistenz erreicht. Vor dem Auftragen richtet man Kopf, Flügel und Schwanz wieder in guter Ordnung an. Die Schüssel wird mit Weinlaub und Zitronen garniert.«

Das Rezept gehörte Églantine, darauf komme ich noch.

»Worauf wartest du, Jean-Marie? Verschwinde endlich und kümmere dich um deinen gottlosen Fasan, von dem du seit dreißig Tagen schwätzt. Du schwätzt überhaupt zu viel und rührst dich zu wenig, das ist deine eigentliche Krankheit. Lauf und besorge deine Schalotten und Rüben und den Portwein und was du dir sonst noch für diesen Fasan einbildest. Und bring auch Eier mit. Du siehst doch, Madame hat Hunger.«

Natürlich merkte ich, dass Herr Lavoisier in diesem Augenblick nicht nach oben schaute. Er stierte auf Madames schutzlosen Hals. Sie war dreizehn gewesen, als man ihr diesen Mann das erste Mal aufgezwungen hatte. Dreizehn. Ich will gar nicht daran denken. Trotzdem sucht mich diese Vorstellung immer wieder heim. Ich habe mir vorgenommen, in diesem Bericht schone ich mich nicht und verstecke keine Wahrheit über mich vor mir selber. Daran muss ich mich nun auch halten.

»Champagner, Herr Lavoisier, wenn es recht ist, bitteschön, Champagner kommt in die Sauce, kein Portwein.«

»Ja, ja, dann eben Champagner, was immer du dir in deinem Bauernschädel einbildest.«

Er stampfte mit dem Fuß auf, so dringend wollte er mich aus dem Haus haben. Wusste ja ganz genau, dass wir nichts Essbares da hatten, und am Wenigsten hing ein Fasan herum, der darauf wartete, dass wir ihn in sein Speckhemd wickelten. Mich um ›meinen Fasan zu kümmern‹ bedeutete, ich musste erst einmal einen besorgen.

»Von anmutiger Haltung, mit weichem nussbraunem Haar, ein kleiner Mund, auf dem stets ein liebenswürdiges Lächeln lag, der graue Blick von großer Süße«, so wird mein Herr Lavoisier beschrieben. Das ist richtig und falsch. Kennt man ihn nur von den Bildern her, dann kennt man ihn überhaupt nicht. Die Bilder lügen.

Wobei Davids Porträts von ihm auf andere Weise lügen als von Madame. Über seine Bilder könnte man so sagen: Dort geht der Blick des Herrn Lavoisier nach oben. Ins Bläuliche. Als träume er von chemischen Formeln, die unsereinem die Welt von Anfang bis Ende erklären, von gerechten Steuersätzen und auskömmlich Speck und Sonntagshosen für jedermann. Ein Erzengel der chemischen Wissenschaft, ein Feuerbringer mit freundlichen Händen. So in etwa.

In Wirklichkeit hatte Herr Lavoisier etwas, ja: Verdrucktes. Es tut mir leid, ich muss das sagen, ich habe mich der Genauigkeit verschrieben.

Als Beispiel für seine Verdrucktheit möchte ich hier sein System des *sous pli cacheté*, des ›versiegelten Umschlags‹ erwähnen. Herr Lavoisier hat es in der *Académie* für seine Person eingeführt. Mit ziemlichem Erfolg, sollte ich sagen.

Für diejenigen, die sich nicht vorstellen können, wie es seinerzeit in einem naturwissenschaftlichen Labor zuging, erkläre ich, wie sein System für unsere laufenden kalorimetrischen Experimente funktionierte.

Entscheidend war die Absicherung. Und die Jahreszahl. Herr Lavoisier teilte der *Académie* in einem versiegelten Umschlag mit, was er, sagen wir, in Bezug auf die Verbrennungsvorgänge im tierischen Organismus vermutete. Er kündigte an, dass er seine Vermutung mithilfe sinnreicher Experimente beweisen werde. Sobald er die Experimente abgeschlossen und ausgewertet hatte, würde er die Ergebnisse in einem Festvortrag vorstellen. Am Ende des Festvortrags würde der Präsident der *Académie* den versiegelten Umschlag öffnen und Herrn Lavoisiers Vermutung verlesen. Es würde sich selbstverständlich herausstellen, dass Herr Lavoisier haargenau das vermutet hatte, was bei seinen Experimenten dann auch herausgekommen war. Das Experiment diente eigentlich nur dazu, die Ungläubigen zu überzeugen. Herr Lavoisier selber mit seinen präzisen Vermutungen hätte es nicht gebraucht. Manchmal war Herr Lavoisier aber doch unsicher. Unsicherheit kam vor. Ich glaube sogar, er war eigentlich immer unsicher. Im Gegensatz zu Madame. In diesem – häufigen – Fall, wenn ihm der Ausgang also wieder einmal ganz ungewiss war, hinterlegte Herr Lavoisier nicht nur einen, sondern zwei, manchmal sogar mehrere versiegelte Umschläge. Jeder enthielt eine andere Vermutung. Darin bestand die Absicherung.

Für unsere laufenden kalorimetrischen Experimente gab es zwei einander widersprechende Thesen. Zunächst Madames These. Sie nahm an, dass der tierische Organismus Nahrung mithilfe von Sauerstoff genauso verbrennt wie der Ofen sein Holz.

›These‹ – das klingt, kritisieren Sie, hübsch hochtrabend. Reden die Labordiener seit Neuestem so? Ich werde erklären, warum ich diesen zugegeben hochtrabenden Begriff der ›These‹ in meinem Bericht anwenden muss.

Herr Lavoisier war äußerst penibel, wenn es darum ging, seine Erfindungen zu benutzen. Und wo er ohnehin schon so viel erfunden hatte – auch wie ein wissenschaftlicher Bericht auszusehen hat, war seine Erfindung.

Unsere erste Vermutung über einen Wirkmechanismus mussten wir ›These‹ (oder ›Hypothese‹) nennen. Der zweite Schritt durfte nie anders heißen als: ›Darlegung der Methode des Messens‹. Dem folgte der dritte Teil, den er ›Resultate‹ genannt wissen wollte. Am Ende hatte unfehlbar die ›kritische Betrachtung, Diskussion der These‹ und, falls vorhanden, einer Gegenthese und schließlich (und triumphierend) ›Konklusion‹ zu stehen. Herr Lavoisier war stolz, dass er unsere Gedanken in dieses Korsett geschnürt hatte. Ab jetzt durften wir überhaupt nur noch in dieser Schrittfolge denken. So und nicht anders. Manchmal frage ich mich, ob das Korsett für die Gedanken oder die Gedanken für das Korsett gemacht werden mussten.

Jedenfalls war Herr Lavoisier in diesen Dingen so nachtragend genau, dass er unter Labordienern ›der Korinthenkacker‹ genannt wurde. Ich selber benutze solche Kennzeichnungen nicht, berichte es hier nur der guten Ordnung und der Vollständigkeit halber. Es entsteht sonst der Eindruck, in meinem Bericht spielten persönliche Interessen eine Rolle.

Die Wissenschaftlichkeit zwingt mich also, hier von Madames ›These‹ zu sprechen. Sie selber mochte es nicht, wenn man hochtrabend redete.

Ihre These nun, um endlich wieder zum Vorgang der Verbrennung zurückzukommen, ging von Folgendem aus.

Wenn ein Stoff sich mit Sauerstoff verbindet, dann sagt man landläufig: Der Stoff verbrennt. Man könnte auch sagen, dass Verbrennung immer und ausnahmslos die Verbindung eines Stoffes mit Sauerstoff ist. Aber anders als ein Ofen, verbrennt der tierische Organismus nicht ohne Sinn und Verstand und auf einen Schlag, sondern schrittweise und langsam. Aus Fasanen und Torten gewinnt er nicht Hitze und Asche, sondern jene Wärme, mit der wir unseren Körper bei gleichmäßiger Temperatur halten, und jene Energie, mit der wir denken und uns bewegen. Das war Madames These.

Natürlich erschrak Herr Lavoisier, als er diesen Gedanken das erste Mal hörte. Er fand, die These stand quer zu unserer Zeit. Und war deswegen, und aus vielen anderen Gründen, kühn, reichlich kühn. Er konnte Kühnheit erkennen, witterte sie überall, nicht nur in seinem Labor. Vielleicht erkannte er sie so sicher, weil sie ihm selber fehlte.

Verglichen mit Madames These, war seine eigene banal. Deswegen hatte er es auch dieses Mal so gemacht, wie er es immer machte, wenn er ihre Ideen für zu kühn hielt, ihm aber wieder einmal kein Einwand zur Hand war. Noch bevor wir überhaupt mit unseren kalorimetrischen Experimenten begonnen hatten, hinterlegte er beim Sekretär der *Académie*, dem Marquis de Condorcet, zwei versiegelte Umschläge, *sous pli cacheté*. Das Wichtigste war dabei das Datum. Und dass es zwei waren.

In den ersten Umschlag steckte er Madames aufrührerische These. Ich wiederhole sie hier: Bei allen Reaktionen, folglich auch bei der Verbrennung und weiterhin folglich bei der Verbrennung von Nahrung im tierischen Organismus, verändert sich die Masse der beteiligten Substanzen nicht. Masse kann nicht vernichtet oder neu erschaffen werden; Masse ist alterslos, unermüdbar und unermüdlich. Was sich ändert, ist lediglich die Form, unter der die Masse existiert. Der Vorgang der Verbrennung beweist es. Deshalb nannte Madame die Verbrennung im tierischen Organismus ›Stoffwechsel‹.

Herr Lavoisier fand, die Wissenschaft dürfe dem Volk nichts aufs Maul schauen. »Vermeidet Verständliches!«, schärfte er uns ein. Man müsse seine Thesen unbedingt ins Bläulichte heben. Herr Lavoisier hatte ein Talent für hohe Formulierungen, das muss anerkannt werden. Nie hätte er Madames nüchterne Definition des Stoffwechsels benutzt – ›Was ihr seid, das waren wir, und was wir sind, das werdet ihr‹.

Madames kühne These steckte er in den ersten Umschlag.

In den zweiten Umschlag kam seine banale Gegenthese: Wird Masse verbrannt, dann wird sie logischerweise auch weniger. Das beinhaltet ja schon der Begriff der ›Verbrennung‹. Was verbrannt und deshalb verbraucht ist, steht anschließend nicht mehr zur Verfügung, es ist ganz offensichtlich nicht mehr da. Wenn wir den Fasan hinuntergeschluckt haben, wird der Fasan nicht mehr davonfliegen. Davon kann sich jedermann mit unbewaffnetem Auge überzeugen.

Unter These und Gegenthese setzte er jeweils das Datum und seine Unterschrift. Wenn wir bei den Hunger- und Mastexperimenten an Madame herausfinden würden, dass die Masse unveränderlich ist, würde er die Ergebnisse unserer Untersuchung der *Académie* vortragen und dabei unter allerlei Getue Madames kühnen Umschlag öffnen lassen. Er würde natürlich so tun, als stecke seine eigene These in dem Umschlag. Genau das hatte er vermutet und schon immer gesagt. Kam das Gegenteil heraus, blieb ihm ja immer noch der feige zweite Umschlag. Das war die Absicherung.

Darüber hinaus hatte Herr Lavoisier keinerlei Hemmung, seine Thesen um ein oder zwei Jahre vorzudatieren. Womit er dann beispielshalber schon bewiesen hatte, dass er den Sauerstoff um eben diese vordatierten zwei Jahre früher als der Engländer Priestley entdeckt hatte.

Schauen Sie sich einmal die Briefmarke an, die das Land Ruanda zur Erinnerung an das ›Lomonossov-Lavoisier-Gesetz von der Konstanz der Masse‹ herausgegeben hat. Bemerken Sie es? Herr Lavoisier kann einem nicht in die Augen schauen. Er zieht es vor, ins Bläulichte zu blicken.

Verdruckst, das ist er. Aber das werde ich in meinem Bericht nicht erwähnen. Ich will ihm ja nicht schaden, auch wenn alles schon abgemacht ist und ihm nichts mehr schaden kann. Jetzt nicht mehr.

Die wenigsten Leser werden sich für die Zweifel eines Labordieners interessieren. Aber wo dies ein Bericht an mich selber wird, darf ich auch meine Zweifel nicht auslassen.

Hier, in diesem, ich muss schon sagen heruntergekommenen Gasthof »Zum goldenen Lamm«, in einem Zimmer, dessen Bett nach Durchreise ohne warmes Wasser riecht, wo ich auf einem wackeligen Tisch schreibe, habe ich also Zweifel. Sollte ich vorsichtshalber nicht von Zweifeln reden, sondern sagen: Ich verstehe es nicht gut genug, dieses Gesetz von der Konstanz der Masse. Es ist wirklich schwer zu begreifen.

Marat, mit dem ich über meine Zweifel gesprochen habe, sagt, dieses angebliche Gesetz von der Konstanz der Masse beweist vor allem eines: dass die kalte Naturwissenschaft nur für einen Teil unseres Lebens stimmt. Schau doch hin, Jean-Marie, sagt er, überzeuge dich mit deinen eigenen Sinnen. Unter unseren Augen entsteht unaufhaltsam das Neue. Jeder kann sehen, wie Altes vernichtet und Neues, das gerade eben noch nicht da war, geboren wird. Konstanz? Wir reden von der Revolution der Masse, nicht von ihrer Konstanz. Die Revolution ist jetzt und heute notwendig. Und findet deswegen statt. Danach, irgendwann, lass uns vielleicht wieder über Konstanz reden.

Ich darf aber nicht verschweigen, dass Marat auch an Anton Mesmer glaubt. Seit Voltaire uns unsere alten Götter weggenommen hat, glaubt Marat an die Erschaffung des Neuen aus dem – Nichts. Dabei machen wir das Neue aus dem alten Dreck und mit dreckigen Händen, es ist das Alte. Es war schon da. (Komme ich auf derlei, weil ich meine unzuverlässigen Hände nicht ausstehen kann?) In Sachen des Herzens jedenfalls kann man Marat trauen. In Sachen der Wissenschaft ist er ungenau. In Sachen der Wissenschaft, also in Sachen des Abwiegens und Messens, muss man sich an Herrn Lavoisier halten, auch wenn der das rücksichtslose Messen beim Steuereintreiben gelernt hat. Nur auf Genauigkeit kommt es an. Genauigkeit ist das, was bleibt. Später fragt niemand, wo einer Genauigkeit gelernt hat.

»Nein, Jean-Marie, wenn du jetzt losgehst, um einen Fasan zu besorgen, das dauert mir alles viel zu lang. Ich halte es keine Minute länger aus«, sagte Madame Marie-Anne. »Es muss nicht ausgerechnet Fasan sein, nur irgendetwas Essbares brauche ich jetzt. Wir werden es abwiegen, wie immer, und dann esse ich es. Ich esse, was Antoine mitgebracht hat, gleichgültig was.«

Wir schauten Herrn Lavoisier an. Madame Marie-Anne hatte ihn gebeten, auf dem Heimweg etwas zum Essen zu besorgen.

»Die Bauffremonts sind enorm interessiert an meinen Experimenten«, sagte Herr Lavoisier, »sie haben mich zum Mittagessen dabehalten, konnten gar nicht genug bekommen. Ich glaube, ich habe ihnen das Problem der Konstanz der Masse – nun ja, vielleicht nicht wirklich schmackhaft, aber doch wenigstens verständlich gemacht, das glaube ich positiv. Von ihrem Herkommen und ihrer ganzen Einstellung her muss gerade den Bauffremonts dieses Gesetz ja eingängig sein. Die Masse kennt keine Veränderung. Die Bauffremonts auch nicht.«

Das fällt Ihnen auch auf, oder? Wie er da Madame Anne-Maries These an den Bauffremonts ausprobiert, als wäre es seine eigene. Immer probierte er Madames Ideen zuerst an Herrschaften wie den Bauffremonts aus, furchtbar reich und furchtbar dumm. War er mit einer These bei den Bauffremonts durchgekommen, musste etwas dran sein. Dann ging er weiter damit hausieren, wiederholte sie bei jeder Gelegenheit, schliff sie wohl auch ab, sie sollte sich ja glatt einfügen in den Geist unserer Zeit.

»Alles auf der Welt ist schon da«, sagte er jetzt, in einer Lautstärke, als habe Madame ihre eigene Idee nicht verstanden, »nichts verschwindet, nichts entsteht neu. Die Masse ist alterslos und endlos. Nichts kann weggenommen, nichts kann hinzugefügt werden.«

Es war immer dasselbe – hatte er oft genug bei der Fürstin Bauffremont gespeist, war er am Ende geradezu durchtränkt davon, er und er allein habe alle diese scharfsichtigen Gedanken als Erster gedacht. Und nun bliebe ihm nur die Pflicht, Madame zu ihren eigenen Gedanken zu überreden.

»Antoine, jetzt gib bitte Jean-Marie einfach deine Besorgungen. Erzähl weiter von den Bauffremonts und wie erfolgreich du mit ihnen isst. Derweil trägt Jean-Marie deine Besorgungen in die Küche und bereitet uns etwas zu, eine Suppe, einen leichten Auflauf, gleichgültig was. Jetzt, wo wir beschlossen haben, ich beende endlich das Hungern, jetzt, wo ich mir vorstelle, Jean-Marie macht mir eine Omelette, jetzt wo ich den Duft frisch aufgeschlagener Eier schon praktisch in der Nase habe, jetzt muss es gleich sein, jetzt kann ich keine Sekunde länger warten.«

»Die Bauffremonts sind natürlich Mesmeristen. Heutzutage legt sich jeder ein Leiden zu, nur damit er zu diesem Scharlatan Anton Mesmer hinlaufen und sich mit dessen Magnetismus von seinem eingebildeten Leiden heilen lassen kann. Eingebildete Krankheiten heilen sich leicht, die Einbildung selber ist unheilbar. Ich habe den Bauffremonts berichtet, dass ich in den Wasserbecken, in die dieser lügenhafte Habsburger Untertan seine Kranken die Füße stecken lässt, nicht die Spur von Magnetismus oder Elektrizität feststellen konnte. Das Wasser ist stumm, die Einbildung der Kranken umso geschwätziger.«

»Dein Kampf gegen Anton Mesmer ist ungeheuer wichtig, Antoine, aber jetzt, bitte! die Besorgungen, Antoine, gib sie Jean-Marie, damit der …«

»Erst als ich darauf hinwies, auch Marat, dieser gesalbte Großfürst der Revolution, auch Marat glaube an diesen mesmeristischen Spuk, und dass ich deswegen verhindern werde, dass Marat in die *Académie* aufgenommen wird, erst da wurden sie nachdenklich. Ich weiß nicht, was die Bauffremonts mehr schreckt – dass Marat in die *Académie* aufgenommen wird, oder dass sie an das Gleiche glauben wie er. Aber zu meiner Theorie der Verbrennung konnte ich sie wohl überreden.«

»Wie schön, Antoine, dass du der Verbrennung Freunde gewinnst, Freunde, die dafür, wie ich dich kenne, auch zahlen werden. Nur spanne mich nicht länger auf die Folter, gib Jean-Marie deine Besorgungen, ich werde sonst noch meinen Morgenmantel aufessen. Der Brennwert weißer Seide, auch das lohnte sich einmal nachzumessen, nur jetzt, Antoine, um alles in der Welt, hab Erbarmen!«

Es stellte sich heraus, was ich von Anfang an vermutet hatte: Herr Lavoisier hatte die Besorgungen vergessen. Wie jedes Mal. Selber war er satt vom reichlichen Essen der Bauffremonts, ihren schweren Weinen und ihrer Bewunderung für ihn, den revolutionären Chemiker (solche Wörter nahmen die Bauffremonts natürlich nicht in den Mund). Von alledem summte ihm der Kopf. Da konnte man nicht verlangen, er solle daran denken, dass es im Haus nichts zu essen gab, keinen Kanten Brot, keine Marone vom vorigen Jahr, kein Ei, kein Schmalz, nichts.

»Madame, ich gehe und besorge den Fasan. Gedulden Sie sich noch diese kleine Zeit. Ich beeile mich, so gut es geht.«

Manchmal musste ich mich durchsetzen gegen sie.

Dabei wusste ich ganz genau, warum sie verhindern wollte, dass ich den Fasan besorgte. Es war ihr Zartgefühl. Sie wollte nicht, dass ich heute auf die Straße ging. Sie wollte mich schonen. Das wusste ich. Und sie wusste, dass ich es wusste.

Madame Marie-Anne schüttelte den Kopf.

»Beeilen? Wie soll das gehen, Jean-Marie? Du musst doch schon wieder deine Hand festhalten, gleich wird dir das Gehen schwer sein. Und Fasan, nein, Fasan das passt nicht.«

Dabei sah ich sehr wohl, wie sie den dünnen Speichel schlucken musste, der ihr im Mund zusammenlief.

»Aber Madame«, wandte ich ein, »die letzten Tage haben wir von nichts anderem mehr gesprochen. Ihr Stoffwechsel hat sich auf Fasan eingestellt, gerade darauf. Nichts anderes passt jetzt. Wir waren uns, wenn es um die Verbrennung geht, doch einig, dass das Nervensystem, welches unsere Därme regiert, eine ebenso wichtige Rolle spielt wie das Hirn, das in unseren Schädel hineingepresst ist. Wir hatten besprochen, dass deswegen nicht jede beliebige Substanz die Bedingungen des Gesetzes von der Erhaltung und Konstanz der Masse erfüllt. Sonst könnten Sie, Madame, genauso gut Sägespäne essen und darauf hoffen, dass Ihr Körper die verbrennt. Sägespäne wären noch da.«

Als hätte ich nicht genau gewusst, wie sehr es sie nach Fasan verlangte! Nach dreißig Tagen Hunger hatte sie noch immer die Kraft, sich Sorgen um mich zu machen.

Herr Lavoisier hatte den Arm um Madame Marie-Anne gelegt.

»Das hat mir gerade noch gefehlt – mein Labordiener als Philosoph! Was für ein lehrreiches Stück Herr Voltaire davon schriebe. Pack dich endlich!«, schnaubte er. Habe ich erwähnt, dass Herr Lavoisier etwas Unsauberes an sich hatte? Ich denke, das kam von den gewaltigen Fleischportionen, die er aß. Zwischen Hals und Hüfte saß bei dem Herrn ein großer Ofen.

»Nein, Antoine, es hat keinen Zweck, Jean-Marie jetzt loszuschicken, nur damit er zu spät zurückkommt. Ich möchte, dass er bleibt. Außerdem wird Pierre jeden Augenblick hier sein. Pierre bringt weiße Pfirsiche mit, mein Gott weiße Pfirsiche, alles ist besser, als noch länger zu hungern. Wir müssen die Ergebnisse der Hunger-Phase mit Pierre besprechen und Jean-Marie muss dabei sein. Jean-Marie hat die Protokolle ausgefüllt und sich ja auch sonst um alles gekümmert, es geht nicht ohne ihn.«

Mein Bericht soll genau sein. Und bloß weil mir etwas weh tut, darf es nicht herausgelassen werden. Es war so: Zwischen Madame Marie-Anne und Herrn Pierre du Pont de Nemours war es seit einiger Zeit zu einem Austausch von Gedanken und Briefen gekommen. Das weiß ich, weil sie mich gebeten hatte, ihre Briefe zu Herrn du Pont zu bringen und auf seinen Antwortbrief jeweils zu warten. Selbst wenn man sich nach Kräften bemüht, diskret zu sein, man kann bei solchen Postbotendiensten nicht vermeiden, dass man dies und das mitbekommt. Ich wusste deshalb, dass Herr du Pont sie heiraten wollte. Was sie natürlich ablehnte. Über seine menschlichen Qualitäten kann ich nichts sagen. Wissenschaftlich gesehen war er keine Leuchte, darüber kann ich mir ein Urteil schon erlauben. Andererseits muss er eine Nase für das Geschäftliche gehabt haben. Nachdem aus seinen Absichten in Bezug auf Madame Marie-Anne nichts wurde, ist er nach Amerika ausgewandert. Dort soll er mit Schießpulver ein Vermögen verdient haben. Die Zeiten sind wohl danach gewesen. Ich hatte übrigens Madame Marie-Anne mitgeteilt, dass ich die Briefe an diesen Herrn nicht mehr weiter besorgen wolle. Sie hat nur gelächelt und Charlotte, das Mädchen, damit beauftragt. Viele Briefe, das habe ich beobachtet, waren es dann eh nicht mehr.

»Als wüsstest du nicht selber, Antoine, dass jetzt der falsche Augenblick ist, sich um Fasan zu kümmern. Die Bauffremonts mögen sich so etwas leisten können, wir nicht. Im Übrigen bräuchten wir ja alles zweifach – zwei Fasanen, zwei Speckhemden, zwei Flaschen Champagner, alles zweifach. Du weißt, dass wir die eine Hälfte sorgfältig auswiegen und im

Ofen verbrennen müssen. Erst wenn die Verbrennungswärme im Ofen ermittelt ist, kann ich die andere Hälfte verzehren, damit wir feststellen, wie viel Verbrennungswärme ich erzeuge und wie viel dagegen der Ofen. Sie werden gleich die Gouges auf dem Karren durch die Straßen fahren. Weiß Gott nicht der richtige Augenblick, zwei Fasanen und zwei Flaschen Champagner herumzutragen. Jean-Marie bleibt hier.«

Ich habe schon bemerkt, dass Davids Bilder lügen. Von Marie-Anne hat er sozusagen nur die obere Hälfte gemalt. Und die auch noch ganz unbeholfen. Ihre Augen sind von diesem ultramarinen Blau, das sie in Sèvres aus Lapislazuli reiben und dann in Porzellan brennen. Das hat David natürlich nicht hinbekommen. Schon gar nicht, dass Marie-Anne aus zwei Stücken zusammengefügt ist. Er hätte sie so malen müssen: den Kopf in den Sternen, die Füße in einem Roggenfeld. Also das hat er nicht hinbekommen. Er hat den feinen Spalt zwischen ihrer Zartheit und ihrer Erdigkeit nicht mal gesehen. Nachdem sie, die fast noch als Kind mit Lavoisier verheiratet worden ist, aufgehört hatte zu wachsen, überragte Marie-Anne ihren Gatten doch deutlich, (um das zu verbergen, malt David ihn sitzend). Ihre Füße sind groß. Allen fiel das auf, wie groß ihre Füße waren, und wie fest sie damit auf der Erde stand. Aber wie leicht sie diese großen Füße hob. So große Füße hätte ich gerne, mit denen man auf der Erde steht, ohne dass etwas wackelt oder zittert. Oder gar krampft. Ihre Hände waren genau. Darauf schaut einer wie ich als Erstes. Einer, der sich mit den eigenen Händen so schwer tut. Herr Lavoisier hatte das rücksichtslose Messen beim Steuereintreiben lernen müssen. Dagegen war Marie-

Annes Händen die Präzision und das Messen eingeboren. Wenn sie Daumen und Zeigefinger spreizte, um vier *pouces* anzuzeigen, dann konntest du eine Schublehre daran anlegen. Es waren genau vier *pouces*.

»Madame, wenn Sie der Wellensittich wären, mit dem wir die Kalorimetrie angefangen haben, dann wäre es tatsächlich gleichgültig, was Sie als erste Mahlzeit nach der Hunger-Phase zu sich nehmen. Für den Wellensittich haben wir zeigen können, dass es auf die stoffliche Zusammensetzung der Nahrung nicht ankommt. Granatapfelkerne, Haferflocken, Würmer oder Hammeltalg, das alles würgt der Wellensittich hinunter, es ist ihm eins. Es kommt nur darauf an, wie viel Brennwert sein Futter hat. Aber bei Ihnen haben wir es mit einem höheren System zu tun; für Sie ist es durchaus von Bedeutung, ob Talg aus der Hüfte eines Hammels verbrannt werden soll, und Ihr Körper diesen Talg in sein eigenes rätselhaftes Eiweiß verwandelt, oder die Brüste eines Fasans.«

(Ich hoffe, Sie finden meine Ausdrucksweise gegenüber Madame Lavoisier nicht unpassend. Bedenken Sie, dass es zwischen dem Wissenschaftler, oder eben: der Wissenschaftlerin, die die Experimente leitet, und ihrem Labordiener zwangsläufig zu einem vertrauten Verhältnis kommen muss. Ohne Vertrauen sind Experimente gar nicht möglich. Außerdem war ich für Madame Anne-Marie, nun – mehr als ein Labordiener. Das denke ich heute noch. Mein Bericht darf das Offensichtliche nicht verschweigen.)

»Ich gehe zu Églantine und borge von ihr, was wir für das Rezept brauchen. Die Speisekammern des Herzogs sind immer noch gut gefüllt.«

Marie-Anne schwieg. Herrn Lavoisiers Hand rutschte auf ihrer entblößten Schulter hin und her. Dabei hatte er wieder diesen Blick ins Bläulichte, als träume er von chemischen Formeln, die alles restlos erklären, von gerechten Steuersätzen, oder horche nach den Rädern des Karrens, auf dem sie die Gouges vorbeifahren würden. In Wirklichkeit war es nur das schwere Essen bei den Bauffremonts, das bei ihm regelmäßig eine gewisse Sinnlichkeit hervorrief. Dann schaute er eben so. Er wollte mich aus dem Zimmer haben.

Marie-Anne konnte mich über ihren Hunger nicht täuschen. Wie es um ihren Stoffwechsel, und damit – der Stoffwechsel ist ja die Grundlage jeder Lebensäußerung –, überhaupt um sie stand, wusste ich besser als sie selbst. Meine Gewissheit war nicht das Ergebnis zergliedernder Seelenkunde, davon verstehe ich, wie Sie bemerkt haben werden, gar nichts. Ich kam ausschließlich durch rücksichtsloses Messen darauf. Für unser Experiment musste Marie-Anne die meiste Zeit im kalorimetrischen Zimmer verbringen. Vor allem die Nacht, wenn der tierische Organismus sich mit der Verbrennung beschäftigt.

Dieses Zimmer, das im Grunde eine raffinierte Messvorrichtung war, müssen Sie sich so vorstellen: ein kleiner, klösterlicher Raum, drei mal drei mal zwei Meter. Er steckte in einem zweiten Raum wie in einer Kapsel, und diese umhüllende Kapsel war mit gehacktem Eis gefüllt. Dieser zweite Raum steckte, wiederum wie in einer Kapsel, in einem dritten Raum. In diesem dritten, also dem äußersten Raum sammelte sich das Schmelzwasser, das entstand, wenn Marie-Annes Verbrennungswärme im ersten Raum einen

Teil des Eises im zweiten Raum zum Schmelzen brachte. Eine sehr aufwendige und kostspielige Konstruktion, Herr Lavoisier hatte tüchtig Steuern eintreiben müssen dafür.

Dass er die Steuern aufgetrieben hatte, war ein wichtiger Beitrag zur Chemie. Das muss anerkannt werden, und ich will es in meinem Bericht erwähnen. Hätte ich meinen Bericht rechtzeitig fertiggebracht, wäre das Revolutionstribunal mit meinem Hinweis auf die Steuern in Schwierigkeiten gekommen. Denn einerseits wurde das Volk tatsächlich mit den Steuern ausgepresst, und Herr Lavoisier war ein ungeheuerlicher Steuereintreiber, gnadenlos und gerecht. Andrerseits musste das kalorimetrische Zimmer ja von irgendetwas bezahlt werden. Den Fortschritt gibt es nicht umsonst. Das kann auch das Tribunal nicht leugnen.

Die Konstruktion selber war natürlich Marie-Anne eingefallen, obwohl sie wieder nur Herrn Lavoisiers Ruhm vermehren wird. Ein Weniges habe auch ich beigetragen. Ich hatte Marie-Anne nämlich darauf hingewiesen, dass man in unserem Dorf den Fischfang unter den Klippen auf Eis lagert, wobei sich wegen der fehlenden Verbrennungswärme des toten Fisches nur wenig Schmelzwasser bildet.

Zu meinen Aufgaben als Labordiener gehörte es, pünktlich bei Sonnenaufgang und, ein zweites Mal, bei Sonnenuntergang das Schmelzwasser aus dem dritten Raum abzulassen und einzuwiegen. Marie-Anne hatte hierfür am Fußpunkt des dritten Raumes einen Ablaufhahn anbringen lassen, wie Sie ihn von Weinfässern her kennen werden. Von diesem Schmelzwasser stellte ich Volumen und Masse fest. Bevor ich ihn entleerte, hielt ich den Messkolben gegen das Morgenlicht und gegen das Abendlicht. Ich war davon überzeugt, ich könnte darin das Anschwellen und Abschwellen ihrer Sehnsüchte und Enttäuschungen erkennen. Ich hätte ihr, allein durch die genaue Untersuchung des Schmelzwassers, auf den Kopf zusagen können, dass sie gestern vergeblich auf den Herrn du Pont gewartet, dass heute ein brillanter chemischer Gedanke sie durchzuckt oder Herr Lavoisier sie wieder mit seiner groben Sinnlichkeit belästigt hatte.

In unserem Küchengarten hatte ich *Lavandula angustifolia* angepflanzt, die ich mit dem Schmelzwasser goss. Ich gehe so weit zu glauben, im Duft dieses Lavendels seien Marie-Annes Enttäuschungen und Träume auffindbar gewesen. Alles war erhalten geblieben (Konstanz der Masse!), aber wie sehr hatte die Form sich verändert; enttäuschtes oder sehnsüchtiges Schmelzwasser hatte sich in Duftatome verwandelt. Ich weiß, da gerät mir Spekulation hinein, Duftatome, ich habe das noch nicht nachmessen können. Aus meinem Bericht werde ich es deshalb erst einmal herauslassen. Trotzdem, das will ich mir doch für spätere Überlegung notieren: Alles geht ineinander über. Fleisch in Erde, Erde in Ausatemluft, von der wiederum die Pflanzen leben. Irgendwann geraten auch Marie-Antoinette, Danton oder Voltaire wieder in den Kreislauf und bilden die Substanz neuer Menschen.

Herr Lavoisier glaubte im Übrigen, mein Lavendel gedeihe so prachtvoll, weil er mich angewiesen hatte, seine abgeschnittenen Zehennägel aufzusammeln und sie, als ›organischen Dünger‹, wie er das nannte, unter die Erde zu mischen. Ich ließ ihn in dem Glauben, an dem heillos wenig Wissenschaft war und ebenso viel Eitelkeit wie Geiz. Zehennägel, ich bitte Sie.

»Worauf zum Henker wartest du noch, Jean-Marie?«,

Herr Lavoisier schien jetzt regelrecht wütend, »lauf zu deinem Bauernmädchen, besorg endlich den Vogel, lauf zu ihr, mach dich wieder wichtig vor deiner Églantine, plustere dich auf, du Sonntagsphilosoph. Aber übertreibe es nicht und komm irgendwann wieder zurück. Siehst doch, wie Madame hungert.«

»Sie ist nicht meine Églantine, Herr Lavoisier.«

»Na dann die Églantine des Herrn Herzogs, der sich so viel darauf einbildet, ein Mann des Volkes und Revolutionär zu sein. Wenn du nur endlich verschwindest.«

»Nein, Jean-Marie, heute ist es zu gefährlich, einen Fasan zu besorgen, zu gefährlich, unwissenschaftlich und überdies viel zu spät. So lange kann ich einfach nicht warten. Bleib!«

Aber da war ich, obwohl es tatsächlich schon wieder losging damit, dass ich mich zu jedem Schritt zwingen, über jeden Muskel, den ich beim Gehen brauchen würde, einzeln nachdenken musste, da war ich schon aus dem Zimmer. Die Stille draußen hörte ich nicht. Die Kaltigkeit, die sich ausdehnte in meinem Kopf, war lauter.

Ich glaube, dass die Glocken noch schwiegen, als ich auf die Straße hinausstolperte. Herr Lavoisier hatte Recht: Ich wollte zu Églantine. Wir stammen beide aus demselben Dorf und sind zur selben Zeit nach Paris gekommen. Sie war jetzt Beiköchin im Dienst des Herzog von Orléans. Der hatte sich in den dritten Stand wählen lassen. Wir sollten ihn Philippe Égalité nennen. Dritter Stand hin oder her, die herzogliche Küche würde haben, was ich für den Fasan bräuchte. Obwohl ich ahnte, dass Églantine es mir nicht gerne geben würde.

In den Straßen setzten die Menschen sich zögernd in Bewegung. Noch ohne richtigen Entschluss waren sie aus ihren Behausungen gekommen. Eine graue, gewalttätige Stille war das. Eine, die wusste, von den Türmen herunter würde gleich verkündet werden, dass heute die Gouges an der Reihe war. Die Glocken und die Trommeln würden es verkünden. Dann würden die Menschen sich daran erinnern, warum sie auf die Straße gegangen waren. Sie hatten es nie vergessen. Der Wind trieb die Menschen vor sich her zum Platz der Eintracht hin. Dort war der Frühling gleich zum Herbst gekommen, die Guillotine besorgte die Ernte. In Weidenkörben wurde sie eingesammelt.

Zwischen all denen, die jetzt begriffen, dass der Wind sie dorthin trieb, wohin sie selber wollten, zwischen ihnen hindurch drängte ich mich in die entgegengesetzte Richtung. Bald begriff ich nicht mehr, wo ich war und wohin ich musste. Nur, dass es nicht dort sein konnte, wohin sie alle zogen, daran erinnerte ich mich. Das Gehen fiel mir schwer, ich musste meinen linken Arm mit der rechten Hand packen, das Zucken wurde schlimmer. Ich kannte das. Am Ende würde mir der Arm von der Schulter gerissen und gegen den Himmel geschleudert, in dem der Wind jetzt brüllte.

In jenem Augenblick, als ich, immer verzweifelter, meinen Weg zum Palais des Herzogs Philippe Égalité suchte, in gerade jenem Augenblick werde ich es wohl noch nicht gewusst haben. Erst jetzt, wo Vieles vorbei ist, und nichts davon ist abgetan, denke ich wieder daran: dass sie kurze Zeit später Philippe Égalité auf denselben Karren gesetzt haben, auf dem gleich die Gouges einherfahren würde. Églantine, obwohl sie doch beim Herzog freundliche Aufnahme und ein Auskommen gefunden hatte, Églantine hatte, voller Wut, auch diesen Karren begleitet. Der Herzog hatte die Stirn besessen, vor dem Konvent zu erklären, er sei gar nicht der leibliche Sohn des letzten Herzogs von Orléans, sondern in Wahrheit der Sohn des Kutschers. Noch schlimmer: Er hielt zu den Engländern.

Immer mehr Männer, Frauen, Greise und Kinder verließen ihre niedrigen Behausungen und rannten mir entgegen. Jubelnd läuteten die Glocken von Nôtre Dame, die der anderen Türme fielen ein, bis es ein einziges schmerzhaftes Dröhnen war.

Ich wurde angerempelt, an den Schultern gepackt, in die Richtung gezwungen, in die sie alle liefen, bespuckt, wenn ich mich weigerte. Wenn man ein Krampfer ist wie ich, ›Marie der Krampfer‹ das war mein Dorfname, dann ist alles Gehen ein Spießrutenlauf.

Ich muss erklären, was es mit dem schweren Gehen auf sich hat, damit verstanden wird, warum ich zu spät gekommen bin.

Ich war wohl vier Jahre alt, als der Vater mich hinaus zu den Schafen mitnahm. Auf dem Heimweg hatte er mich tragen müssen. Zwölf Tage und Nächte soll ich wie tot gelegen haben. Wie es dazu gekommen war, wusste keiner. Der Vater sprach darüber nicht. Dass ich überhaupt wieder aufwachte, wurde allgemein als ein Wunder angesehen. Noch merkwürdiger war, dass ich seither lesen und schreiben konnte, obwohl es bei uns keinen gab, der es mir hätte beibringen können.

Im Dorf soll man das bedenklich gefunden haben. Ein bedenkliches Wunder. Und gewiss hätte keiner gewollt, dass den eigenen Kindern so etwas geschieht. Weil es vielleicht ansteckend war, blieb ich allein in diesen Jahren.

Nur Églantine kam manchmal.

Viel haben sie im Dorf mit mir ja wirklich nicht anfangen können. Auch als ich größer wurde nicht. Ständig musste ich meinen linken Arm festhalten, und konnte doch nicht verhindern, dass das Zucken erst den Arm, dann die Schulter, die linke Hälfte, am Ende meinen ganzen Körper packte. Dass diese Kaltigkeit meinen Schädel sprengte. Mit jedem Krampf bin ich unserem Dorf ein Stück weiter verloren gegangen. Denn jedes Mal war es schwerer zurückzukommen. Ich hatte keine Erinnerung an diese Zustände, wusste nur, wie sie anfingen. Das andere erzählte mir Églantine. Kein Beil konnte ich halten, keine Sichel, keine Rute. Nur wenn sie ein Messgefäß berührten, wurden meine Hände ruhig. Ein Gefäß zum Messen, nicht zur Messe. Wo ich es hinschreibe, fällt mir zum ersten Mal auf: Messe und Messen, das ist praktisch dasselbe Wort.

Seit mich der Vater heimgetragen hatte von den Schafen, war mir die Wolle dieser Tiere unerträglich. Am schlimmsten war es zwischen den Beinen. Ich musste meine groben Hosen mit weichen Stoffen ausstopfen, die schwer zu beschaffen waren. Baumwolle, Handschuhleder, dergleichen machte die Hosen überhaupt erst tragbar. Oft half nicht einmal das, und die empfindliche Haut dort überzog sich mit Pusteln, und das Zucken nahm solange zu, bis ich nicht mehr gehen konnte.

Das mit meinen Händen hat nur Marie-Anne erkannt und mich als Labordiener eingestellt. Im Dorf war keine Verwendung für rücksichtsloses Messen und für meine

Hände. Dort war ich nur Marie der Krampfer, der seinen Weg verliert. So jemanden braucht das Dorf nicht.

Ich darf sagen, dass ich erst im Labor der Lavoisiers zu einem Menschen geworden bin. Wenn ich die Tür des Labors hinter mir zumachte, dann blieb diese ganze gemeine, laute Welt draußen. Hier drin war Ruhe und stilles, rücksichtsloses Messen. Sonst nichts. Mein Leben war genau geworden, wissenschaftlich. Womit ich nicht sagen will, ich sei klüger geworden, das nicht. Ich wusste noch immer nicht, wie man den Hunger stillt. Woher er kommt und wie er sich anfühlt, das hatte ich in meinem Dorf gründlich genug gelernt. Aber wenigstens hatte ich jetzt eine Vorstellung, wie Nahrung im menschlichen Körper verbrannt wird (vorausgesetzt, es ist welche da). Mein Unwille aufzustehen und mein angeborener Hang zur Genauigkeit waren plötzlich zu etwas nütze.

Oft war ich tagelang allein, las die Instrumente ab, kümmerte mich um die Meerschweine und Wellensittiche, entleerte und wog das Schmelzwasser. Die andere Zeit war Marie-Anne bei mir im Labor. Herr Lavoisier eher selten. Er musste ja häufig zu den Bauffremonts. Oder die Säle des lärmigen Paris mit seinen Vorträgen füllen. Vor allem musste er Steuern eintreiben.

Manchmal, wenn die Experimente wieder zu lang gedauert hatten, aß ich mit den Lavoisiers am selben Tisch. Das kam vor, wenn auch selten. Ich war beim Essen lieber allein. Marie-Anne war zartfühlend genug mir meinen Raum zu lassen. Sie wusste, wie peinlich es mir war, einen Vorwand dafür zu erfinden, dass ich nicht mit ihnen am selben Tisch sitzen wollte. Nur wenn Herr Lavoisier auswärts bei den Bauffremonts wieder seine riesigen Fleischportionen zu sich nahm, also dann wäre ich doch gern am Tisch gesessen.

Eben gerade fällt mir auf, welche Rolle Fleisch in meinem wissenschaftlichen Leben spielt. Es ist ja mein eigentliches Leben. Das Fehlen des kleinsten Brockens Fleisch in meiner Kindheit. Die Verbrennung des Fleisches im menschlichen Organismus. Die Konstanz des Fleisches. Die Bauffremontschen Fleischportionen und die durch sie hervorgerufenen Begierden des Herrn Lavoisier. Der Graf Rumford mit seinen Fleischsuppen, den Marie-Anne bald nach der Hinrichtung von Herrn Lavoisier heiratete. Von dem sie sich aber schnell wieder scheiden ließ. Sie blieb auch nach der Scheidung eine Gräfin Rumford. Danach nahm Fleisch einen geringeren Raum in meinem Leben ein.

Die Menschen quollen aus ihren Behausungen. Die Glocken heulten im Wind. Misstrauisch wurde ich angestarrt, angeschrien, angerempelt. Gefragt wurde: Der da will nicht mit uns gehen? Hat der es nicht nötig, zuzusehen, wie wir die Gouges dorthin fahren? Was humpelt der so duckmäuserisch in die falsche Richtung? Und was ist das für ein Papier, um das seine Hand sich krampft? Sie fassten mich immer roher an.

Endlich war ich beim Palais des Herzogs. Églantine öffnete die Küchentür. Von Églantine gibt es natürlich kein Bild, so wie es Bilder vom Herzog gibt oder den Lavoisiers oder von Marat. Ich bin ja kein Maler, und wenn man jemanden von Kind auf kennt, ist es noch schwerer, ihn zu beschreiben. Eines fällt jedem auf: Églantines rotes Haar. Und ihre Haut. Wie die blasse Salzblume. Ihre Augen sind grau.

»Ach, noch einer, der keine Lust hat, die Gouges zu begleiten? Dann komm herein und schließ die Tür. Bist du nicht Jean-Marie, Marie der Krampfer, der aus demselben Dorf kommt wie unsere Églantine hier? Der mit der empfindlichen Haut zwischen den Beinen?«, begrüßte mich Philippe Égalité lachend.

Ich hatte diesen verdrehten Herzog noch nie gesehen. Églantine hatte mir gesagt, dass er oft bei ihr in der Küche war, ihr von dort aus die Welt erklärte, von Anfang bis Ende erklärte, als sei alles ganz einfach. Von seinen Erklärungen hielt sie nicht viel. Aber eine Beiköchin kann den Herzog schlecht aus seiner eigenen Küche werfen. Jetzt saß der breite genießerische Mann mit den weichen Lippen auf dem Küchenstuhl, musterte mich neugierig.

»Wie siehst du denn aus? Was gibt es denn? Warum kommst du so ungelegen daher? Ich habe keine Zeit für dich, will gleich mit den anderen weg«, murrte Églantine.

Es ist zwecklos, bei Églantine lange darum herumzureden. Ich hielt ihr das Fasanenrezept hin. Erklärte, dass wir heute Morgen die Hungerphase der Verbrennungsexperimente abgeschlossen hatten und nun die Mastphase beginnen wollten. Dass ich mit Madame Lavoisier den Fasan im Speckhemd sehr ausführlich besprochen hatte, dass sich ihr Stoffwechsel gänzlich auf Fasan eingestellt habe, auf Fasan im Speckhemd, auf nichts sonst. Und dass ich sie also, sozusagen im Auftrag meiner Herrschaft, der Lavoisiers, bäte, mir die Zutaten zu geben.

»So ist das. Über das Fasanenrezept hat man gesprochen«, flüsterte Églantine heiser. Sie hatte mich zuerst mitleidig angeschaut. Ein großartiger Anblick war ich bestimmt nicht, zerrauft von dem Gerangel mit den vielen, die mich in die andere Richtung hatten mitzerren wollen, mein Handgelenk umklammernd, weil der Krampf mir gleich den Arm abreißen würde. Jetzt starrte Églantine auf den Küchenboden. Weiße und schwarze Kacheln bildeten ein verwirrendes Muster.

»Sehr ausführlich hat man gesprochen. Und jetzt findet man, Fasan muss es schon sein, Fasan im Speckhemd und Champagnersauce. Drunter tut man es nicht. Dahin ist es also gekommen.«

Es war ja einfach, den Zorn zu verstehen, der Églantine packte, als ich ihr sagte, Madame Lavoisier wolle Fasan.

Der Herzog streckte die Hand aus, zog das Rezept aus meinen verkrampften Fingern. Von ihm gibt es viele Porträts, aber auch die treffen ihn nicht. Können Sie ihn sich besser vorstellen, wenn ich wiederhole, was über seine letzten Augenblicke geschrieben wird?

»Den geistlichen Beistand lehnte er ab. Wie gewöhnlich mit erlesener Sorgfalt gekleidet, die große Nase noch geröteter als sonst, wird er hinaufgeführt. In großartiger Blasiertheit stirbt er als ein Mann von altem Geschlecht, legt sogar eine gewisse Hast, das Leben zu verlassen, an den Tag. Sein letztes Wort zum Gehilfen ist: Sie können mir die Stiefel auch ausziehen, wenn ich tot bin. Das ist verlorene Zeit. Beeilen wir uns!«

Vielleicht war es ja nur, weil er nicht mit nackten Füßen vor seinen Schöpfer hintreten wollte. Weiß ich, woran ich einmal denken werde in diesem Augenblick. Den Philippe

Égalité hatten wir geliebt und gehasst, und wieder geliebt und noch einmal gehasst. Verstanden hatten wir ihn nie. Ich muss der Genauigkeit halber schon schreiben ›wir‹. Ich hatte ihn ja auch geliebt und gehasst. Nie so geliebt, dass ich geglaubt habe, er wäre einer von uns, ein, sagen wir, Labordiener. Und nie so gehasst, dass ich ihn auf dem Karren hätte sitzen sehen wollen. Vielleicht sind bei einem Krampfer wie mir solche Gefühle weniger stark ausgebildet.

Aber so weit war es noch nicht. Jetzt saß er noch da und studierte lächelnd das Fasanenrezept.

»Du, Jean-Marie, du bist doch derjenige«, sagte Églantine – ihre Beherrschung hatte sie wiedergefunden – »der diese fabelhafte Entdeckung gemacht hat, dass es gleichgültig ist, was wir hier drinnen verbrennen. Fasan, Torte oder verschimmeltes Brot – es kommt nur drauf an, wie viel Verbrennungswärme in dem steckt, was wir essen? Davon redest du unablässig. Wenn es so ist, warum muss Madame dann unbedingt einen Fasan im Speckhemd verbrennen? Warte, bis sie die Gouges bringen. Danach kann ich dir Sägespäne mitgeben und ein Hemd. Es wird nicht aus Speck sein. Das mag deine Marie-Anne dann in ihrem unersättlichen Ofen verbrennen.«

Sie ist zart, Églantine, viel kleiner als ich, der ich für einen Mann klein bin. Sie hat etwas, das keiner zerbricht. Etwas, das schweigend in ihr hockt. Etwas, das sie selber nicht kennt.

Jetzt drehte sie sich wieder zu den schmutzigen Tellern um, die sie abgewaschen hatte, bevor ich gekommen war. Der Abwasch musste fertig sein. Erst die Teller sauber, dann hinaus auf die Straße.

»Soll deine Madame Ratten verbrennen wie jedermann. Ratten *à la bordelaise*, davon erzählen die Leute zurzeit überall.« Églantine redete jetzt ganz gleichmütig. Mit genauen Handbewegungen wusch sie das empfindliche Porzellan. »Ein Dutzend Ratten kann ich dir mitgeben, Ratten gibt es genug.«

»*À la bordelaise?*«, fragte der Herzog amüsiert.

Églantine, den Rücken uns zugekehrt, nickte.

»Du ziehst ihnen das Fell runter, schneidest den Kopf ab und den Leib der Länge nach auf, nimmst die Därme heraus und stopfst Schalotten hinein. Oder Eicheln, wenn du keine Schalotten hast. Oder du spuckst hinein, wenn du nicht mal Eicheln hast. Dann legst du sie aufs Feuer. Sie sagen, das Holz trockener Weinfässer gibt das beste Feuer dafür her. Und sie sagen, wenn du starke Zähne hast, kriegst du auch die Knöchelchen der Ratte klein.«

»Aber Églantine, mir ist ganz so, als hätten wir noch irgendwo einen Fasan herumhängen. Gib deinem Jean-Marie diesen dummen Fasan, wir tun damit der Wissenschaft einen Dienst. Herr Lavoisier ist ein großer Revolutionär der Chemie. Er beschäftigt sich damit, wie man uns alle satt bekommt.«

»Ach ja? Damit beschäftigt er sich? Das höre ich zum ersten Mal. Ein großer Revolutionär ist man heute schnell. Und die allergrößten Revolutionäre sitzen in der eigenen Küche. Ich bin nur die Beiköchin, ich habe nicht gewusst, dass man auch ein Revolutionär der Chemie sein kann. Und was man dafür mit der Chemie anstellen muss. Was der große Herr Lavoisier außer Revolutionmachen sonst so macht, das weiß ich allerdings sehr gut: Ein Steuereintreiber ist er und von allen der gnadenloseste. Von uns nimmt er und stellt der königlichen Brut draußen in Versailles ein Schloss hin. Euer Herr Lavoisier, dem vor lauter Revolution der Hals schwillt, hat Paris mit einer dicken Mauer eingeschlossen. Keiner von uns kann heraus oder herein, ohne für jeden Schritt zu zahlen. Eine Mauer, damit wir an unseren eigenen Ausdünstungen ersticken. Wenn er die Chemie so geläufig beherrscht wie das Steuereintreiben, dann muss die Chemie sich wirklich fürchten.«

»Er studiert die Verbrennung«, erklärte der Herzog, »auch wenn ich nie verstanden habe, wie man vom Verbrennen satt werden soll. Er behauptet, dass Verbrennen nichts wegnimmt, sondern dem Stoff, der verbrannt wird, eigentlich etwas hinzufügt, eben seine Wundersubstanz Sauerstoff. Nach dem Verbrennen soll mehr da sein als zuvor. Eine prachtvolle Erfindung: Erst wird das Essen verbrannt und hinterher ist mehr Essen da als vorher. Wenn er jetzt noch den praktischen Nachweis dafür bringen könnte. Dann wäre Frankreich seine Sorgen los.«

»Mag sein, dass der große Herr sich mit der Verbrennung beschäftigt, es kommt mir alles ziemlich wirr vor. Vor allem beschäftigt er sich damit, wie er uns, die innerhalb seiner dicken Mauer leben müssen, am gründlichsten ausplündert. Wenn der Herr Lavoisier etwas verbrennt, ist danach weniger davon da als davor. So herum funktioniert seine Chemie praktisch. Und er beschäftigt sich damit, wie man seinen englischen und amerikanischen Freunden, die bekanntlich unsere Feinde sind, unauffällig Geld in die Taschen schiebt. Auch davon ist danach in unserem Land weniger da als davor. Außerdem beschäftigt er sich damit, wie man ehrlichen

Tabak mit Wasser verdünnt. Einträgliche Beschäftigungen hat er, euer Herr Verbrennungsrevolutionär.«

Églantine wusch die kostbaren Porzellanteller des Herzogs, als ginge es um ihr Leben. Später würde ich mich wundern, dass im Urteil über Herrn Lavoisier wörtlich Églantines Gründe standen: Plünderung der Schätze Frankreichs, Konspiration mit den Feinden Frankreichs und ›Panschen‹ von Tabak mit Wasser.

»Ich habe mir erklären lassen«, sagte der Herzog, »eine Substanz wird schwerer, wenn sie verbrennt, weil sie sich mit Sauerstoff verbindet. Also nicht leichter, wie die Deutschen glauben. Die behaupten, das Phlogiston, diese geheime Staatssubstanz des Herrn Stahl, fliegt beim Verbrennen davon. Verbrennen erleichtert nicht, sondern beschwert. So war es doch, Jean-Marie?«

Ich nickte. So ungefähr war es, ja.

Églantine klapperte wütend mit den Tellern.

»Wir im Labor der Lavoisiers halten uns streng an die Fakten«, entgegnete ich, während von den Türmen der Stadt Paris herunter die Glocken lärmten, »und diese Fakten sind: Erstens«, wie immer, wenn ich unsere Messergebnisse erläutern sollte, wich die Kaltigkeit aus meinem Schädel und die Welt wurde überschaubar, »erstens: Wenn etwas verbrannt werden soll, braucht es dazu Sauerstoff. Zweitens: Wenn etwas verbrannt wird, wird der Sauerstoff verbraucht, er verbindet sich mit dem Körper, der verbrannt wird. Der Sauerstoff verschwindet also nicht, er nimmt nur eine andere Form an. Wenn Eisen sich mit Sauerstoff verbindet, entsteht Rost, das rostige Eisen ist schwerer als das blanke Eisen. Drittens: Ein Körper, der verbrannt wird, wird um genau so viel schwerer, wie der Sauerstoff leichter wird. Viertens: Bei jeder Verbrennung …«

Einer der kostbaren Porzellanteller glitt aus Églantines nassen Händen und zerbrach auf den Fliesen. Ich weiß nicht, warum es mir so vorkam, als sei es gar keine Unachtsamkeit gewesen. Der Herzog erschrak, zuckte dann aber nur mit den Schultern. Églantine kümmerte sich nicht um die Scherben, bürstete die Teller, als wären es die Preußen vor Valmy.

Draußen mischte der harte Wind Trommeln unter die Glocken.

Églantine hat mir nie gesagt, warum der Zorn sie in jenem Augenblick ansprang. Musste sie auch nicht, denn es war so:

Seit Generationen wurde das Fasanenrezept in Églantines Familie als ein Geheimnis gehütet. Im Dorf wussten wir, dass es da ein Geheimnis gab. Wir wussten auch, dass dies Geheimnis mit der Zurichtung eines Fasans zu tun hatte. Allerdings hatte keiner es je erlebt, dass im Dorf ein Fasan zubereitet worden wäre. Nie. In keiner Küche. Es lag nicht daran, dass es keine Fasanen gegeben hätte. Es gab genug davon. Nur: Diese Fasanen waren nicht herrenlos, sie gehörten den Baronen. Auf Fasanenwilderei standen Strafen, die so scheußlich waren, dass man sie nicht beim Namen nennen wollte.

Fasanen gab es, und Strafen gab es. Und dann gab es noch dieses Rezept, das Églantines Familie für unser Dorf versteckte als eine Aufsässigkeit gegen die Barone. Oh ja! Wenn die Zeit erst einmal gekommen war, würde man durchaus wissen, wie es man anfangen muss mit einem Fasan.

Einstweilen und bis dahin wusste nur Églantines Familie davon. So sehr wurde darauf geachtet, dieses Rezept zu verstecken, dass derjenige, der durch irgendeine Unachtsamkeit oder einen dummen Zufall davon Kenntnis bekam, in demselben Augenblick in Églantines Familie aufgenommen war. Denn wer zur Familie gehörte, musste schweigen. Über das Rezept zu sprechen war eine Verlobung, so musste man es sehen. Wenn einer von der Familie gegenüber einem Außenstehenden das Fasanenrezept zur Sprache bringen wollte, musste er sich gut umschauen. Verlobt war man gleich. Zwischen Steinen und bitterem Salz war ohnehin nie Geld, um Verlobung zu feiern. Als Verlobungsurkunde reichte das Rezept.

Und jetzt hatte ich Madame Lavoisier das Rezept weitergesagt. Hatte wegen der Wissenschaft alles vergessen, was für unser Dorf wichtig war. Preisgegeben hatte ich unser Dorf. Zerrissen hatte ich die Verlobungsurkunde. Vielleicht werden Sie sagen: warum so große Worte für ein Fasanenrezept? Aber was Sie oder ich darüber denken, ist nicht wichtig. Was Églantine dachte, und wie unser Dorf es aufnehmen würde, nur darauf kam es an. Erst jetzt, als Églantine den kostbaren Sèvres-Teller auf den schwarz-weißen Kacheln hatte zerschellen lassen, begriff ich, dass ein Fasan mehr sein kann als die Verbrennungswärme, die in ihm steckt. Dass die Wissenschaft genau ist, aber auch, dass sie nicht alles ist.

Noch immer hielt Philippe Égalité, der Herzog, das Rezept in der Hand, noch immer wusch Églantine die empfindlichen Porzellanteller, noch immer dehnte die Kaltigkeit meinen Schädel.

Kopfschüttelnd las der Herzog den letzten Satz:

»Vor dem Auftragen richtet man Kopf, Flügel und Schwanz wieder in guter Ordnung an.

Kannst Du mir erklären, Églantine, warum man sich die Mühe geben soll, den Kopf erst abzuschneiden, in trockenes Papier zu wickeln und aufzuheben – nur damit man ihn dem lichtbraunen Fasan wieder aufsetzen kann? In guter Ordnung. Schmeckt er so besser? Verbrennt er sich leichter?«

Der Herzog gab mir das Papier zurück, ich konnte es nur mit Mühe festhalten, weil meine Hand so sehr zuckte.

»Glaubt mir, Philippe Égalité, es wird besser sein, wenn Ihr es nicht versteht. Es ist nur bitter, dass Jean-Marie es nicht verstehen will. Der könnte es. Aber es ist gleichgültig ob Ihr oder du, Jean-Marie, ob überhaupt einer es versteht. Ich denke mir, es wird ohnehin zu viel verstanden in dieser Zeit. Ich jedenfalls gehe mit den anderen zum Platz der Eintracht. Die Gouges hat eine gute Begleitung verdient.«

Während Églantine das sagte, hatte sie sich zu uns herumgedreht. In der Hand hielt sie den letzten Teller aus Sèvres-Porzellan, den sie gerade abgewaschen und sorgfältig getrocknet hatte, sah gleichmütig auf den Herzog hin.

»Ihr, Philippe, könnt Jean-Marie den Fasan ja geben. Unten bei den Weinfässern hängt tatsächlich noch einer. Euer Gedächtnis ist, wie immer, wenn es ums Essen geht, unbestechlich. Aber wickelt ihn gut ein. Und du, Jean-Marie, versteck ihn gut unter deiner Jacke, wenn du ihn deiner Madame heimträgst. Es sind viele von uns auf der Straße. Wir sind nur Rattenfresser, weißt du. Aber wir sehen es nicht gern in diesen Zeiten, wenn jemand mit einem Fasan in der Hand herumgeht zwischen uns.«

Mit einer abgezirkelten Bewegung öffnete Églantine die Hand, sah dem Teller nach, der auf dem Küchenboden zersprang.

»Und, Jean-Marie, was deinen revolutionären Steuereintreiber Lavoisier angeht und deine geschmäcklerische Madame – der Spruch ist schon unterschrieben für die beiden, er steckt schon in seinem Umschlag. Ich will mich darum kümmern, dass er zugestellt wird. Noch heute soll er zugestellt werden, noch vor dem Fasan soll sie ihren Umschlag bekommen. Sei unbesorgt, ich kümmere mich jetzt sofort darum.«

Sie ging hinaus, als sei das Stumme, das in ihr hockt, aufgestanden. Aufhalten konnte es keiner mehr. Behutsam, als wolle sie uns nicht wecken, schloss sie die Küchentür hinter sich. Draußen war Regen aufgekommen, dessen Prasseln den scharfen Ton der Trommeln stumpf machte.

Wie ich ins Labor der Lavoisiers zurückgekommen bin, weiß ich nicht mehr. Es wird so ähnlich gewesen sein wie damals, als der Vater mich heimtrug. Daran erinnere ich mich ja auch nicht. Das schmerzhafte Zucken spüre ich noch, das Lähmende danach. Und wie ich fast verzweifelte, weil ich zu spät kommen würde. Églantines Umschlag wäre vor mir da. An die Menschen erinnere ich mich, die zum Platz der Einheit drücken. Als sei dort eine unschöne Pflicht abzumachen, der keiner auskonnte. Wenn sie vom Platz der Einheit zurückkämen, würden sie nachschauen, ob da noch Brot war in ihren Behausungen, und sich hinsetzen an den

Tisch. An diesem Abend würden sie den leeren Tisch mit anderen Augen anschauen. Morgen schon würde der Tisch aussehen wie immer, leer wie immer. Aber einen Augenblick lang hatten sie ihn doch anders angeschaut.

Auf einem Stuhl im kalorimetrischen Zimmer sitzend kam ich wieder zu mir. Mein erster Gedanke war, dass die Tür geschlossen werden müsse, sonst entweiche die Verbrennungswärme ungemessen.

Aber dann fand ich den Gedanken töricht. Das Haus war leer. Bestimmt waren die Lavoisiers schon von den Beauftragten des Revolutionstribunals weggeschafft worden. Ich mochte mir nicht vorstellen, wo Madame, noch immer geschwächt von der Hungerphase der Experimente, die Nacht verbringen musste.

Ich selber sah aus, als hätte ich eine wüste Schlägerei überstanden. Natürlich hatte ich mir in die Zunge gebissen, das mache ich immer, wenn meine Arme in den Himmel gerissen werden und ich das Bewusstsein verliere. Aber dieses Mal war auch noch mein rechtes Auge zugeschwollen, die Unterlippe aufgeplatzt, meine Kleidung zerrissen, jeder Knochen schmerzte. Sie müssen mich auf dem Weg zurück gedroschen haben. Der Fasan wird schuld gewesen sein.

Ich erinnerte mich noch daran, dass der Herzog mich nicht weglassen wollte. Mit einmal war es ihm ungeheuer wichtig zu begreifen, was es mit der Verbrennung im geschlossenen System auf sich hat. Das ist ja der springende Punkt in der Verbrennungslehre. Man muss im geschlossenen System messen. Nur im geschlossenen System kann man feststellen, dass die Masse beim Verbrennen unveränderlich bleibt. Nur im geschlossenen System stellt sich heraus: Alles auf der Welt ist schon da. Nichts verschwindet, nichts entsteht neu.

Und auch daran erinnere ich mich: Wie schwer es mir plötzlich fiel, dem Herzog diesen Zusammenhang zu erklären. Vielleicht weil mir selber Zweifel gekommen waren, Fragen jedenfalls. Auch wenn die Masse gleich bleibt, wenn sie nicht verschwinden und nicht neu erschaffen werden kann, sie kann doch eine neue Form annehmen, das wusste ich ja. Aber jetzt kam mir vor, ich hätte diesen Gedanken nie bis zum Ende gedacht. Die Masse bleibt, aber sie kann sich verdünnen oder zusammenballen. Außerdem haben die Dinge mehr Eigenschaften, als schwer zu sein. Wenn sie dort auf dem Platz der Eintracht die Köpfe in den Korb werfen und mit dem Blut das Marsfeld düngen, natürlich ändert das die Masse nicht. Das Blut und die abgeschnittenen Köpfe verschwinden nicht. Aber etwas anderes wird ja doch aus ihnen. Vielleicht etwas Besseres. Wie das, was im Duft des Lavendels auffindbar ist, so ungefähr. Nur gehört das nicht mehr zu den Dingen, für die ein Labordiener heute schon eine Messmethode zur Verfügung hat.

Noch immer hatte der Herzog nicht verstanden, ich verstand mich ja selber nicht. Er wollte wissen, warum ich unbedingt auf die Straße hinaus und mit den anderen gehen müsse.

Meine Erinnerung an dieses letzte Gespräch mit dem Herzog verschwimmt mit anderen Gesprächen, die ich eher mit Églantine geführt haben muss, bei denen ich immer das Gefühl gehabt hatte, sie behielte Recht. Églantine, der ich sofort in den Arm fallen musste, damit der Spruch an den

Lavoisiers nicht schon heute vollstreckt würde. Was unmöglich war, weil mir das Gehen so schwer fiel. Und weil das Stumme in Églantine plötzlich aufgestanden war. Wenigstens dabei sein müsste ich, vor dem Tribunal dabei sein. Auch wenn das Zeugnis eines Labordieners nichts ändert, das hat man ja gesehen. Noch heute spüre ich die Trommeln geradenwegs durch meinen kaltigen Schädel marschieren, den Regen, als ich die Küchentür des Herzogs öffne. Den Himmel, der in der Mitte auseinanderbricht.

So verwirrt, so unwürdig und zerschlagen bin ich also im Labor der Lavoisiers wieder zu Bewusstsein gekommen. Wie jedes Mal, wenn ich gekrampft hatte, war ich todmüde. Irgendjemand hatte mich hierhergeschafft. Irgendjemand musste gewusst haben, ich gehöre hierher.

Die Trommeln schwiegen, der Regen hatte aufgehört. Nur manchmal kam noch ein einzelner Glockenton.

Ich weiß nicht, ob es Églantine war, die mich auf diesen Stuhl im kalorimetrischen Zimmer gesetzt, die meine verkrampften Finger gelöst, und mir das Rezept aus der Hand genommen hatte. Das Rezept war jedenfalls nicht mehr da, so wie plötzlich auch alles andere aus dem Haus verschwunden war. Ich denke doch, dass es Églantine gewesen sein muss, die den Fasan (der Herzog wird ihn mir gegeben haben) so sorgfältig unter meiner Jacke verborgen, und mir den Speck in die Tasche gestopft hatte. Außer Églantine hätte mir keiner den Fasan und den Speck gelassen, nicht bei dem Hunger, der alles beherrschte. Niemand anders wusste, dass ich hierher, in diesen kalorimetrischen Raum, gehöre. Sonst gehöre ich nirgendwohin.

Jetzt, wo ich wach wurde, wusste ich nicht einmal das mehr sicher.

Wir Labordiener schreiben keine Geschichte. (Ich muss wirklich unbedingt darüber nachdenken, ob die Geschichte anders verläuft, wenn wir das einmal täten.)
Deshalb ist auch nirgendwo aufgeschrieben, dass Églantine in unser Dorf zurückgegangen ist.

Eines Tages, ich weiß gar nicht mehr, wie viel Zeit nach all dem vergangen war, eines Tages also hat sie den Houellebecque vorbeigeschickt, er hatte ohnehin Geschäfte in der Stadt. Er sollte mir ausrichten, dass sie nichts vergessen habe. Und ich solle endlich nachkommen, wir seien am Ende doch immer noch verlobt.
Houellebecque sagte, Églantine habe das Fasanenrezept an die Tür des Wirtshauses hingenagelt. Ja, es gab seit jenen Tagen ein Wirtshaus zwischen Steinen und Salz, ein bisschen besser sind die Zeiten dann doch geworden. Darüber bin ich mit Houellebecque, dem Salzhändler, unversehens ins Reden gekommen. Es ist ja nicht so, darin waren wir uns einig, dass die Zeiten unweigerlich besser werden, wenn die Menschen wieder weggehen vom Platz der Eintracht. Und während mit Houellebecques Bericht das Dorf und Églantine und meine ungeschickte Kindheit wieder vor meinen Augen standen, schien mir plötzlich, als müsste man die erste These, wie Lavoisier gesagt hätte, anders formulieren. Ich war verwirrt, hatte ich doch viel weniger verstanden, als ich mir eingebildete hatte. Der Satz jedenfalls, dass alles schon

immer da ist, und nichts ein Alter kennt oder eine Müdigkeit, und alles bleibt bis hinaus über das Ende der Zeit, dieser Satz, also von diesem Satz muss es Ausnahmen geben. Anders geht es nicht. Ich hätte mir sonst die letzten Wochen, ja eigentlich mein ganzes Leben, nicht erklären können.

Houellebecque, dem ich meine neue These vortrug, sagte, darüber habe er nie nachgedacht, war aber in Eile und musste zu seinen Salzgeschäften.

Ich habe das Labor aufgeräumt und das letzte Schmelzwasser, viel war es nicht mehr, abgelassen. Morgen fahre ich. Ich werde Églantine sehen.

In diesem Jahr 1940,
als der Sommer kein Ende nahm

Etgar

Du bist hirondelle, sagen die Leute, das ist es, was du bist. Eine Schwalbe. Wer hirondelle ist, verlässt das Dorf im Frühjahr, noch bevor das Leben mit ihm etwas hat anfangen können. Zieht draußen herum. Selten, dass es dafür reicht, Geld heimzuschicken. Am Ende gehen wir zurück ins Dorf. Das Frühjahr ist vorbei. Schlaflos sind wir überall gewesen.

So bin auch ich in das Dorf Steige zurückgekommen, bin hier ja geboren, und jetzt habe ich mir hier ein Zimmer mieten müssen.

Draußen gehen die Tage vorbei.

Heute kam ein Mädchen aus dem Dorf, Fabienne heißt sie. Sie weiß noch nicht, wie es ist, wenn man keinen Schlaf findet.

Fabienne besucht das Gymnasium in der Nachbarstadt Sainte-Croix-aux-Mines. Sie sieht ihrem Großvater ähnlich. Fabienne will von mir hören, was damals geschehen ist. Was mit Joseph Meister war, und den anderen. Welche Rolle ihr Großvater Alphonse bei allem gespielt hat, auch das wird sie wissen wollen. Das hat ihr bestimmt keiner gesagt. Von mir will sie es wissen. Warum von mir.

Jemand muss behauptet haben, ich wüsste Bescheid. So als gäbe es für mein Hirn, meines ausgerechnet, einen Grund, mit dem Alter besser zu werden.

Wiederum. Kann sein, der Herbst hat mich nur deswegen nach Steige zurückgeholt, damit einer da ist, der das Gedächtnis des Ortes aufhebt. Als ich damals, noch keine achtzehn, aus Steige fort bin, habe ich geschworen, nie wieder komme ich zurück. Als alter Mann bin ich wieder hier. Alles, was ich gesehen habe, hat mich sehnsüchtiger gemacht.

Ich habe von Sandrine ein Zimmer gemietet. Meine einzige Beschäftigung besteht darin, den Leuten die Erinnerungen aufzuheben. Sie bringen Schachteln mit Photos, zusammengeschnürte Packen Briefe, Blechdosen voller Muscheln. Das stand einmal in ihrem Weg, hat ihnen Gutes bedeutet oder Schlechtes. Wegwerfen können sie es nicht. Warum bringen sie es gerade mir? Deswegen: Ich habe nie zu jemandem gehört, man hat mich nie zu jemandem gerechnet, ich werde schon nicht urteilen. Wahrscheinlich gibt man mir deshalb die Erinnerung. Kann doch sein. Übrigens muss ich mich nicht rechtfertigen. Fragen Sie die Leute selber, warum sie mir ihren Kram geben.

Der Mann, nach dem das Mädchen fragt: Joseph Meister, auch er war hirondelle. Und wie er das war. So hirondelle wie ich. So wie Alphonse. Und Maëlis.

Obwohl Joseph Meister es nicht geschafft hat zurückzukommen, Maëlis auch nicht. Und Alphonse, der hätte eigentlich woandershin zurückmüssen, statt hier zu, nun, sagen wir, zu bleiben. Nach Colmar, nach Marseille oder nach Warschau. Wusste ja keiner, wo Alphonse hergekommen war.

Ich lebe bei Sandrine nur zur Miete. Verzehre ich eben hier meine Rente, sie wird sowieso jeden Monat weniger. Übrigens sagen sie nicht: Joseph oder Alphonse waren ›eine hirondelle‹. Sie sagen: Joseph ist hirondelle. Etgar ist hirondelle. Es ist eine Eigenschaft. Und das Hirondellesein wird man nicht los, ebenso wenig, wie man eckige Schultern und diesen Blick von unten loswird. Ich glaube, hirondelle ist in Steige jeder. Manche haben genug Verzweiflung in sich, um aufzubrechen. Und behalten Kraft genug, um wiederzukommen, auch wenn es da draußen natürlich nichts wurde mit dem Glück. Wie viel Verzweiflung Sandrine hat, das weiß ich nicht.

Also. Fabienne war gekommen, um von mir etwas über Joseph Meister zu erfahren. Ihr Lehrer hatte vorgeschlagen, die Klasse sollte sich eine Gedenktafel für Joseph Meister überlegen, als Abschlussarbeit. Wenn sie sich geeinigt hätten über den Text, sollten sie die Tafel herstellen. In Stein meißeln, in Kupfer stechen, wie sie es halt fertigbrächten. Zum Schluss sollten sie den Bürgermeister überzeugen, dass er die Gedenktafel hinhängt an dem kleinen, inzwischen ziemlich heruntergekommenen Haus, in dem Joseph Meister gelebt hatte.

Fabienne sagt, dass sie seit Wochen über den Text streiten.

Der Vorschlag, den die Mehrheit der Klasse für passend hält, geht so:

»In diesem Haus verbrachte Joseph Meister glückliche Kinderjahre. Wir, die nach ihm leben, vergessen nicht, welchen Dienst er uns leistete. Er war der erste Mensch, der von der Tollwut errettet wurde. Joseph starb am 14. Juni 1940 bei dem Versuch, das Grab seines Retters, Professor Louis Pasteur, gegen die faschistischen Soldaten zu beschützen, die Paris besetzten.«

Fabienne hatte es auf ein Stück Papier geschrieben. Jetzt hob sie den Kopf und sah mich an. Merkwürdig, wie stark das Mädchen nach seinem Großvater Alphonse schlägt. Sie wird doch einmal ein völlig anderer Mensch sein. Ich erinnere mich an Alphonses Gesicht. Die linke Hälfte gelähmt. Nutzlos gewordene Muskeln zerrten den Mundwinkel nach unten. Das Auge in der starren Gesichtshälfte rollte in seiner entzündeten Höhle, als wollte es jeden Augenblick herausspringen, es war überall, verfolgte alles. Die rechte Gesichtshälfte war glatt und ausdrucksvoll, ein gelassenes Auge, Hochmut war darin. Das Gesicht eines Menschen, der vom Leben alles erwartet. Erwarten darf. Dieses rechte Gesicht hat seine Enkelin Fabienne geerbt. Es kommt mir vor, als sähe der verständige, der lebenshungrige Alphonse mich an. Den anderen Alphonse vergisst man, wenn man Fabienne anschaut. Alphonse Guillemin. Von denen, die diesen anderen gekannt haben, leben nur noch wenige.

Sie will von mir wissen, was damals geschehen ist. Was weiß denn ich. Dennoch, Fabienne hat Recht. Wenn einer es wissen sollte, dann bin ich das. Ich war am wenigsten beteiligt, hatte mehr Ruhe als die anderen beim Zuschauen. Und inzwischen habe ich besser verstanden, was ich damals nicht begriff: wie Helden fabriziert werden. Die Fabrikation von Helden, darum handelt es sich, wenn man sich vornimmt, die Geschichte von Joseph Meister und Louis Pasteur zu erzählen.

Warum stellt man den Schülern so eine Aufgabe? Ist es

schon wieder so weit, dass wir Helden brauchen? Fabrizieren ist das falsche Wort. Das klingt nach Schwindel. Herstellen. Nein, auch das klingt falsch. Es war kein Schwindel, und es steckte dahinter keine Absicht. Es war notwendig. Das ist alles.

Fabienne meint, so ist der Text für die Gedenktafel nicht richtig.

»Ein paar in der Klasse sagen, Joseph Meister hätte das nicht gewollt. Ein Bäcker, der später Hausmeister war. Der denkt nicht so. Sie meinen, er muss bescheiden gewesen sein, mindestens soll es auf der Tafel so herauskommen, denn worauf hätte er sich denn etwas einbilden sollen. Die anderen finden, sein Tod, das war überhaupt das Wichtigste. Und es muss draufstehen, dass die Faschisten tollwütig waren, sagen sie.«

»Und du, Fabienne, zu welcher Seite hältst du?«

»Ich weiß nicht. Deswegen bin ich ja zu Ihnen gekommen.«

Sie schaute auf das Blatt, als läse sie den Text zum ersten Mal.

»Ich finde«, sagte sie, »es ist einfach ein bisschen viel die Rede von uns. Und dann: Was für einen Dienst leistet man, wenn einem das Leben gerettet wird? Oder wenn man sich das gerettete Leben nimmt? Aber Sie werden es wissen, Sie waren schließlich damals dabei.«

Das stimmt. Und stimmt nicht. Ich war dabei, das schon. Nicht in Paris, nicht am Grab Pasteurs. Sondern hier. In unserem Dorf Steige.

In dem Gedenktafeljahr 1940 war ich sechzehn, hatte gerade als Hilfsbriefträger angefangen. Es war meine erste Stelle. Es würde nicht die letzte Stelle sein, in der ich scheiterte. Im Nachhinein denke ich, zu diesem seltsamen Stück gehört eben auch, dass ich in meiner unbedeutenden Nebenrolle scheitern musste. Wie ein Stück, so empfinde ich es tatsächlich; eine Dorftruppe führt es in ihren nassen, schweren Kleidern auf.

Das Stück von Joseph Meister war ein Stück für sich oder es gehörte zu einem größeren Stück. Das Stück von einem, der ein paar Kinderjahre in Steige gelebt hat, der eckige Schultern und einen Blick von unten herauf hatte, der hirondelle war wie ich. Aber vielleicht will Joseph Meister gar nicht der Held in diesem Stück sein? Passen würde es zu ihm. Die wenigsten haben den Berufswunsch Held. Man wird es ja erst mit dem Tod und hat dann nicht mehr viel davon. Louis Pasteur, Professor der Chemie und Wohltäter der Menschheit, dem liegt das Heldentum selbstverständlich. Vielleicht war die Hauptrolle ja für ihn vorgesehen, obwohl er damals, als Joseph sich das Leben nahm, schon ein halbes Jahrhundert tot war.

Wer dabei war, sollte wissen, wie es wirklich gewesen ist. Wenn es nur so einfach ginge. Was ist die Wahrheit? Das, was diejenigen, die dabei waren, gesehen haben?

»In diesem Haus verbrachte Joseph Meister glückliche Kinderjahre.«

War es so? Waren dem Joseph ein paar glückliche Kinderjahre herausgezählt, einige wenigstens? Wie unberührt dieses Wort klingt – Kindheit. Ein unberührtes Wort auf der Gedenktafel. Vielleicht ist es falsch, dieses unberührte Wort zu benutzen.

Fabienne wartet, dass ich mit dem Erzählen anfange. Dabei suche ich noch immer den Anfang der Geschichte von Joseph Meister und Louis Pasteur.

Hat sie am 6. Juli 1885 angefangen, als der damals achtjährige Joseph zum ersten Mal gegen die Hundswut gespritzt wurde? Oder zwei Tage früher, am 4. Juli, als der Hund des Gemüsehändlers Vonné den Joseph Meister biss, genau vierzehnmal biss? Hat sie vielleicht sogar noch viel früher angefangen? Wenn Pasteur die Hauptrolle übernehmen will, dann müssten wir sie schier früher anfangen lassen. Vielleicht schon im Jahr 1871, nach der Niederlage. Oder noch früher? Joseph Meister jedenfalls ist eigentlich erst am 6. Juli 1885, achtjährig, auf die Welt gekommen. Am Tag seiner ersten Tollwutspritze.

»Er war der erste Mensch, der von der Tollwut errettet wurde. Joseph starb am 14. Juni 1940 bei dem Versuch, das Grab seines Retters, Professor Louis Pasteur, gegen die faschistischen Soldaten zu beschützen, die Paris besetzten.«
Stimmt das? Kann das überhaupt stimmen?

Ich schaute mich in dem ungeheizten braunen Zimmer um, das Sandrine mir vermietet. Seit sechs Jahren hause ich hier, zurückgekommen in das Dorf, in dem ich aufgewachsen bin. Gesehen habe ich Joseph Meister nie. Sandrine wird ihn schon gesehen haben, sie ist ein paar Jahre älter als ich.

Bestimmt war er öfter in Steige zu Besuch bei irgendeiner seiner vielen Tanten. Es gibt Photos von ihm. Auf dem Maifest. Oder Erntedank. Vor der Kirche. Einen Täufling haltend, der glücklich oder unglücklich schaut. Oder Joseph mit einem flotten Schnauzbart, den grauen Hausmeisterkittel bis unter das bubenhaft weiche Kinn zugeknöpft. Im Hintergrund die Straßen von Paris. Trotzdem, ich kann mich nicht erinnern, dass ich ihn gesehen hätte. Er war damals vierundsechzig und ich sechzehn. Da sieht man sich nicht.

Das Stück Papier mit dem Gedenktafeltext liegt auf dem Tisch. Dieser Tisch stand früher in Sandrines Küche. Keiner setzt sich mehr zu ihr in die Küche. Wir haben den Tisch deswegen in mein Zimmer geschoben. Jetzt arbeite ich daran. Wenn ich arbeite. Für mich gibt es eigentlich gar nichts zu arbeiten. Etiketten schreiben, Listen führen, Sie werden das nicht Arbeit nennen. Oft sitze ich nur da und schaue aus dem Fenster. Es geht nach hinten. Eine Linde und eine Steinmauer. Wenn man mit einem Messer in die Rillen des Tisches fährt, lösen sich kleine Brocken alten Teigs. Dann riecht es so, wie damals die Sonntage rochen.

Sonst gibt es noch zwei Stühle, ein Bett. Und die Apothekerschränke eben. Drei mächtige Apothekerschränke, an jeder Wand einer, mit Schubfächern, Laden und Schiebetüren aus Milchglas. Darin bewahre ich auf, was die Geschichte des Dorfes Steige anschwemmt. Die Schuhschachteln mit Photos, Notizbücher, Briefe, zu Packen geschnürt, Porzellanterrinen, Muscheln, unendliche Mengen von Muscheln (Steige liegt, wie Sie wissen, keineswegs am Meer, nicht einmal am Rhein, wir haben die Hadangoutte, einen dünnen

Bach, in dem sich ein paar hungrige Neunaugen verstecken), die Holzschachtel mit Patronen für einen Armeerevolver, Landkarten im Maßstab 1:10 000, Stapel alter Zeitungen, in denen Steige oder seine Bewohner erwähnt werden. Das verleugnete Gedächtnis des Dorfes.

Seit ich aus Sainte-Croix-aux-Mines zurückgekommen bin, sammele ich das alles. Die Leute bringen mir so viel, dass ich Sandrine bitten musste, ob ich etwas davon in ihrem Keller lagern darf, ich kann schließlich nichts wegwerfen. Meinetwegen nicht. Und wegen der Leute nicht. Sie kommen regelmäßig direkt nach dem Gottesdienst. Dann wollen sie an meinem Tisch sitzen und die alte Konservendose mit Ölsardinen in die Hand nehmen, die sie vor vielen Monaten vorbeigebracht haben. Oder das Glas, in dem Zibarten eingeweckt waren. Manchmal wollen sie in ihrem alten Schulheft blättern. Vielleicht kannst du das hier für irgendwas brauchen, Etgar, sagen sie, so ganz beiläufig, und lassen ihre Dinge auf dem Tisch stehen. Wofür sollte ich das Unbrauchbare denn brauchen können? Eine Vase mit einem Sprung, ein vollgeklebtes Album. Sie suchen nach Worten, für das, was noch immer wehtut, sie finden keine. Aber es beruhigt sie, dass ich diese Brocken ihres Lebens für sie aufhebe.

Warum ich überhaupt mit dem Sammeln angefangen habe, weiß ich nicht. Jetzt ist es zu spät, damit aufzuhören. Ich öffne die Schuhschachteln und Alben nicht, die sie mir bringen. Bestimmt sind auch Photos von Joseph Meister dabei. Er ist ja schon kurz nach Pasteurs Impfung, die ihm das Leben gerettet hat, weltberühmt gewesen. Zeitungen bis Kanada und Neuseeland haben Berichte über ihn gebracht.

In Steige wird jeder stolz gewesen sein auf ein Photo, auf dem er neben Joseph stehen darf. Als Joseph sich das Leben nahm, als das Dorf zerrissen war, da werden manche diesen Stolz lieber vergessen haben. Andere haben ihr Photo mit Joseph vor Alphonse versteckt. Wenn sie heute bei mir sitzen und in dem Packen von Kuchenrezepten blättern, in dem sie das Photo versteckt hatten, wenn sie es in die Hand nehmen und es anschauen, das fühlt sich an, als halten sie ein Stück von dem Mut in der Hand, den sie damals hatten. Danach schieben sie es wieder zwischen die Kuchenrezepte.

Ich überlege, warum ich den Leuten ihre Erinnerungen abnehme. Sogar Buch führe ich darüber. Schreibe eine Liste, wer mir wann was gebracht hat, und wo in den mächtigen Apothekerschränken ich den richtigen Platz dafür gefunden habe. Binde ein Etikett daran. Ich schichte die ungeöffneten Schuhkartons, ihre Einmachgläser, Zettel und Muscheln in meinem eigenen Leben auf. In der Mitte diese leere Stelle, die ich vollstellen müsste. Aber so viel ich auch anhäufe, immer bleibt dieser Platz leer, ich wage nicht, ihn zu betreten. Ich bin einfach zu schwach, um den Erinnerungsplunder der Leute abzulehnen, das ist es. Andere werden um ihren Rat gefragt. Mich fragen sie um eine Handbreit Platz in dem großen Schrank, um mein Schweigen.

Noch etwas habe ich verstanden. Sandrine hat einen Pakt mit mir geschlossen, über den wir nie gesprochen haben, mussten es auch nicht. Der Pakt besteht darin, dass ich ihre Apothekerschränke, Zimmer und Kellerräume benutzen darf. Als Gegenleistung soll ich die Menschen dazu bringen, mir ihre Erinnerungsstücke zu geben, damit ich sie in diesem Haus aufhebe. Ausgerechnet in diesem Haus sollen sie aufbewahrt werden. Genau darin besteht der Pakt. Weil es einmal Alphonses Haus war, seine Apotheke, damals, bis es geschah. Danach hatte Sandrines Vater, Antoine Sonnefraud, die Apotheke gekauft. Erst in dem Augenblick war ich endgültig nach Steige zurückgekehrt, als ich zuließ, dass Sandrine in den schmerzhaften Erinnerungen, die ich für das Dorf verwahre, herumwühlt.

Sandrine hat Alphonse, der in Steige vergessen werden sollte, verzweifelt geliebt. Ich darf nicht tun, als wäre es nicht so gewesen. Anders ist ihr Verhalten nicht zu begreifen. Ich glaube, Sandrine stellt sich vor, welchen Spaß es Alphonse heute machen würde, zu erleben, wie die alten Leute von Steige, die ihn gekannt haben und ihn um jeden Preis vergessen wollen, ihre Erinnerungsstücke in sein Haus schleppen müssen. Sie malt sich aus, wie Alphonse mit einer Flasche Rotwein in der Küche sitzt. Seine gute Gesichtshälfte lächelt, wenn Sandrine die Erinnerungsstücke vor ihm auf dem Tisch ausbreitet. Denn auch das gehört zu dem Pakt. Sie vermietet mir das Zimmer. Und ich muss so tun, als wüsste ich nicht, dass sie die Apothekerschränke durchsucht, wenn ich nicht da bin. Die beiden lesen in den Briefen, die nicht an sie gerichtet sind, sie öffnen die Schachteln und Dosen, zerbröseln das trockene Moos, riechen an den gepressten Farnen. Sandrine lacht mit ihrem Alphonse darüber. Dann schenkt sie ihm noch ein Glas Rotwein ein.

Die ersten siebzehn Jahre meines Lebens habe ich in Steige verbracht. (Andauernd schiebt sich meine eigene Person hinein. Ich soll doch von Joseph berichten. Aber ich muss selber verstehen, welche Rolle ich hatte. Ob ich die Stichworte pünktlich gegeben und aufgepasst habe, wann meines kam.)

Nach den damaligen Ereignissen hätte es schlechter laufen können für mich. Oder besser. Ich frage mich oft, ob das, was damals geschah, einen Einfluss gehabt hat auf mein Leben. Hätte es etwas ausgemacht, wenn Joseph Meister, sagen wir, Schlachter gewesen wäre statt Bäcker. Wenn es nicht genau vierzehn, sondern zwölf Hundebisse gewesen wären. Wenn, wenn.

Jedenfalls bin ich bald danach aus Steige weg. Wüsste ich einen besseren Ort, um meine Rente zu verzehren, nach Steige wäre ich nicht zurückgekommen. Aber ich hatte nur Steige.

Sandrine sagte, ich solle zu ihr ins Haus ziehen. Ich kenne die ehemalige Apotheke doch eh von früher. (Dort habe ich für Alphonse als Gehilfe gearbeitet.) Zimmer gebe es genug, ich könne eines mieten, auch zwei, wenn ich wolle. Für meine Verpflegung würde sie, gegen ein vernünftiges Kostgeld, sorgen. Schließlich gehörte ich zur Familie, sie sei von Rechts wegen meine Tante. Oder meine Stieftante, vielleicht auch meine Stiefcousine, irgendwas eben. Es stellte sich heraus, dass ich für die Miete, die sie verlangte, in einem Hotel hätte leben können. Sie hatte mir allerdings verboten, im Dorf über die Höhe des Mietgelds zu reden. Die Sonnefrauds müssten zusammenhalten.

Sandrine kann nicht kochen. Die einzig halbwegs essbare Mahlzeit ist das Frühstück. Da sitzen wir am Küchentisch, den wir in mein Zimmer gerückt haben und lesen in den Kochbüchern, die Sandrine sammelt. Ich lese die Rezepte vor. Ich kann nicht anders, mir läuft dabei das Wasser im Mund zusammen. Gutes Essen war immer schon eine Schwäche von mir. Ich hatte es selten.

Mittags stellt sich heraus, dass Sandrine nichts eingekauft hat, angeblich weil ich das Mietgeld schuldig bin. Sie kramt Fleischreste zusammen, gießt einen Rest Wein darüber, legt Lauch dazu, wenn gerade welcher im Garten wachsen will, sonst eben Giersch, von dem gibt es reichlich, Brotstücke vom Frühstück, ein paar Kartoffeln. Das alles schmort stundenlang in einer schweren Terrine und, falls Sandrine es nicht vergisst, wird es abends gegessen.

Beim Essen reden wir über meine Schulden. Ausgeschlossen, dass ich die mit meiner kleinen Rente jemals abtragen kann. Genauso ausgeschlossen, dass die alte Sandrine noch einmal kochen lernt. Trotzdem reden wir von all dem, was sie noch ausprobieren wird, wir lachen ein bisschen, über uns und über die galanten Kochrezepte, trinken Wein. Ich vergesse so viel und erinnere mich nur an das, was schön war. Auch das ist Sandrine.

Bevor wir zu Bett gehen, trägt sie meine Schulden, und was sie für den Lauch oder den Wein ausgegeben haben will, in ihr Buch ein. In Steige besitzt jeder sein Buch oder sein Heft. Darin werden die eigenen Schulden und die der anderen aufgeschrieben. Oder die Träume festgehalten, die Toten gezählt und die Sünden. Diese Bücher werden versteckt und behütet als etwas, das wichtiger ist als man selber. Ich weiß nicht, ob die Schulden jemals beglichen werden, oder ob sie nur der Ordnung halber aufgeschrieben werden. Aber es gibt Zeiten – damals, als Alphonse herrschte –, es gibt Zeiten, da werden diese Kontobücher aufgeschlagen.

Ich grübelte noch immer über den richtigen Anfang für Fabienne nach, als Sandrine hereinkam. Habe ich Besuch, kommt sie eigentlich nie in mein Zimmer. Sie tut dann so, als müsse sie irgendwo anders im Haus etwas erledigen. In Wirklichkeit bleibt sie vor meiner Tür stehen und horcht, neugierig wie eine Elster. Die Leute aus dem Dorf kommen her, setzen sich eine kleine Zeit nieder, nehmen ihre Erinnerungen in die Hand. Manchmal wollen sie sich auch nur vergewissern, dass alles noch ordentlich verwahrt ist. Selten wird gesprochen, es gibt fast nichts, was Sandrine hinter der Tür mitbekommen könnte.

Jetzt stellte sie ihre dicke Tasse auf den Tisch, setzte sich hin und starrte Fabienne an.

Fabienne wartete. Ich hatte angenommen, Mädchen in ihrem Alter wollen es hinter sich bringen. Ein alter Mann wie ich soll seine Geschichten gefälligst heruntererzählen und fertig. Sie würde sich meine Erinnerung abholen und dann gehen. Aber Fabienne schien überhaupt nicht ungeduldig zu sein. Still lagen ihre braunen Hände auf der Tischplatte. Die Tischplatte ist glatt, Reste von Sonntagsteig füllen die Rillen aus.

Dass Sandrine, ganz gegen unsere Regel, hereingekommen war und sich an den Tisch gesetzt hatte, konnte nur eines bedeuten: Sie will Joseph Meisters Geschichte erzählen. Das heißt, eigentlich will sie erzählen, was Alphonse über Joseph Meister zu sagen hatte. Sandrine hatte Alphonse geliebt. Und Alphonse hatte Joseph Meister gehasst. Das gab ihr das Recht. Sie würde die Dinge, genau so, wie sie vorgekommen sind, hintereinanderreihen. Wie ihre Wäschestücke auf der Trockenleine. Für Sandrine ist Josephs Geschichte die Geschichte von Alphonse. Ihre Liebe zu Alphonse, damit fängt doch alles an.

Sandrine trank ihre dicke, blaue Tasse leer.

Aber vielleicht ist es wirklich besser, Sandrine erzählt selber, was denken Sie? Wir kämen jedenfalls schneller zu meiner traurigen Nebenrolle. Dann habe ich es hinter mir.

Ich fürchte, es könnte unglaubwürdig herauskommen, wenn nicht Sandrine, sondern ich diesem Mädchen die Geschichte Joseph Meisters erzähle. Meine ist es ja nicht. Gut, Sandrines auch nicht. Aber das ist dann ihre Sache. Unsere beiden Leben haben sich wie ein Mahlwerk um den Zapfen von Josephs Gestalt gedreht. Um das, was er sich angetan hat. Um das herum haben sie sich gedreht. Und um diesen einen Augenblick, in dem ich feige war. Natürlich bin ich feige. Vielleicht nicht öfter als andere, und meistens würde es nichts ändern, ob ich mutig oder feige bin. Aber dieses eine Mal machte es etwas aus. Dieses eine Mal, als es um Joseph Meister ging. Dass er sich das Leben genommen hatte. Sandrine hat so lange allein in diesem Haus gelebt, sie hat vergessen, wie zweifeln geht. Sie wusste bestimmt genau, wann die Geschichte Joseph Meisters angefangen hatte und womit. Es war anders als bei mir.

Sandrine

Alphonse haben sie alle geliebt. Oder gefürchtet. Rechts die Liebe, links die Furcht. Dazwischen hat es nichts gegeben. Er hat sie alle verzaubert. Mit seinem dicken schwarzen Haar. Mit dem Bartschatten, den er sich zweimal am Tag hat wegrasieren müssen. Mit seinen Muskeln, niemand hat verstanden, wie man als Handelsvertreter an so unbändige Muskeln kommt. Seinem Verstand wie ein Messer. Mit seinem Gesicht, es war so, ja – es war eben beides: Liebe und Gewalt. Zwei Gesichter eigentlich. Dazwischen nichts. Er war überall daheim. Hirondelle war Alphonse nicht.

Der 1. Mai 1935. Mein ganzes Leben werde ich mich an den Tag erinnern. Alphonse kam zum ersten Mal nach Steige. Maifest, wir haben getanzt, gelacht und getrunken. Ich habe nicht viel trinken müssen, damit sich die Welt um mich drehte und wirbelte. Sechzehn war ich. Er hatte kein Alter. Er roch nur nach Teer und den Städten, in denen die Schiffe anlegen, wo mit fremden Gewürzen, Kopra, wilden Tieren gehandelt und gefeiert, unablässig gefeiert wird. Er hat die Welt verstanden. Und er ist meine Welt gewesen. Auf der Stelle meine ganze Welt.

Es war, als würde sein halbiertes Gesicht, sein zwiespaltiger Blick, einen Keil in die Welt treiben. Neid, die eine Hälfte. Weil er schärfer sah, worauf es in diesen Zeiten hinauslief, weil er begriffen hatte, man muss sich richten. Neid, weil sie nicht fassen konnten, wie einer ewig so unzufrieden und unruhig sein kann. Nichts lassen können, wie es ist. Die Welt aufreißen mit einem scharfen Pflug. Anschaffen, verändern, kaufen, verkaufen, säen, herausreißen. Herrschen. Das war das Eine. Furchtsame Liebe war das Andere. Das war vermischt, man konnte es nicht auseinanderhalten, es war ein einziges Gefühl. So wie es ein einziges Gesicht war. Und obwohl es ein so hartes, festes Gefühl war, man konnte sich nicht vorstellen, dass es irgendwann einmal aufhören könnte, ist heute nur der Neid übrig.

Wenn diese Fabienne wirklich etwas über Joseph Meister wissen will, dann darf ich Alphonse, ihren Großvater, nicht auslassen. Sie wird nicht viel von ihm wissen. Ihre Tante Jeanne, bei der das Mädchen lebt, ist verschlossen wie eine Muschel. Und nach dem Krieg, sogar schon vorher, hat das Dorf kurzen Prozess mit der Erinnerung an Alphonse gemacht. Die anderen werden ihr auch nichts von ihm erzählt haben.

»Du bist also seine Enkelin«, sagte ich jetzt. »Das sieht man, und man sieht es nicht. Was willst du in diesem Haus? Der da«, ich wies auf Etgar, »ist nur mein Mieter. Es ist mein Haus, vergiss das nicht.«

Sie soll nur gleich wissen, woran sie ist. Wenn sie im Dorf, oder sogar in Sainte-Croix-aux-Mines den Joseph Meister ausgraben wollen, dann kommen sie an mir nicht vorbei. Die alte Sandrine und ihr Gedächtnis, die leben noch. Die Jahre sitzen mir auf den Schultern. Drücken mich jeden Tag ein Stück tiefer der Erde entgegen. Solange ich dort unten noch nicht mit der Stirn aufschlage, müssen sie mich ertragen. Die alte Sandrine. Ihr schlechtes Gewissen, das bin ich.

Aus meiner blauen Kanne, die ich mitgebracht hatte, goss ich mir Kaffee ein.

»Setz dich bloß nieder«, sagte ich zu Fabienne. »Glaubst du, ich will andauernd zu dir hochschauen müssen?«

Das Mädchen hat Alphonses aufrechte Gestalt. In ihrem Alter kann man noch so geradeaus schauen wie er. Ich zog mir das Stück Papier her, das sie auf den Tisch gelegt hatte.

»Er war der erste Mensch, der von der Tollwut errettet wurde. Joseph starb am 14. Juni 1940 bei dem Versuch, das Grab seines Retters, Professor Louis Pasteur, gegen die faschistischen Soldaten zu beschützen, die Paris besetzten.«

Das wollen sie also auf Josephs Gedenktafel schreiben. Ich musste grinsen.

Einer war anders als sie alle. Einer. Alphonse. Das Anderssein war seine Ausbildung, sein Beruf, sein Leben. Alle haben Joseph Meister geliebt. Alphonse, er als Einziger, er hat Joseph gehasst.

Seit dem Tag, als der fremde Alphonse das erste Mal in Steige aufgetaucht ist, seit er mit mir getanzt hat, am 1. Mai 1935, seither hat er den Joseph gehasst. An diesem 1. Mai war auch Joseph zu Besuch in Steige, er ist oft zu Besuch gekommen. Es war ein so schöner Tag, alles hat jubeln müssen in einem drin und man musste den Jubel herauslassen. Joseph ist unter dem blauen Himmel gesessen und hat seinen Wein getrunken. Jeder hat ein Photo von sich mit dem Joseph zusammen gewollt. Feignet, der damals photographiert hat, ist gar nicht nachgekommen. Die Birnen haben geblüht, die Äpfel hatten auch schon angefangen. Die Frauen wünschten sich, dass Joseph den Arm um sie legt. Das hat er gern gemacht, hinterher hat er die Männer auf ein Glas eingeladen. In Paris hat ihn keiner gekannt. In Steige jeder. Sogar die Birnbäume und die Apfelbäume haben ihn gekannt.

Maëlis war natürlich auch da. Die musste nur den Anschlagzettel lesen, dass heute Abend Tanz ist, schon haben ihre Schenkel gejuckt. So eine ist sie. Maëlis hat den halben Nachmittag und den ganzen Abend neben Joseph gesessen.

Alphonse hat immer wieder hingeschaut. Doch, das hat er. Ich darf nicht so tun, als könnte ich mich daran nicht erinnern.

Von da ab ist Alphonse immer häufiger nach Steige gekommen. Er war Handelsvertreter für Heilmittel. Ist über die Dörfer gefahren und hat aus seinem Koffer die Erzeugnisse der Firma *Der kommende Tag AG* verkauft. In der Apotheke vom Finkielkraut in Steige ist er oft erschienen. Er hatte Kräuter dabei, aus denen man einen Sud gegen die Rinderblähung kocht, Tropfen gegen den Rotlauf und die Schweinepest, eine Paste, die man aufträgt, wenn die Maul- und Klauenseuche wieder umgeht. Den alten Frauen kaufte er ganze Büschel getrockneten Salbei, Spitzwegerich und Eisenhut ab, manchmal auch Säcke mit hellgrünen Tannentrieben. Das wurde in der Firma *Der kommende Tag AG* gehäckselt, verkocht und eingedampft.

Er ist nicht nur zum Apotheker Finkielkraut. Alphonse ist mit seiner Medizin zu den Leuten ins Haus. Aber die Leute haben zu ihm gesagt, dass sie erst noch den Joseph fragen wollen, wenn der das nächste Mal in Steige ist. Ob der Eisenhut und der Spitzwegerich wirklich so gut sind, wie Alphonse behauptet. Der Joseph ist Hausmeister in einem Wissenschaftsdings in Paris, der weiß es. Und wenn er es einmal selber nicht weiß, dann weiß er jemanden in dem Haus dort, den er fragen kann. Das hat Alphonse richtig in Rage gebracht. Wissenschaftliches Institut, Dings, ja freilich. Hausmeister ist er. Im Herbst fegt er, streng wissenschaftlich, die Kastanienblätter zusammen, im Winter ein paar Schaufeln grauen Schnee. Wenn eine Lampe durchgebrannt ist oder das Klo verstopft, kümmert sich euer Wissenschaftler Joseph darum. Den fragt mal schön nach Eisenhut.

Nur die Frostschutzsalbe, für die haben sie ihren Joseph nicht gefragt, für die nicht. Von der Frostschutzsalbe konnte Alphonse nie genug dabei haben. Das Blut schoss einem augenblicklich in die Glieder und ließ sie aufschwellen von der Hitze, wenn man sie auftrug. Selten ist es bei uns kalt genug für Frostschutzsalbe. Trotzdem rissen die Männer ihm die Tuben aus der Hand. War der Mann gerade draußen im Weinberg, dann kaufte die Frau eine oder zwei Tuben ab. Hat sich umgedreht dabei, damit Alphonse nicht sieht, wie sie rot wird.

Dass der Joseph Meister hintenrum gegen Alphonses Kräuter gezettelt hat, ist später zugegeben worden. Für ein und denselben Furunkel gehen die Leute sicherheitshalber nicht nur zum Doktor, sondern auch noch zum Pfarrer, man weiß ja nie, wofür so ein Furunkel die Strafe ist. In Steige brauchen sie für einen Pickel gleich drei Amtsgänge. Erst rennen sie zum Doktor, dann zum Pfaffen, am Schluss zu ihrem Wissenschaftsminister Joseph Meister. So hat Alphonse geschimpft.

Der Absatz war schlecht. Er probierte es mit Rabatt. Eine Tüte Brusttee hat man umsonst bekommen, wenn man die große Dose Rotlaufsalbe abgenommen hat. Dem Finkielkraut hat er sogar einen viertel Scheffel getrocknete Blaubeeren umsonst dagelassen, helfen gegen Durchfall. Aber der Stuhlgang in Steige ist allgemein sehr regelmäßig gewesen. Nichts hat geholfen. Sie haben sich eingebildet, dass sie jetzt eine wissenschaftliche Medizin brauchen, nicht mehr unseren Dorfaberglauben an die Natur. Haben gemeint, man muss das Wort Wissenschaft nur laut aussprechen, schon sinkt das Fieber. Und immer der Von-unten-Heraufschauer

Joseph Meister, allgegenwärtig ist er praktisch gewesen. Er ist ja oft von Paris nach Steige gekommen, hirondelle, wie er war. Hat dem Alphonse freundlich und leutselig ins Gesicht hinein getan, wenn er ihn getroffen hat. Kaum hat Alphonse sich umgedreht, hat Joseph Meister den Leuten erzählt, sie sollen sich um Gottes willen bloß impfen lassen. Kräuter wären keine Medizin. Kräuter wären Steinzeit, sagen sie in seinem Institut. Als wenn einer die Medizin schon davon versteht, weil er sich als Achtjähriger von dem Hund des Gemüsehändlers Vonné hat beißen lassen. Das mit dem Hundebiss werden Sie gehört haben, deswegen lesen Sie das hier doch, Sie wollen erfahren, wie es wirklich war? Sich vom Hund beißen lassen, großartige Heldentat.

Alphonse hat eine immer größere Wut auf den Joseph Meister bekommen, je schlechter das Kräutergeschäft lief. Einen gewaltigen Zorn und Hass. Diese geistigen Zwerge, hat er die Pariser Wissenschaftler genannt, gerade groß genug, damit sie sich im Arsch der Hauptstadt wärmen. Was die schon von der Heilkraft der Natur verstehen. Alphonse hat dafür gesorgt, dass *Der Kommende Tag AG* Aufklärungsbroschüren druckt. Eisenhut, Schlehe, Arnika sind abgebildet gewesen. Wo die wachsen, womit man sie verwechseln kann, wann man sie am besten pflückt, wogegen sie helfen. Wenn Alphonse wieder weg war, haben die Leute sich lustig gemacht über die Broschüren. Als wenn sie das nicht selber wüssten. Und allgemein, dass man sich abhärten soll, dass die Natur unsere beste Lehrmeisterin ist. Nur über seine Frostschutzsalbe hat er keine Aufklärungsbroschüre drucken lassen müssen.

Alphonse hat selber gerne Gesellschaft gehabt. So Vieles hat er von der Welt draußen erzählen können, jeder hat ihm gern zugehört und dem Alphonse seine Abenteuer geneidet. Er hat die Leute im »Natzwiller Hof« auf Freibier eingeladen oder auf Wein, wenn sie lieber Wein wollten. Und Alphonse hat sie über das Impfen aufgeklärt, und wie man von der Natur lernt. Joseph Meister, wenn er an diesen Abenden in Steige war, hat sich nicht dazu gesetzt. Er wird kein großes Zutrauen in seine eigenen Argumente gehabt haben.

Um in Steige ein berühmter Wissenschaftler und, überhaupt, um ein Held zu werden, reicht es anscheinend, dass man vor fünfzig Jahren von einem Hund gebissen worden ist, sagte Alphonse an solchen Abenden. Wenn euer Joseph Meister den Hund wenigstens erwürgt hätte. Ein bisschen Schneid erwartet man doch von einem Helden, ihr nicht? Vielleicht, dass man sich in diesen Zeiten, in denen ein gewisser Bedarf an Helden besteht, reihum vom Hund beißen lässt. Er, Alphonse, würde dafür sogar einen anschaffen. Sagen wir, einen deutschen Schäferhund. Im Handumdrehen könnte man aus Steige ein Heldendorf machen.

Überhaupt hat Alphonse den Joseph Meister als Beispiel hergenommen, um uns zu erklären, wie grundfalsch die Impferei ist. Widernatürlich. Gegen das Gesetz des Lebens. Als Joseph Meister sich dann 1940 im Sommer umgebracht hat, zu der Zeit lebte Alphonse ja schon ganz in Steige, hat Alphonse ein noch schärferes Argument gehabt. Jetzt hat nämlich jeder selber sehen können, wohin das führt.

Alphonse war davon überzeugt, die Impferei kann einem gesunden Volkskörper nur schaden. Was ein Volkskörper ist, musste er uns erklären und das hat er uns erklärt. Krankheiten wie Masern, Diphtherie oder eben die Hundswut, so hieß die Tollwut damals bei uns und heißt heute noch so, wen treffen die denn schon? hat Alphonse von uns wissen wollen. Wir wussten es nicht. Kann jeden treffen, hat vielleicht einer gemurmelt. Und Alphonse: Irrtum! Die Untüchtigen trifft es. Die, die sich nicht wehren. Das Gesocks. Die Natur will es bei den Wölfen und sie will es bei den Lämmern: Die Stärkeren sollen überleben und sich vermehren. Das Schwache ist Geröll unter den Füßen des Fortschritts. Das meint er wahrscheinlich mit Volkskörper. Impfen, wenn es überhaupt funktioniert! heißt, der Natur, die uns von Generation zu Generation besser und stärker machen will, ins Handwerk zu pfuschen. Die Schafe, das schien irgendwie einleuchtend. Wie es in einem Schafstall zugeht, weiß jeder in Steige. Besonders gut wissen es die, die selber kein Schaf im Stall stehen haben. Heute wollen sie nichts mehr davon hören, dass sie damals gefunden haben, Alphonse spricht endlich die Wahrheit aus, die so lange nicht hatte ausgesprochen werden dürfen.

Im Winter 1939, ungefähr ein halbes Jahr, bevor Joseph sich in Paris umbrachte, zog Alphonse endgültig nach Steige. Übernahm Finkielkrauts Apotheke. In Steige fing eine neue Zeit an.

Natürlich haben die Leute getuschelt. Nichts hält ein Gespräch in Steige so flott in Gang wie der Neid. Und der bleibt nicht aus, wenn einer tüchtig ist und sich aus eigener Kraft hochrappelt. Was man selber nie im Leben schafft, das kann auch ein anderer nur mit Betrug und hintenrum erreicht haben. Schwindel, Aufschneiderei, damit kommt man freilich voran, das schon. Aber wann hätte man jemals gehört, dass ein Vertreter für Salben und Pillen genug verdient, damit er sich Finkielkrauts Apotheke leisten kann?

Dabei war es nichts weiter, als dass Alphonse eben von vielen Sachen wusste, bevor sie überhaupt passierten. So hat er erfahren, dass Finkielkraut, weil seine Familie eine weite Reise unternehmen würde, oder weil er unzuverlässig gewirtschaftet hatte, die Apotheke in Steige losschlagen wollte. Die nächste Apotheke gab es erst wieder in Colmar. Aus den Dörfern des ganzen Umkreises kamen sie hierher, wenn sie eine Medizin brauchten. Der Finkielkraut wird froh gewesen sein, dass er den Laden überhaupt losbekommen hat. Alphonse hat ihm einen Dienst erwiesen, dass er ihm die Apotheke abgenommen hat, ein bisschen unter Wert, so ist das Geschäftsleben. Laut gesagt hat natürlich keiner etwas. Sie sind lieber im »Natzwiller Hof« gesessen, haben Bier und Wein auf Alphonses Kosten geschluckt und genickt, wenn Alphonse auf das Impfen geschimpft hat.

Jeder hat getan, als wäre es das Normalste von der Welt, ja freuen möchte man sich sogar darüber, dass eines Morgens dann nicht mehr der Finkielkraut die Tür zur Apotheke aufgeschlossen hat. Sondern Alphonse. Von da ab ist alles anders gewesen.

Alphonse hat sich auf die oberste Stufe gestellt und ins Dorf hineingeschaut. Das Auge in der gelähmten Gesichtshälfte war wie immer entzündet, huschte hin und her. Ich glaube, er hat es auch im Schlaf nie zumachen können. Er musste das Dorf pausenlos beobachten.

Seinen Wein haben sie getrunken und Angst haben sie vor ihm gehabt. Sein linkes Auge untersuchte die Leute, die in die Apotheke kamen, und er merkte sich, worunter sie litten. Aus lauter Angst haben sie sich Geschichten über ihn zusammengereimt. Und jede Geschichte hat ihn noch ein Stück größer gemacht. Bis er praktisch an den Wolken angestoßen ist. Woher Alphonse die Gesichtslähmung hatte zum Beispiel. Von irgendeiner ekelhaften Erkrankung, die ihn als Kind befallen hatte, ist geredet worden. Von einem Hinterhalt kommunistischer Studenten, die ihn schwer verletzt hatten, damals als er in Warschau Apothekenwissenschaft studiert hat, danach hat er mit dem Studieren aufhören müssen. Ein paar, die es ganz genau wussten, haben gesagt, es kommt von einer Schlägerei um eine marokkanische Hure in einer Kneipe in Marseille.

Über alles ist geredet worden, was mit Alphonse zu tun hatte. Auch über Cornélie. Alphonse hatte gesagt, sie ist seine Tochter. Den Haushalt hat sie ihm geführt. Was ist schlecht daran, dass ein Mädchen das früh lernt? Sie ist zu jung dafür, wurde gesagt. Überhaupt. Im Dorf wäre leicht eine Frau aufzutreiben gewesen, die sich darum gekümmert hätte. Ich konnte mir schon denken, warum so leicht eine Frau aufzutreiben gewesen wäre. Apothekerin wäre man ganz gerne geworden, auf die leichte Tour. Von Cornélies Mutter, mit der Alphonse verheiratet gewesen war oder auch nicht, wurde gesprochen. Manche behaupteten, sie hätte sich aus dem Fenster gestürzt. Was genauso Geschwätz war. Dort, wo sie herkamen, hatten sie nur ein ebenerdiges Haus gehabt, kleine Fenster, gerade einmal hüfthoch über dem Boden.

Aber keiner hat sich getraut, ihn deswegen zu fragen. Von sich aus hat Alphonse nichts gesagt. Nichts über sich, umso mehr über andere. Er war fremd, das wollte er bleiben.

Seinen Wein hat man getrunken, mit dem Kopf genickt, das Maul gehalten und hinten herum schlecht geredet. Das können sie in Steige. Nur weil im eigenen Schädel große Pläne keinen Platz haben. Die hat er gehabt, der Alphonse, sehr große Pläne hat er gehabt mit Steige. Eine Heilkräuterfabrik. Plantagen für Spitzwegerich, ganze Felder mit Königskerzen und Äcker mit Eisenhut. Eine Art Universität für Naturmedizin. Die Alphonse-Universität, haben die Leute gesagt, er hatte nichts gegen den Namen. Sein Fehler war, er hat den Leuten zu viel zugetraut. Dass sie auch einmal einen Schritt nach vorne machen, er hätte ihnen doch gezeigt, wohin sie die Füße setzen müssen.

Wenn ich darüber nachdenke – Maëlis hätte Alphonse noch am ehesten verstehen können. Hirondelle war er um sie. Ich darf nicht so tun, als könnte ich das vergessen. Seine Schuld war es ja nicht. Jeder hat sie gewollt. Das hat sie gewusst das Luder. Hat es ausgenutzt.

Jetzt sitzt diese Fabienne in meinem Haus, seine Enkelin, Alphonses Enkelin. Warum tut sie mir das an, Alphonse so ähnlich sehen? Kommt mit diesem Unsinn über Joseph Meister. Mit ihrem Aussehen haut sie mir praktisch einen Knüppel über den Kopf. Es ist sein Gesicht, seine Stimme, sein Verstand. Kommt alles wieder zurück, vergessen ist nichts. Und nichts zu Ende, bevor es nicht bis in seinen letzten Winkel ausgemessen ist. Mir fällt ein, was der Pfarrer Bort an Alphonses Grab gesagt hat, niemand hat verstanden, warum er ausgerechnet diese Bibelworte herausgezerrt hat:

»Er misst die Wasser mit der hohlen Hand und fasst den Himmel mit der Spanne und begreift den Staub der Erde mit einem Dreiling und gibt den Bergen ihr Gewicht und die Hügel bemisst er mit der Waage.«

Jetzt würde ich es verstehen.

Aber seinetwegen ist diese Fabienne nicht hier. Sie will etwas über Joseph Meister hören. Auch wenn man den nicht versteht, wenn man von Alphonse nichts weiß. Dann also Joseph.

Die Mutter von deinem Joseph Meister ist eine Sonnefraud gewesen. Entfernte Vettern von mir, aber kein irgendwie großartiger Zweig der Familie, bestimmt nicht. Die Mutterfamilie also aus Steige, wenigstens das. Josephs Vater war nicht von hier, er soll aus dem Sundgau gewesen sein, das ist nie aufgeklärt worden. Natürlich, man hat die Nase weit oben getragen, weil man Meister heißt, und deshalb hat man sich in Paris kennenlernen müssen und in Paris heiraten, 1870 war das, darunter machte man es nicht. Und die Kinder hat man in der Hauptstadt auf die Welt bringen müssen, weil man etwas Besseres gewesen ist, und in der alten Heimat sind die Fremden gehockt, und man hätte sich entscheiden müssen, ob man zu ihnen gehören will oder zu wem denn.

1876 ist der Joseph geboren worden, drei Schwestern waren schon vor ihm da. Ein Jahr drauf hat der Vater Meister gemerkt, dass man mit Nasehochtragen die Familie in Paris nicht durchbringt. Blamiert sind sie aus der Hauptstadt weg und hierher nach Steige zurück. Der Vater hat eine Bäckerei aufgemacht und sich deswegen weiß Gott was eingebildet. Er bringt den Bauern bei, was Brot ist, hat er gesagt. Als hätten wir auf ihn warten müssen dafür.

Erst haben sie bei einer Cousine Sonnefraud gewohnt, dann in dem kleinen Haus, wo du deine Gedenktafel hinhängen willst. Ein Jahr ist der Joseph alt gewesen, als sie nach Steige gekommen sind. In Paris ist er geboren, ein Franzose ist er doch gewesen. Er war nicht von hier, auch wenn er später immer getan hat, als wäre er ganz arg hirondelle.

Das ist überhaupt schon mal das Erste – warum willst du eine Gedenktafel in Steige für einen, der nicht mal hier geboren ist, der nicht hergehört? Hat nicht gewusst, wo er hingehört, das war es doch. Nach Paris, meinetwegen, aber doch nicht zu uns. Da haben sie mehr übrig für Helden. Oder sie brauchen die dort notwendiger.

Und, das wäre dann das Zweite: Wenn du wirklich Alphonses Enkelin sein willst, gehört es sich, dass du den Joseph Meister genauso hasst, wie dein Großvater ihn gehasst hat. Mindestens solltest du darüber nachdenken, ob dein Großvater nicht gute Gründe für seinen Hass gehabt hat, bevor du deine Gedenktafel aufhängst.

Warum schreibt diese Fabienne sich nichts auf? Es wird sein, weil ihr Gedächtnis so genau ist wie das von Alphonse. Etgar hat ja eine Zeit lang als Gehilfe in Alphonses Apotheke gearbeitet. Er sagt, wenn man die Apotheke betrat, war es anders als beim Finkielkraut. Man hatte augenblicklich das Gefühl, in den riesigen Apothekerschränken müsse es Registraturen geben. Dort würde Alphonse die hauchdünnen, biegsamen Silberplatten aufbewahren, auf die sein Gedächtnis alles übertrug, was er beobachtet hatte. Was die Leute getan und gesagt und nicht gesagt und nicht getan hatten. Welche Medizin einer kauft und wie oft, damit hat Alphonse schon die Hälfte über einen gewusst. Wenn er diese Silberplatten in das Entwicklerbad seines Hasses tauchte, wurde ein unbestechliches Bild des Menschen sichtbar. Es war fixiert bis zum Ende der Tage. Etgar hat Recht.

Natürlich habe ich Joseph Meister nicht erlebt, als er hier aufgewachsen ist. War nicht nötig. Jeder weiß doch eine Geschichte über ihn, eine herzzerreißender als die andere. Die Tränen kommen einem, wenn man daran denkt, was Steige an seinem Joseph Meister verloren hat.

Mit vierzehn, sechs Jahre nach der berühmten Impfung, hat Joseph angefangen, beim Professor Pasteur in Paris zu arbeiten. Das muss im Herbst 1890 gewesen sein. Nicht als Forscher, du liebe Güte, dafür hat sein Kopf nicht gereicht, nicht als Assistent. Nicht mal als Labordiener. Als das, was die in der Hauptstadt einen ›Hausdiener‹ nennen. In Steige wäre er damit nicht einmal ein Kleinknecht gewesen. Es war noch kein Jahr vergangen, als ihn das Heimweh schon wieder nach Steige zurückgetrieben hat. Kleinknecht im fremden Paris, wer will das schon. Obwohl er in Paris geboren war, und für Steige gar nicht hirondelle hätte sein dürfen. Hirondelle für einen Ort sein, so sagen wir es hier, weil hirondelle eine Eigenschaft ist und ein Weg, dem man nicht auskommt. Man kann auch für einen Menschen hirondelle sein. Dann sagt man aber ›um‹, zum Beispiel: hirondelle um Alphonse. Oder um irgendjemanden. Darauf muss ich auch noch kommen.

Die Leute tun so, als wäre es das Wichtigste, dass man aus Steige ist. Oder wenigstens Sonnefraud-Blut in den Adern hat. In Wirklichkeit muss man gar nicht aus Steige sein. Hauptsache man ist so schwächlich wie sie, dann gehört man schon zu ihnen. Ich glaube, das war das Einzige, was Alphonse nie begriffen hat. Der Joseph Meister hat es immer gewusst. Er hat zu ihnen gehört, obwohl er falsch geboren war. Sie haben ihn umso lieber gemocht, je weniger er in Wirklichkeit ein Held war. Er hat dieselben Mühen gehabt, er hat nicht gewusst, wohin. Das kennen sie, gut kennen sie das.

Seinen Wehrdienst leistete Joseph im deutschen Heer. Als er nachhause zurückkam, hatte sein Bruder Léon ihm den Platz in der väterlichen Bäckerei weggeschnappt, der eigentlich ihm zustand. Daran war nichts mehr zu ändern, Joseph ließ den Kopf hängen und ist nach Weiler zu einem Bäcker in die Lehre. Nicht lang darauf heiratete er umständehalber die Tochter des Besitzers. Deshalb erbte er die eingeheiratete Bäckerei dann auch, inzwischen war es das Jahr 1908. Das begreifen sie sofort in Steige. Das einzige Kind eines Bäckers, eines Bauern, eines Grobschmieds musst du heiraten, wenn du selber nichts hast. Oder wenn der Bruder dir wegnimmt, was dir zusteht. Keinem in Steige muss man erklären, wie rasch es bergab geht mit unsereinem. Statt sich um die Semmeln zu kümmern, machte Joseph seiner Bäckerstochter ein Kind nach dem anderen. Harmlos und schüchtern und ein bisschen füchsisch hat er ausgesehen. Aber ein Kind nach dem anderen. Keine fünf Jahre, und das Geschäft wurde zwangsversteigert. Das geht manchmal schnell. Auch das kennt man in Steige.

Als der Krieg 1914 kam, verschwand Joseph nach Paris. Er war schon als Kind ein Wehleider gewesen. Einer, der einem Hund einen Tritt hat geben können. Unter dem Tisch, wenn die Erwachsenen es nicht sahen.

Da war sein Bruder Léon ein anderer Kerl. Der tat seine Pflicht in der deutschen Armee.

Die Hausdienerstelle an seinem großmächtigen Institut Pasteur nahm Joseph gern, weil was findest du als pleitegegangener Dorfbäcker schon in Paris. Außerdem wollte er nicht in den Krieg. Er hielt nicht zu der einen Seite und nicht zu der anderen. Wenn Alphonse ihnen das sagte, ach was: sagte, eingehämmert hat er es ihnen, wiederholt hat er es bis zum Überdruss: die Anderen, zu den ANDEREN hat euer Joseph gehalten!, gesagt hat er das, bevor Joseph sich das Leben genommen hat und auch danach, haben sie genickt und sich auf Alphonses Rechnung noch einen Wein bestellt oder ein großes Bier. Innen drin haben sie alle gewusst: Sie hätten es genauso gemacht wie Joseph.

Ich bin selber oft am Abend im »Natzwiller Hof« gesessen, die Leute haben schief geschaut, weil das kein Ort für eine Unverheiratete ist. Habe mein Glas Apfelmost getrunken, habe selber bezahlt und Alphonse zugehört. Er hat natürlich gemerkt, dass die Leute mit jedem Abend weniger Widerspruch gegen ihn übrig gehabt haben. Gesagt haben sie eh nichts, ihr Freibier getrunken und Alphonse mit offenem Maul zugehört. Sie mussten auch nichts sagen, Alphonse konnte Menschen lesen. Seine Argumente sind immer schärfer geworden.

In Steige, hat er gesagt, reicht es zum Helden schon, dass man sich vom Hund beißen lässt. Fabelhaft. Immerhin, so viel verlangt ihr dann schon, soll es ein tollwütiger Hund gewesen sein und nicht irgendein friedlicher Dackel. Das Heldentum eures Joseph hängt also daran, dass der Köter, der ihn gebissen hat, auch wirklich die Hundswut hatte, oder?

Sie nickten.

Dann wollen wir einmal Joseph Meisters wissenschaftliche Methode anwenden, die er so gründlich gelernt hat in Paris, dass er damit jetzt Lampen einschraubt und verstopfte Klosetts freiräumt.

Dann rechnen wir, Punkt eins, mal gemeinsam nach:

Am 4. Juli 1885 wird euer Joseph, damals acht Jahre alt, vom Hund des Gemüsehändlers Théodore Vonné gebissen, der Joseph daraufhin mit einem Geldstück entschädigt. Ich bin nur froh, dass man sich in Steige nicht lumpen lässt. Beim Hundebiss nicht, beim Pferdekauf nicht und nicht bei der Frostschutzsalbe. Jedenfalls haben wir hier gleich einmal das erste wissenschaftliche Wunder. Nachdem der Vonné dem Joseph ein Stück Geld gegeben hat, beißt der Hund seinem Besitzer Vonné in die Hand. Vielleicht hat der Hund gefunden, für vierzehn Bisse, und wo er sich jetzt mit der Beißerei so angestrengt hat, ist ein einziges Geldstück zu wenig. Aber wie es mit den Wissenschaftswundern gerne mal geht – der eine, Joseph, kriegt die Hundswut, der andere, Théodore Vonné, kriegt sie nicht. Derselbe Hund – beim Joseph die Hundswut, beim Vonné nichts. Ja ja.

Aber wir sind mit der Wunderei noch nicht am Ende. Wir kommen hiermit zum zweiten Wunder. Joseph blutet so stark, dass er sich hinsetzen muss und zu schwach ist, nachhause zurückzugehen. Eigentlich hätte er in Weiler Bierhefe für den Vater besorgen sollen. Seine besorgten Eltern lassen euren Helden Joseph erst einmal zwölf Stunden darüber nachdenken, warum er so dumm ist, sich vom Hund beißen zu lassen. Geht nichts über eine kräftige Elternliebe, das muss ich sagen. Zwölf lange Stunden darf sich der Bub seine vierzehn Bisse anschauen und den Straßengraben vollbluten. Am Ende bringen sie ihn zum Docteur Eugène Weber nach Weiler. Der brennt jetzt die Bisse aus. Dabei weiß jeder, eine solche Wunde muss auf der Stelle ausgebrannt werden, ein anderes Mittel gibt es gegen die Hundswut nicht.

Überhaupt finde ich, die Eltern eures Joseph müssen Nerven gehabt haben wie Stricke. Das werden sie beim Brötchenbacken gelernt haben. Sie lassen erst einmal in aller Ruhe drei Tage vergehen. Dann nimmt die Mutter den zukünftigen Helden Joseph an die eine Hand, den Herrn Théodore Vonné an die andere und reist nach Paris, in die *rue d'Ulm* zum Professor Pasteur. Zwei Tage, eigentlich fast drei Tage, später. *Rue d'Ulm*. Klingelt da etwas bei euch?

Bei keinem klingelte etwas. Aber es gab Freibier, und so wartete man geduldig, ob es später am Abend vielleicht noch klingeln würde.

Bevor wir in die *rue d'Ulm* kommen, schauen wir uns den wütigen Hund noch einmal an, hat Alphonse weitergemacht. Obwohl, sehr genau kann man ihn gar nicht mehr anschauen, man hat ihn damals nämlich so schnell verscharrt, wie es ging. Der Köter hätte die Heldensage von der erfolgreichen Hundswutimpfung nur verdorben. Es ist nämlich niemals bewiesen worden, dass das dumme Vieh tatsächlich so gescheit war, dass es die Hundswut gehabt hat. Jeder im Dorf hat gewusst, wie hinterhältig Joseph einen Hund unter dem Tisch hat treten können. Er wird den Hund geärgert haben, war ja keiner da in dem Augenblick, der ihm gesagt hätte, dass ein anständiger kleiner Kerl so etwas nicht macht. Dass Joseph kein anständiger kleiner

Kerl war, das hat auch jeder gewusst. Aber ob der Hund wirklich die Hundswut gehabt hat, das hat damals keiner gewusst, und das hat bis heute keiner beweisen können. Der Pasteur wird recht froh gewesen sein, dass ein Gendarm den Hund schnell erschossen hat. Danach hat man das Vieh aufgeschnitten. In seinem Magen hat man Sägespäne gefunden. Das reichte denen schon, um die Hundswut zu beweisen. Sägespäne. Ich sage euch: Wären alle, die damals und alle, die heute Sägespäne fressen, mit Hundswut infiziert, die Welt sähe anders aus.

Noch was. Der Professor Pasteur hat an den Docteur Weber geschrieben, der dem Joseph die Bisswunden viel zu spät ausgebrannt hat. Den Brief gibt es noch. Man hätte ihn darüber in Kenntnis gesetzt, dass zuständige deutsche Stellen die Hundswut eindeutig nachgewiesen hätten. Und wie, frage ich euch, hätten diese zuständigen deutschen Stellen die Hundswut nachweisen können? Das ist, ich habe vergessen mitzuzählen, also das ist wenigstens das dritte Wunder in eurer Heldensage. Um die Hundswut zu beweisen, muss man nämlich ein Stück Hirn von so einem wütigen Hund rausschneiden und es einem Kaninchen hineinspritzen. Wenn das Kaninchen nach vierzehn Tagen oder noch später die Hundswut bekommt, dann hat man sie nachgewiesen, vorher nicht. Und ausgerechnet der Pasteur, alles, was von der deutschen Rheinseite gekommen ist, hat er für dumm oder sündhaft oder beides gehalten, ausgerechnet der findet, dass für den Nachweis der Hundswut bei seinem Impfling Joseph die Deutschen zuständig sind? Noch einen Wein, damit ich lachen kann.

Mit Hundswut »infiziert«, »nachweisen«, »Hirn spritzen«. Man hat sich gewundert, wie geläufig Alphonse solche schweren Begriffe benutzte. Wunderte sich und ließ die Bedienung noch einen Schoppen bringen. Ich habe mich nicht gewundert. Dass der Alphonse ein gebildeter Mann war, in der Welt herumgekommen und viel gesehen, ich wusste es jedenfalls.

Später am Abend hätte man dann nicht mehr sagen können, ob die Köpfe im »Natzwiller Hof« vom vielen Bier oder von der starken Überzeugung heiß angelaufen sind. Denn überzeugen, das konnte Alphonse, und wie er das konnte. Bis auf den heutigen Tag geben die Leute hier in der Umgebung ihre Kinder ungern zum Impfen. Sie finden Vorwände und Ausflüchte. Sie wissen gar nicht, dass sie damit Alphonse noch im Nachhinein zustimmen. Den sie ums Leben gern vergessen würden. Alle wollen sich an Louis Pasteur und Joseph Meister erinnern. An Alphonse niemand. Und doch: An jedem ersten Schultag, oder wann sonst es wieder einmal ums Impfen geht, muss das Gesundheitsamt extra eine Inspektorin nach Steige schicken. Das wisst ihr selber. Sie soll gegen Alphonse argumentieren, der lange tot ist. Der noch immer die lebendigeren Argumente hat. Dessen Name dabei nicht genannt werden darf. Man kennt die todlangweiligen Vorträge der Dame. Mit den ewigen Lichtbildern von der Kinderlähmung und den Zahlen, nach denen es beim letzten Ausbruch von Keuchhusten bei uns viel mehr Fälle gegeben haben soll als anderswo. Wir in Steige wissen, bei der Impferei wird Schindluder getrieben. Hirnhautentzündung, Geisteskrankheit, Schrofeln, das alles impft man nämlich mit. Davon redet keiner. Gerade die, die beteuern, wie gut sie es mit uns meinen. An unseren Kindern wird nicht herumexperimentiert. Das haben wir von Alphonse gelernt. Sogar die haben es gelernt, die später seine Feinde wurden.

Was haben wir bisher beisammen?, hat Alphonse in dem Augenblick fragen können. Wenn er seine Argumente zusammenzählte, hat er die Finger der linken Hand einen nach dem anderen abgebogen.

Wir haben einen armen Hund, der Sägespäne frisst und deswegen gleich auch schon die Hundswut haben soll. In Wirklichkeit wissen wir nicht, ob er sie hatte. Oder ob das arme Vieh einfach nur von Joseph aufs Blut gereizt worden ist. Das glaube ich nämlich. Außerdem hat der Hund den Vonné gebissen, und der hat die Hundswut nicht bekommen, ein erschütterndes medizinisches Wunder. Der Pasteur hat den Hundebesitzer Vonné dann auch gar nicht erst geimpft, hat an das Wunder wohl nicht rühren wollen.

Also wir haben eine Handvoll Sägespäne im Hundsmagen. Wenn wir den deutschen Amtspersonen glauben wollen, heißt es.

Wir haben euren Joseph, der blutig gebissen ist. Dessen Wunden erst am Abend, viel zu spät, ausgebrannt werden.

Und wir haben den Heiligen Pasteur, der dem Joseph nach geschlagenen drei Tagen die erste ›Impfung‹ verabreicht. So wie Joseph geblutet hat, müssten die Hundswutbazillen von Rechts wegen sofort in sein Blut und mit dem Blut direkt ins Hirn geschwommen sein. Was für ein Wundermittel ist denn das – eine Impfung, die mehr als zwei Tage und zwei Nächte später noch wirkt?

So viele Wunder auf einen Haufen, da muss einer schon einen recht festen Glauben mitbringen. Glauben. Das können sie gut in Steige.

Und was gibt Pasteur viel später zu, als er ein reicher Mann geworden ist mit seinem Institut Pasteur, das er angeblich zur Bekämpfung der Hundswut gegründet hat? Er geniert sich überhaupt nicht: »Von zehn Menschen, die von einem nachweislich tollwütigen Tier gebissen werden, entwickelt nur einer die Tollwut«, nur einer!, hört gut zu, »jene Erkrankung, die landläufig und durchaus mit Recht noch immer Hundswut genannt wird.« Die Wissenschaft ist schamlos. In Steige merkt das bloß keiner, weil alle dem Joseph Meister in seine ehrlichen Augen geschaut haben.

Aber Alphonse ist wie ein heißes Messer in die Butter in Josephs Scheinheiligkeit hineingefahren. Oder mehr noch in die vom Pasteur. Er hat immer gesagt, beim Joseph reicht der Verstand nicht mal zur Scheinheiligkeit. Der ist so dumm, der kann überhaupt nur ehrlich sein. Aber dafür hat seine Dummheit doch gereicht, dass Joseph, wenn er nach Steige kam, und ist unter dem blauen Himmel gesessen und hat den Wein getrunken, auf den sie ihn eingeladen haben, und hat gegrinst und den Arm herumgelegt, wenn er photographiert worden ist, und hat so getan, als gehört er hierher und nirgendwohin sonst, dass Joseph dann den Leuten gesagt hat, sie sollen nach Paris kommen in sein Wissenschaftsdings. Sie suchen dort immer welche, die sich freiwillig impfen lassen. Die Impfung gegen Hundswut wäre praktisch todsicher, ein Vergnügen eigentlich, und eine bezahlte Fahrt nach Paris gibt es obendrauf. Ein paar ganz Dumme sind tatsächlich nach Paris und haben sich impfen lassen.

»Jetzt rechnet halt nach!,« hat Alphonse gebrüllt und die Kellnerin angefahren, sie soll dafür sorgen, dass jeder ein gefülltes Glas vor sich stehen hat. «Rechnet nach, aber nicht mit der höheren Mathematik, die sie in Paris benutzen. Sondern mit den ehrlichen, ungewaschenen Zahlen, die wir hier im Dorf hernehmen, um unsere Kartoffeln abzuwiegen und unser Holz in Stücke zu sägen. Euer Saint Pasteur schreibt doch selbst: ›Von zehn Menschen, die von einem nachweislich tollwütigen Tier gebissen werden, entwickelt nur einer die Tollwut.‹ Jetzt nehmt das und rechnet selber nach:

Erstens, es gibt kein Mittel, um zu beweisen, dass einer die Hundswut hat. Du hörst sie nicht, du riechst sie nicht. Du spürst sie nicht, bist ja immer noch so gesund wie die anderen. Du musst darauf warten, bis alle Zeichen eingetreten sind, die Lähmung, das Geistersehen, die rasende Wut, der Schaum vor dem Mund. Erst dann weißt du, jetzt ist sie da, das ist sie, die Hundswut. Vielleicht habe ja ich sie gerade, die Hundswut? Oder du? Und euer Saint Pasteur ist schlau genug gewesen, dass er gar nicht erst behauptet hat, er könne einem die Hundswut ansehen, bevor er sie wirklich hat. Euer Pasteur sagt: Wenn die Zeichen da sind, ist es zu spät. Wem der Schaum vor dem Mund steht, dem hilft auch ein Pasteur nicht mehr. Und gerade weil das so ist, sagt euer Pasteur, weil also erstens stimmt, muss man zweitens impfen, und zwar – noch bevor! dir der Schaum vor dem Maul steht. Man muss impfen, solange du noch ganz gesund bist. Wahrscheinlich bist du ja ganz gesund, zu, – rechnet nach! – zu neunzig Prozent bist du gesund. Weil wir nie wissen, ob du die Hundswut wirklich hast. Wir werden immer nur eines wissen: Wenn wir es wissen, ist es zu spät.«

Wie er gebrüllt hat, der Alphonse. Man hätte meinen können, die Hundswut hat ihn angesteckt. Die Kehle verdorrte einem beim Zuhören. Er war unbeschreiblich.

»Ich will es euch anders vorrechnen,« hat er gewütet. »Lasst irgendwo in den Wäldern einen verrückten Fuchs herumrennen. Lasst diesen Fuchs wirklich die Hundswut haben. Lasst ihn hundert Jäger beißen. Jetzt krakeelt euer Impfheiliger Pasteur: Wir müssen alle hundert mit meinem Mittel impfen, auch wenn ich euch nicht sagen kann, wen die Hundswut wirklich erwischt hat, mehr als großzügige zehn Prozent werden es nicht sein. Bei neunzig Jägern wird er triumphieren – schaut her mein Mittel hilft. Das sind genau die neunzig, die die Hundswut überhaupt nicht erwischt haben. Natürlich hilft denen sein Mittel. Und den zehn, denen am Ende doch der Schaum vorm Maul steht, streicht er über den Kopf und sagt: Wärt ihr Armen früher gekommen, dann hätte ich euch helfen können wie euren glücklicheren Gefährten. Immerhin, von hundert habe ich neunzig geheilt. Mit einem Mittel, das gar nichts hilft, die Krankheit heilen, die einer nicht hat – das hat der heilige Pasteur sich fein ausgedacht. Dazu hat er natürlich einen Helden gebraucht. Hat auch prompt einen gefunden. Das war Joseph Meister.

Ich bin kein berühmter Wissenschaftler wie Saint Pasteur. Ich lebe noch, mich kann man jederzeit zur Rechenschaft ziehen. Monsieur Pasteur nicht mehr, der sitzt da oben direkt neben dem Erzengel Michael und behält bis in alle Ewigkeit Recht. Monsieur ist seit fünfzig Jahren tot. Ihr in Steige und natürlich die in Paris, ihr habt heute nichts Dringenderes zu tun, als ihm den Heiligenschein zu polieren. Ich, Alphonse, bin nur ein bescheidener Handelsvertreter der

Firma *Der Kommende Tag AG*. Ich kenne mich mit Frostschutzsalbe aus und ein bisschen mit dem Leben. So gut und so schlecht wie ihr halt auch. Und als einfacher Mann, dessen Hände abends geschwollen sind vom Arbeiten, als einer von euch sage ich: Joseph Meister hatte überhaupt keine Hundswut. Er hatte keine. Und er hatte keine. Ein armer Köter, den der Joseph geärgert hatte, und der von ein paar Sägespänen nicht satt geworden war, hat ihn gebissen. Drei Tage lang hat man den angeblich hundswütigen Joseph in der Gegend herumgekarrt, bis Monsieur Pasteur ihn in der *rue d'Ulm* geimpft hat. Hätte Vonnés Vieh tatsächlich die Hundswut gehabt, selbst dann, hört zu, selbst dann hätte Joseph, nach Pasteurs eigenen Worten, im besten Fall eine Chance von zehn Prozent gehabt die Hundswut zu bekommen. Tatsächlich hatte er genau null Prozent Hundswut.«

Etgar

Ich hatte nicht gemerkt, dass Sandrine die Geschichte längst an sich gerissen hatte. Ich kannte sie ja, Sandrine erzählt sie oft genug. Außerdem war ich in Gedanken, weil ich mich nicht entscheiden konnte, wann diese Geschichte, die ich auswendig kannte, eigentlich angefangen hatte. Derweil wusste Sandrine schon lange, es war ihre.

Das Erzählen hatte sie verwandelt. Ihr Gesicht glühte, immer großzügiger bewegten sich Arme und Hände. Sogar die niedergedrückten Schultern bog die Erinnerung gerade. Immer wieder hob sie die dicke, blaue Tasse hoch. Die Tasse war längst leer. Ich schämte mich plötzlich, dass ich sie bei mir auch manchmal so nannte, wie alle im Dorf sie nennen:

die alte Sandrine. An dem Tisch, dessen Rillen mit Sonntagsteig gefüllt sind, saß plötzlich die wilde und immer unbegreiflich traurige Sandrine, zwanzig Jahre war sie alt, als Joseph sich in jenem Sommer das Leben nahm. Die Zeit war nicht vergangen. Oder nur gerade so viel davon, dass ich spüren sollte, wie hirondelle ich um sie bin.

Sandrine hatte Joseph als Kind nicht erlebt. Dazu war sie zu jung. Sie war, über die Sonnefrauds, mit ihm verwandt, aber anderthalb Generation jünger als Joseph. Man muss keine hundert Jahre zurückgehen, um zu finden, dass in Steige jeder mit jedem blutsverwandt ist. Die Generationen sind so ineinandergeschachtelt, dass Sandrine ganz gut Josephs Cousine dritten Grades und gleichzeitig seine Tante hätte sein können. Als ich ihr zuhörte, fiel mir auf, dass sie ziemlich genau Alphonses Worte benutzte, die der damals auf seinem Feldzug gegen Joseph Meister und Louis Pasteur ständig wiederholt hatte. So oft hatte er sie wiederholt, dass wir am Ende daran glaubten. Was Alphonse sagte, war wahr geworden. So dachten wir.

Der Sommer 1940, als Joseph sich das Leben nahm, Joseph, den sie liebten, der ein Fest war für Steige, der ihr Held wurde, dieser endlos lange Sommer hat seinen Abdruck auf dem Dorf hinterlassen. So wie sich die Klauen ausgestorbener vogelähnlicher Raubtiere in den Stein gegraben haben, die sie in verlassenen Landstrichen finden. Riesenhaft sind diese Abdrücke, schwer müssen diese Tiere gewesen sein, mörderisch und nie satt.

Später hätte niemand genau sagen können, wie viele Alphonse hingehängt hatte. Keiner hätte sagen wollen, wie vielen anderen er einen Posten verschafft oder dafür gesorgt hatte, dass sie nicht in den Krieg mussten. Das Muster seines jähen Hasses, seiner Niedertracht und seiner genauso unberechenbaren Freundlichkeit ist eingegraben in unser Dorf bis heute. Dies Muster bestimmt noch immer, wer etwas zu sagen hat, von welchem Hof der Bürgermeister kommt. Und von welchem die Knechte.

Der Sommer, in dem Joseph sich das Leben nahm, ist die tiefste Stelle des Abdrucks, Regen sammelt sich darin. Dieser Sommer dauerte länger als ein Jahr. Er begann, als Alphonse die Apotheke übernahm. Er war fast vorbei, als Joseph sich umbrachte. Ein Stück fehlte noch, wie manchmal in diesen Abdrücken eine Kralle abgebrochen ist, oder nicht schnell genug versteinert. Das letzte Stück wurde hinzugefügt, als Antoine Sonnefraud, Sandrines Vater, damals der Bürgermeister von Steige, die Apotheke bekam. Die Alphonse nicht mehr haben konnte, darauf komme ich gleich. Er baute sie für Sandrine um, sie war seine einzige Tochter. Da endlich war der Sommer vorbei.

Ich selber blieb danach nicht mehr lange in Steige, bin ein paar Wochen darauf weggegangen. Niemand fragte mich, wohin ich wollte. Ich würde gerne sagen: Ich nahm meine Maultrommel und ging. Aber die spielte damals noch keine Rolle, meine Maultrommel.

Sandrines Vater, einer der zahllosen Cousins von Joseph Meisters Mutter und damit zugleich irgendwie so etwas Ähnliches wie Josephs Onkel, besaß Geld, die nötigen Beziehungen nach oben und überhaupt keine Ahnung von der Apothekenwissenschaft. Ohne Sinn und Verstand befahl er mir, ich solle die von Alphonses Geschäft übriggebliebenen Kräuter, Tinkturen, Pasten, Bruchbänder und Augenklappen verramschen. Ich habe bestimmt vergessen zu erwähnen, dass Alphonse mich am Beginn dieses langen Sommers 1940 als Apothekengehilfe angestellt hatte. Aber so war es. Ich sehe, ich muss das auch noch berichten, haben Sie einen Augenblick Geduld. Alles gerät mir so leicht durcheinander.

Für die letzten Tuben Frostschutzsalbe verlangte Antoine Sonnefraud unverschämte Preise. Als die mächtigen Schränke leer waren, kündigte er mir. Was hätte ich auch noch zu schaffen gehabt in dem Haus, das er jetzt für sein einziges Kind Sandrine umbaute.

Sandrine hatte Alphonse haben wollen. Als ich Jahre später darüber nachdachte, fand ich einen dünnen Trost in dem Gedanken, dass sie ihn nicht aus Liebe gewollt hatte. Nicht nur aus Liebe jedenfalls. Sie war die Tochter des Bürgermeisters Antoine Sonnefraud, sie konnte sich den nehmen, der ihr gefiel. Denn mit ihr zusammen bekam man das Bürgermeisteramt. Wenn sie sich für den Fremdling Alphonse entschied, dann würde Steige eben Alphonse als Bürgermeister ertragen müssen, ihr war es gleich.

Sandrine hat ihn nicht bekommen.

Heute ist Sandrine als einziges Glück geblieben, dass auch Maëlis Alphonse nicht bekam. Selbst wenn sie sich das nur so zurechtlegt.

In Wirklichkeit war es anders herum. Es war doch Alphonse der Maëlis wollte – und bekam sie nicht. Wenigstens sein Haus gehört jetzt Sandrine. Sie kann ungeniert die vielen Zimmer betreten, die Schränke öffnen und die leeren

Schubladen aufziehen, die Bettdecke zurückschlagen, die Stühle anders hinstellen und die Bilder abhängen. Sie kann alles tun. Nur Alphonse, den wird sie nie besitzen. Manchmal fürchte ich allerdings, dass es uns noch fester an einen Menschen bindet, wenn wir ihn nicht besitzen konnten.

Fabienne saß da, erinnerte an ihren Großvater und hörte Sandrine unbewegt zu. Ich besitze so wenig, was das Erinnern lohnt. Außer der Sache mit Joseph. Und gerade das ist die einzige Erinnerung, aus der ich mich gerne herausgehalten hätte. Am liebsten keinen Namen, kein Alter, keine Absicht, keinen Ort, nichts. Was geschehen ist, wäre auch ohne mich geschehen. So sage ich mir. Solange Sandrine erzählte, musste ich nichts von meiner Feigheit sagen.

Wenn ich ganz von vorne anfangen müsste, nicht einmal wer meine Eltern waren, könnte ich ganz genau sagen, oder was mit ihnen geschehen ist. Es heißt, sie hätten in einen Ort nördlich von Paris gemusst. Von dort auf eine weite Reise. Wenn ich wissen will, was für eine Reise das war und wohin sie führte – nichts. Ich wusste lange Zeit nicht einmal, ob ich wirklich Waise bin. Darüber wurde in der Familie Sonnefraud nicht geredet. Auch nicht, warum man mich als Stiefkind ausgerechnet zu den Sonnefrauds gesteckt hatte. Deswegen sagt Sandrine heute, dass die Familie zusammenhalten muss, und ich ihr Miete und Kostgeld geben soll. Obwohl die Sonnefraud-Familie, bei der ich aufwuchs, gar nicht derselbe Sonnefraud-Zweig ist, aus dem Sandrine kommt. Wenn man es so rechnet wie Sandrine, dann wäre ich ja auch mit Joseph verwandt.

Die Sonnefrauds sind allesamt versippt und verschwistert. Überall in den Dörfern und Weilern ringsum leben Leute, die von sich sagen, sie seien Cousins oder Cousinen Sonnefraud. Vielleicht kommt es in so einer Familie auf einen Esser mehr oder weniger nicht an. Hatte man mich deshalb als Stiefkind zu den Sonnefrauds gesteckt?

Ich sollte bald spüren, dass man Sonnefraud nicht davon wird, dass man am Tisch mit ihnen sitzt, und den Kopf senkt, wenn das »Komm Herr Jesus sei unser Gast« gebetet wird. Ich war nie derjenige, der den anderen das Tischgebet vorsagen durfte. Wenn im Herbst die Kesselflicker und Scherenschleifer über die Dörfer zogen, schlich ich mich zu ihnen. Ich wollte herausfinden, ob sie hinter den Klappen der Karren ihre Kinder versteckten, die dann einfach auf die Straße herausfielen, und irgendjemand trug das Findelkind zu sich nachhaus. Mit zehn kannte ich alle Geschichten von Wolfskindern, die in den Wäldern aufwachsen und fremd sind unter den Menschen.

Maëlis, sie war zwei Jahre älter als ich, war die Einzige aus dieser Familie, die zu mir hielt. Die mich auch dann bemerkte, wenn nicht wieder einmal einer gesucht wurde, dem man die Schuld zuschieben konnte. Sie nannte mich ihren kleinen Cousin. Wir waren aus unterschiedlichen Gründen Außenseiter. Ich, weil ich keinen hatte, zu dem ich gehörte. Und Maëlis?

Das muss ich besser erklären. Mir selber muss ich es erklären.

Natürlich war Maëlis stolz auf Joseph Meister. Ich glaube, sie war stolzer auf ihn als die anderen im Dorf. Es war überhaupt der einzige Stolz, den sie sich hat anmerken lassen, und über den sie sprach. Auf so viel anderes hätte sie stolz sein können. Es war sicher nicht deswegen, weil sie mit ihm verwandt war. Darauf hat Maëlis nie etwas gegeben. Sondern weil er es getan hatte. Weil er sich das Leben genommen hat.

In diesem langen Sommer lebte das Dorf wie auf einem Seil, das sich zum Zerreißen straff zwischen zwei Pfosten spannt. Zwischen Maëlis, die Joseph bedingungslos verehrte. Und auf der anderen Seite Alphonse, der Joseph bedingungslos hasste. Eine falsche Bewegung und man stürzt vom Seil.

Von Anfang an hatte Alphonse diese dunkle Wut auf Joseph in sich gehabt. Ich glaube, mit dieser Wut ist er praktisch nach Steige gekommen. Warum? Er kannte Joseph kaum, konnte ihn höchstens ein oder zwei Mal gesehen haben, wenn Joseph seine Tanten und Onkel in Steige besuchte. Wenn Joseph mit den Leuten unter ihrem Himmel saß, wenn sie Feste feierten, wenn er die Leute zum Wein einlud und Feignet von allen Bilder machen ließ, Joseph würde sie schon bezahlen.

Für Alphonse wird eine Rolle gespielt haben, dass Joseph so sehr zu uns gehörte. Dass das Dorf ihn liebte, weil er hirondelle war. So ungeschickt und so berühmt. Das Einzige, was er konnte, war, sich vom Hund beißen zu lassen, die Tochter des Bäckermeisters zu heiraten und ihr Kinder zu machen. Wir verstanden Joseph, er war wie wir. Alphonse war anders. Nicht einmal sein Auge konnte er nachts schließen, so ehrgeizig war er. Alphonse hasste eckige Schultern und überhaupt alles Ungefügte. Alles, was sich ihm nicht fügte, sollte ich besser sagen. Hasste Joseph dafür, dass er hirondelle war. Joseph war bescheiden, er war eine Hoffnung für das Dorf. Alphonse war eine Furcht.

Deshalb bin ich ganz sicher: In Wirklichkeit kam Alphonses Hass wegen Maëlis. Man versteht Alphonse nicht, wenn man sich nur daran erinnert, wie er zu Joseph stand. Die beiden hatten in einem Geschichtsbuchsinn miteinander zu tun.

Viel handgreiflicher und für jeden von uns spürbar war Alphonses gefräßige Sehnsucht nach Maëlis. Ach was, Sehnsucht. Gier. Darum handelte es sich bei Alphonse. Ich weiß nicht, ob es Alphonse gegeben hätte, wäre da nicht Maëlis gewesen. Wenn er Maëlis nicht bekommen konnte, dann hatte er nichts von Steige. Niemand in Steige konnte Maëlis bekommen. Im Grunde genommen war es gar nicht seine Gier nach Maëlis. Es war seine Gier nach Macht. Wenn er Maëlis unterworfen hatte, dann hatte er Steige unterworfen. Manchmal glaube ich, er ist überhaupt nur ihretwegen nach Steige gezogen. Hirondelle um Maëlis. So muss es gewesen sein. Wenn er oben auf der Treppe zur Apotheke stand, dann schaute er mit seinem gelassenen rechten Auge nach Maëlis. Mit dem herumhuschenden linken Auge sah er alles, was in Steige vorging. Ich vermute, er hätte das linke Auge hergegeben, wenn Maëlis nur einmal in sein rechtes geschaut hätte.

Ich sollte jetzt endlich etwas über Maëlis sagen. Vielleicht hätte ich mit ihr anfangen sollen. Mit ihr fängt es an, mehr als mit Joseph. Aber ich tue das ungern. Es kommt mir so vor, als gäbe ich sie damit preis. Ich habe Sie ja gewarnt. Lassen Sie sich die Geschichte von Sandrine erzählen, bei der gibt es nicht das ganze Hin- und Hergewackele.

Ich sehe Maëlis vor mir. Das Kinn eine Winzigkeit vorgeschoben, die Stirn um dieselbe Winzigkeit zurückgebogen. Sie prüft die Welt. Mit jedem Blick. Ich habe Maëlis seit damals nicht wiedergesehen, wir haben uns aber regelmäßig geschrieben. Wenn ich ihre Briefe öffne, riechen sie nach Salz. Sie ist Salzingenieurin geworden.

Die Sonnefrauds waren für ihre schönen Frauen berühmt.
Ich kann nicht sagen, ob Maëlis die schönste der Sonnefraud-Frauen war, manche sagen das. Aber sie hatte etwas, das einem den Atem nahm. Wer sie sah, wollte sie besitzen. Und wusste im selben Augenblick, dass es unmöglich war. Sie selber ahnte nichts von ihrer besonderen Schönheit, so wenig eine Frau das eben nicht ahnt. Vielleicht war es ihr auch egal.
Nach dem Friedensschluss heiratete sie in den Norden, an die bretonische Küste. Dort brauchen sie Salzingenieure. Nach Steige kehrte sie nicht zurück. Ihr Mann soll auch im Widerstand gewesen sein. Dabei muss er einen Arm verloren, dafür aber Maëlis gewonnen haben. Viele im Dorf hätten für Maëlis durchaus einen Arm gegeben.
Als Maëlis achtzehn war, hätte sie jeden Mann zwischen hier und Colmar bekommen können. Sie aber, wie aus heiterem Himmel, beschloss, wegzugehen und Chemie zu studieren. Die Eltern erlaubten es nicht. Auf Lehrerin sollte sie studieren, wenn sie partout studieren müsse. Lehrerin, damit konnte man immer noch die Frau eines Bürgermeisters werden. Ich lebte zu dieser Zeit noch bei den Sonnefrauds und bekam den bitteren Streit zwischen Maëlis und den Eltern mit. Man einigte sich am Ende darauf, Maëlis solle ein Jahr auf dem Hof mitarbeiten. Es würde ihr nicht schaden,

sich die Hände schmutzig zu machen. Wenn sie unbedingt wolle und von der Hofarbeit nicht müde genug war, könne sie in der Schule von Sainte-Croix-aux-Mines aushelfen. Wolle sie anschließend immer noch studieren, in Gottes Namen denn. Die Eltern setzten insgeheim wohl auf die heilende Wirkung von Kirchweihfesten, Wochenmärkten und den Hochzeiten der anderen jungen Frauen.

Schon als Kind war Maëlis gerne mit alten Menschen zusammen, eigentlich mit allen Menschen, aber besonders mit alten Menschen, die viel erzählten und eine Zuhörerin schätzten, deren kindlicher Verstand sich über alles wunderte und alles begriff. Als Maëlis älter wurde, gingen die anderen Mädchen zu den Dorffesten, standen am Rand, kicherten, ließen sich auf den Holzbohlen herumschwenken, die auf dem Dorfplatz ausgelegt und mit Sägespänen bestreut worden waren. Maëlis war selten auf solchen Festen. Nicht weil sie nicht tanzen konnte oder nicht kichern, wenn es darauf angekommen wäre. Sie war eine mitreißende Tänzerin, man wurde fröhlich, wenn man ihr nur zuschaute. Wer mit ihr tanzen durfte, konnte plötzlich fliegen.

Aber sie gab nichts darauf. Maëlis war eine Geschichtenfinderin. Wenn ich heute die verheimlichten, unerzählten Geschichten des Dorfes in den Apothekerschränken sammle, dann stelle ich mir vor, Maëlis schaut mir dabei zu und nickt mit dem Kopf. Während ich meine Geschichten nur entgegennehme und neben Ölsardinendose und Zibartenglas ins Regal stelle, tauchte Maëlis ihre Geschichten in eine Art chemisches Bad. Sie reinigte sie darin bis zur Durchsichtigkeit, ließ die Details auskristallisieren. Durch eine komplizierte chemische Reaktion konnten die Geschichten Farben annehmen wie die Fenster von Sainte Madeleine, wenn die Sonne durchscheint. Woher ich das weiß? Maëlis teilte ihre Geschichten mit mir, daher. Sogar das, was ich selber erlebt hatte, war mir neu, und es war anders, wenn Maëlis es erzählte. Es war von außen erzählt und es leuchtete von innen. Alphonse fixierte sein unbarmherziges Gedächtnis auf Silberplatten. Maëlis tauchte ihre Geschichten in ein Reagenz von präziser Zärtlichkeit.

An Maëlis' Augen erkannte man die Geschichtenfinderin. Ein Regengrau, das beständig die Töne wechselt. Maëlis hörte die Geschichten nicht, sie sah die Geschichten. Und was sie sah, spiegelte sich in ihrem Blick. Seit sie schreiben konnte – sie konnte es viel früher als die anderen, eigentlich schon, bevor sie in die Schule kam – trug sie ein zinnfarbenes Buch mit sich herum, in das sie unablässig schrieb. Vielleicht das, was sie gesehen hatte. Oder gerade das, was sie nicht gesehen hatte. Jeder wollte hineinschauen. Sie öffnete es niemandem. Als sie älter wurde, hatte sie das Buch nicht mehr dabei, sie konnte sich die Geschichten jetzt auch ohne Aufschreiben merken. Aber noch immer saß sie bei den alten Leuten. Die jungen Männer des Dorfes gingen vorbei, drehten am Ende der Straße um, und gingen noch einmal vorbei. Wünschten sich, neben ihr zu sitzen. Nur hatten sie noch nichts erlebt, das sich zu erzählen lohnte. Als sie aus dem Krieg zurück nach Steige kamen, hatten sie viel zu erzählen. Aber da war Maëlis weg.

Anfang Mai 1940 war ich Hilfsbriefträger in Steige geworden. Ohne diese Arbeit wäre es anders gekommen. Vielleicht nicht für Joseph. Aber für mich. Oder Alphonse. Und andere.

Aus heiterem Himmel hatten die Sonnefrauds damals beschlossen, nun hätten sie mich lange genug durchgefüttert. Die Schule hatte mir Mühe gemacht, mit einem höheren Abschluss war nicht zu rechnen. Weitere sinnlose Ausgaben kamen für einen wie mich nicht in Frage. Immerhin konnte ich passabel lesen, schreiben und rechnen. Die Schule war mir ja nur deswegen schwergefallen, weil ich nicht dazugehörte. Wenn man es in der Schule zu etwas bringen will, muss man dazugehören. Nachdem ich von Steige weggegangen war, ist es beim Lesen und Schreiben nicht geblieben. Die Maultrommel ist dazu gekommen und viele Bücher, manche Sprachen und viele Arten zu rechnen. Das habe ich alles mit zurückgebracht, als ich bei Sandrine einzog.

Im Dorf galt ich als begriffsstutzig und deshalb ehrlich, außerdem war ich Besitzer kräftiger Füße. Den Posten des Hilfsbriefträgers sollte ich erst einmal nur auf Probe bekommen. Ich würde weiterhin bei den Sonnefrauds wohnen, müsste von meinem Lohn ab jetzt Miete zahlen.

In jener Zeit schrieben sich die Menschen von Tag zu Tag mehr Briefe. Selbst die, die nichts anderes hatten als einen Stück Zimmermannsblei und zwei, drei unbenutzte Ansichtskarten, absichtslos gekauft, das eine Mal in ihrem Leben, das sie in Colmar gewesen waren. Sie schrieben scheinbar belanglose Sätze drauf und schickten sie. Dabei hatten alle diese Wörter Belang. Es war nämlich, als wollte Steige einen Wall von alltäglichen Wörtern gegen das Unheil aufstapeln. Ein Unheil, das für jeden sichtbar vom Osten heranzog. Lange nahm niemand wahr, dass innerhalb des Walls aus

Geburtstagsbriefen, Ansichtskarten, Rezepten für Apfelkuchen, haltbare Wurst und Nachrichten über steife Hüften die Welt zerfiel. Obwohl, irgendetwas Unklares, Beängstigendes spürte man, und gerade das war es, was mich in den Augen der Leute von Steige zum Hilfsbriefträger geeignet machte. Nicht meine kräftigen Füße waren wichtig, sondern dass ich nirgends dazugehörte. Zu den Sonnefrauds nicht, nicht zu den Meisters, den Clavelins oder Wervers, auch sonst zu keiner der Familien, die sich jetzt entscheiden mussten, zu welcher Partei sie gehören wollten. Ich hatte keine Partei. Bei mir mussten sie nicht fürchten, dass ich die Briefe der eigenen Partei bevorzugt zustellen, und die der anderen Partei unterschlagen würde. Dass ich den einen die Rente und den anderen nur die Einberufungsbefehle bringen würde. Für einen wie mich gab es keinen vernünftigen Grund, die Post schief zu behandeln.

Vom ersten Tag an fühlte ich mich unter Beobachtung. Ich hätte nicht sagen können, wer mich da beobachtete. Nur von einem wusste ich bestimmt, dass er mir scharf nachsah – Alphonse. Manchmal glaubte ich, dass ich meinen Posten ihm zu verdanken hatte; jetzt musste er nachprüfen, ob er damit Recht gehabt hatte. Zuerst ging ja auch alles gut. Bis zu dem Tag, als ich diese Zeitung zum Austragen bekam.

Es muss Mitte Juni 1940 gewesen sein, ich war seit ungefähr einem Monat als Hilfspostbote unterwegs. Ich erinnere mich, dass gesagt wurde, die fremden Heere schnitten wie eine Sichel in unser Land, in Compiègne hatten sie schon unterschrieben. Der Postmeister Dillensegger in Sainte-Croix-aux-Mines gab mir an jenem Tag neben dem üblichen

Packen Briefe ein paar Zeitungen, die ich noch nie zugestellt hatte. Ich habe vergessen, ob er mir gesagt hat, wem ich die Zeitungen zustellen sollte. Ich glaube, er hatte es mir nicht gesagt. Einfach nur das Bündel Zeitungen herausgereicht. Ich erinnere mich allerdings sehr gut an das Gefühl, es gehe gar nicht um die Zustellung, sondern darum, dass beobachtet werden sollte, was ich mit den Zeitungen machte. Diese Zeitungen waren eine Art Prüfung. Das war mir augenblicklich klar. Man hatte mir nicht mitgeteilt, worin die Prüfung bestand. Ich wusste aber, dass ich die Prüfung bestehen musste, um in ein festes Briefträgerverhältnis übernommen zu werden.

Ich weiß auch noch, wie lang mir der Weg von Sainte-Croix-aux-Mines hierher nach Steige wurde. Dass ich in Steige vor meiner Zustellrunde mit Maëlis darüber redete. Über meine Angst, beobachtet zu werden. Wir tranken zwei Tassen Kaffee und blätterten diese unbekannte Zeitung durch. Sie hieß *Le Petit Journal*, merkwürdigerweise war sie auf Spanisch. Über Joseph Meister stand etwas darin, ein richtig großer Artikel. Dass er sich in Paris das Leben genommen hatte. Am 14. Juni sei es gewesen. Dem Tag der Besetzung von Paris. Als ich die Zeitung wieder in meine Tragetasche steckte, dachte ich, sie würde alles andere darin verbrennen.

Natürlich musste ich meine Zustellrunde auch heute erledigen, selbst mit der brennenden Zeitung in der Tasche. Auf der Treppe der Apotheke stand Alphonse. Sein herumschwimmendes Auge prüfte mich, und auch das andere, das gute, das gelassene, schaute auf die Zeitungen in der Tragetasche, ich war sicher, er sah hin, danach auf mich, dann wieder zurück zu unserem Haus. Im Garten hängte Maëlis rote Leintücher zum Trocknen auf. Merkwürdig, wie genau ich das heute noch vor mir sehe.

Wie im Traum lieferte ich an jenem Junitag meine Briefe ab. Mit jedem Schritt wurde meine Tragetasche schwerer. Die Leute in Steige würden es doch erfahren müssen. Joseph Meister, Hausmeister des weltberühmten Pasteur-Instituts in Paris, Joseph, unser Stolz, Joseph, der alles war, wozu Steige es je bringen würde, Joseph Meister hatte sich das Leben genommen.

Die Meisters mussten die Zeitung bekommen, der Bürgermeister Antoine Sonnefraud, der Pfarrer Bort. Ein selbstverständlicher Tod konnte es doch nicht gewesen sein, einer von der Sorte, wie wir ihn auch in Steige kennen. Seit wann berichteten die Zeitungen über den Tod eines Hausmeisters? Oder seinen Selbstmord.

Wem hätte ich die Zeitung zustellen sollen? Dazu hatte ich keine Anweisung bekommen. Heutzutage ist die Empfängeradresse ja oft auf den freien Platz oberhalb des Zeitungstitels gedruckt. Das gab es damals nicht, man musste eine Anweisung haben. Überhaupt nichts war mir gesagt worden. Einfach ein Bündel fremder Zeitungen in die Tragetasche gestopft. Jetzt sollte ich selber zusehen, wie ich das Richtige tat. Seltsam war das. Oder habe ich einfach vergessen, welche Anordnungen für die Zustellung der Zeitung ich bekommen hatte?

Am Ende meiner Runde, die Zeitungen steckten noch immer in meiner Tragetasche, kam ich wieder an der Apotheke vorbei. Alphonse hatte sich nicht weggerührt von seiner Treppe, vielleicht hatten die Leute an diesem Tag keine

Lust auf Frostschutzsalbe. Er schaute mich an, dann streckte er wortlos die Hand aus. Er wollte die Tragetasche, die Zeitungen. Die Tasche war behördliches Eigentum, man hatte mir eingeschärft, gut darauf zu achten. In diesem Augenblick verstand ich, dass Alphonse die Behörde war. Gab ihm die Tasche.

Würde ich Fabienne heute erklären können, was ich damals getan habe? Oder eben: nicht getan habe? Ich lieferte ihm die Tasche aus, statt die Zeitungen zuzustellen, die Steige dringend brauchte. Ich lieferte ihm die Tasche aus, ohne dass es mir jemand hätte befehlen müssen. Nur weil ich irgendwie vermutete, die Behörde erwartete es von mir. Außer Maëlis habe ich keinem etwas von dieser erbärmlichen Feigheit gesagt. Ich weiß nicht, warum ich plötzlich das Gefühl hatte, Fabienne müsste es erfahren, Fabienne, das Schulmädchen, das heute mit uns am Tisch sitzt. Meine Feigheit gehört dazu. Obwohl. Mit der Gedenktafel für Joseph hat sie nichts zu tun. Eigentlich nicht.

Seither habe ich versucht, meine Feigheit zu vergessen. Trotzdem kann ich bis heute die Überschrift zu der Meldung über Josephs Tod auswendig. »*Se suicida Joseph Meister para proteger la cripta de Pasteur*« hatte dort gestanden. Rätselhaft, warum eine spanische Zeitung mit dem albernen Namen *Le Petit Journal* dies am 15. Juni 1940, einen Tag nach der Besetzung von Paris, meldete. Bis heute verstehe ich es nicht.

Am nächsten Tag wusste Steige jedenfalls, dass Joseph Meister sich das Leben genommen hatte.

Noch einen Tag später teilte mir Postmeister Dillensegger mit, ich sei als Postbote untragbar, solle bloß zusehen, dass ich verschwände. Der ausstehende Lohn werde einbehalten. Ich solle froh sein, wenn man nicht ganz andere Konsequenzen ins Auge fasste.

Es war noch keine Woche vergangen, seit ich die Arbeit als Hilfsbriefträger verloren hatte. Alphonse fragte, ob ich Gehilfe in seiner Apotheke werden wolle. Das war vielleicht noch seltsamer als der Zeitungsartikel. Jeder im Dorf nahm an, dass Alphonse für meinen Rauswurf gesorgt hatte. Und dass es mit der Zeitung *Le Petit Journal* zu tun hatte. Maëlis behauptete, Alphonse habe mich als Postbote anstellen lassen, nur damit er mich anschließend wieder rauswerfen lassen konnte. Er musste zeigen, dass Steige ihm gehörte, dass er das Gesetz und das Brot und die Gewalt zugleich war. Einstellen, rauswerfen, wie es einem in den Sinn kommt. Viel Mut brauche es ja nicht, um an einem wie mir ein Exempel zu statuieren. An einem, der nicht dazugehört. Aber, sagte Maëlis, Alphonse täuscht sich. Seine Gemeinheit hat dich zu einem gemacht, der ab jetzt zu Steige gehört.

Natürlich nahm ich Alphonses Angebot an, welche Wahl hätte ich schon gehabt. Alphonse sagte, er habe die Apotheke weiß Gott nicht deswegen gekauft, um sich für das rotläufige Viehzeug der Bauern abzuackern, er habe noch anderes vor mit seinem Leben. Größeres, weitaus Größeres. Dann wies er mich in die Ordnung seiner Kräuter, Tinkturen und Pillen ein, zeigte mir, wie sie aufzubewahren, abzuwiegen, einzutüten und zu berechnen seien. Nur den Verkauf der Frostschutzsalbe behielte er sich vor, alles andere sei meine Sache. Verstünde ich etwas nicht, könne ich fragen. Wenn viel zu tun sei, werde seine Tochter Cornélie mithelfen.

Ich habe kein Geschick darin, Menschen zu lesen. Trotzdem war mir klar, Alphonse stellte mich nicht ein, weil er Hilfe im Laden brauchte. Man ist selten krank in unserer Gegend, das kann man sich gar nicht leisten. Und das Vieh in den Ställen wurde auch immer weniger, die Fremden zwangen uns, zu schlachten und das Fleisch abzuliefern. Für die spärliche Apothekenkundschaft hätte eine Kraft hinter dem Ladentisch vollauf genügt. Mich wunderte, womit Alphonse überhaupt so viel Geld einnahm.

Alphonse ging es um etwas anderes. Er wollte sich ungestört seiner Kampagne gegen Joseph widmen. Ich glaube, damit hatte er praktisch begonnen, kurz nachdem er das erste Mal in Steige aufgetaucht war. Angefangen mit diesen lächerlichen Broschüren, in denen Heilpflanzen abgebildet waren. Die Abbildungen waren so schlecht, dass wir die Pflanzen, die wir täglich sahen, nicht wiedererkannten. Wenn wir mit Joseph darüber sprachen, dass uns der Rücken schmerzte oder die Augen brannten, ihn fragten, ob er nicht zufällig etwas aufgeschnappt hatte in seinem Wissenschaftsdings, vielleicht gibt es ja heute eine moderne Medizin dagegen, dann fuhr Alphonse jetzt ganz offen dazwischen. Hielt Reden über Arnika und Eisenhut. Freilich, er war ja Vertreter von *Der Kommende Tag AG*, trotzdem war er doch immer noch ein Städter. Was versteht ein Städter von Heilkräutern, dachten die Leute.

Nach Josephs Selbstmord wurde Alphonses Kampagne, die er selber als Feldzug der Aufklärung bezeichnete, noch gründlicher, fast schon gewalttätig. Joseph Meister war tot und Alphonse trampelte auf ihm herum. Warum tat er das? Ich denke, weil er Maëlis wollte. Er wollte sie, und wenn er sie nicht besitzen konnte, dann wollte er wenigstens Joseph vernichten, seine Heldentat, dass man sich an ihn erinnert. Die Meisters und die Sonnefrauds wollte er vernichten. Und damit und vor allem: Maëlis vernichten. Dann würde Steige sich ausliefern. Er dachte wohl, ich könnte dabei ein Hebel sein. Alle wussten, dass wir vertraut waren, Maëlis und ich.

Mitten in Sandrines Erzählen hinein stand Fabienne mit einer raschen, irgendwie endgültigen Bewegung auf.

»Ich muss heim. Tante Jeanne wartet auf mich, ich war eh zu lang hier. Vielleicht machen wir besser keine Gedenktafel. Es kommt mir alles so verworren vor. Danke trotzdem.«

Sie schaute sich im Zimmer um, ihre Blicke gingen die Apothekerschränke hinauf und hinunter, als würde ihr jetzt erst klar, wo sie in den letzten beiden Stunden gesessen hatte. Dann ging sie hinaus, rannte fast. Das Stück Papier, auf dem der Text für Josephs Tafel stand, blieb liegen.

Sandrine schüttelte den Kopf. Sie hatte noch nicht alles erzählt, was erzählt werden musste. Trotzdem schien sie ganz zufrieden damit, dass Fabienne ging. Vielleicht war sie müde. Oder sie wollte Fabienne nicht zu lange hier haben. Seit ich ihr Mieter bin, verfügt sie über mich wie über ihre blauen Porzellantassen und ihre dicken Teller. Ich bin ein Stück ihres Geschirrs, nur dass sie mich nicht in den Küchenschrank räumt. Außer meiner Erinnerung habe ich nicht viel. Wenn ich ehrlich bin, ist es kein schlechtes Gefühl. Dass sie mich wie ihre dicken Porzellantassen besitzen will, meine ich. Auch über Fabienne will sie natürlich verfügen. Alle nennen sie die alte Sandrine. Gedankenlos und falsch. Sie ist nur wenige Jahre älter als ich. Bei manchen Menschen ist das Altsein eine Eigenschaft, die sie genauer kennzeichnet als irgendeine andere. Bei mir vielleicht. Bei Sandrine ist es nicht so.

Sandrine und ich saßen am Tisch, so, wie Fabienne uns zurückgelassen hatte. Ich wusste nicht, warum Fabienne mitten in der Geschichte weggelaufen war. In der Schule bekommen sie erzählt, wie tugendhaft man sein muss, wie zielstrebig, das Große und Ganze nie aus dem Blick verlieren, dann bringt man es zu was. Jetzt hört sie, dass es auch reicht, sich von einem gereizten Hund beißen zu lassen, damit man ein Held wird. Ein Held für Steige und für das ganze Land. Das kann einen verwirren.

Als wüsste sie, was mir im Kopf herumging, Sandrine hat diese unheimliche Fähigkeit, fragte sie mich:

»Bloß weil du die Zeitung nicht ausgetragen hast, glaubst du schon, du wärst dabei gewesen?«

Auf diese Weise erfuhr ich nach so vielen Jahren, Sandrine hatte von der Zeitung also gewusst. Dabei war Maëlis die Einzige in Steige gewesen, die außer mir die Zeitung gesehen hatte. Und Alphonse. Maëlis hatte es bestimmt nicht weitergesagt. Sie musste gewusst haben, wie sehr mich das gefährden würde. *»Se suicida Joseph Meister para proteger la cripta de Pasteur«* Mein ganzes Leben verfolgt mich dieser verdammte Satz jetzt schon.

Ich war noch nicht einmal als Hilfsbriefträger rausgeworfen, da kannte das ganze Dorf schon die Zeitungsmeldung von Josephs Tod. Die beiden ersten Wörter der Meldung »*Se suicida*« wurden gemurmelt wie eine Art geheimer Gruß. Keiner sprach ein Wort Spanisch in Steige, aber jeder wusste, was dieser Satz hieß: »Joseph Meister nimmt sich das Leben, um Pasteurs Gruft zu schützen.« Das hieß der Satz. Er bedeutete viel mehr.

Am nächsten Tag kam Fabienne nicht wieder. Sandrine und ich saßen herum, warteten auf sie. Etwas war begonnen worden. Es wollte zu Ende gebracht werden, irgendwie. Sandrine zog nicht, wie sonst nach dem Frühstück, eines ihrer Kochbücher aus dem Regal. Sie starrte auf das Blatt Papier mit dem Text für die Gedenktafel, das Fabienne liegen gelassen hatte. Mir fiel auch nichts anderes ein. Geschlafen hatte ich diese Nacht kaum. Mir war der lange Sommer des Jahres 1940 im Kopf herumgegangen.

Zwei Tage lang warteten wir. Dann kam Fabienne wieder. Sandrine und ich hatten versucht, uns etwas vorzumachen. Ein junges Mädchen, ihr Freund wird ihr wichtiger sein als die Gedenktafel für Joseph. Ob sie wiederkäme, ob wir weiter in diesen vergangenen Jahren herumwühlen mussten, es war einerlei. Natürlich ging das Leben weiter in Steige, tut es immer. Sandrine versuchte sogar, eine Terrine mit Giersch und Hühnerflügeln zuzubereiten. Sie vergaß sie dann allerdings im Herd. Am nächsten Morgen holte sie einen Klumpen verkohlten Dreck aus der Terrine.

Sandrine und ich saßen am Tisch, als wären wir nie aufgestanden. Fabienne sagte nichts. Sie sah blass aus. Sie legte einen Umschlag auf den Tisch. Sandrine griff danach.

Ein Photo. Bräunlich, mit gezacktem Rand, in der Größe, wie man sie seinerzeit im Photogeschäft nach einer Woche vom Entwickeln zurückbekam. Vorher hatte man mit dem Photographen die Negative durchgesehen und besprechen müssen, welche das Entwickeln überhaupt lohnten. Der Photoapparat war ein schwarzer, geriffelter Kasten, kleiner als eine Schuhschachtel, oben ein Tragegriff aus Leder. Viele solcher Photos lagen in den Apothekerschränken.

Sandrine starrte das Bild an. Dann riss sie es an sich und ging aus der Küche. Ich wolle nachsehen, was mit Sandrine sei, wir wären bestimmt gleich wieder da, sagte ich, und schob Fabienne eine von Sandrines dicken Tassen mit Kaffee über den Tisch.

Sandrine lehnte an der Steinmauer, schaute kopfschüttelnd auf das Photo. Mit einer triumphierenden Bewegung streckte sie die Hand aus, ich sollte mir das ansehen.

Cornélie, Fabiennes Mutter, stand auf einem Kreidefelsen, im Hintergrund wuchsen Buchen. Den dunkelhaarigen Fremden neben Cornélie hatte ich noch nie gesehen. Eine verwaschene Ähnlichkeit mit Fabienne, wenn man die unbedingt sehen wollte. Nicht ihr Gesicht, in dem war der halbe Alphonse, die Körperhaltung möglicherweise. Behutsam legte der Mann seinen Arm um Cornélie. Er trug einen schweren Mantel, obzwar es nicht so aussah, als sei es kalt dort oben auf ihrem Kreidefelsen. Beabsichtigt oder nicht, jedenfalls verbarg dieser Mantel den Anzug, den der Fremde darunter trug. Es hätte eine Uniform sein können, durchaus.

Sandrine schien sich sicher zu sein, dass es eine Uniform war. Ihr harter Zeigefinger deutete auf die scharfen Bügelfalten. Nicht jede Bügelfalte ist schon eine Uniform.

Selbst mir, der so schwer und erst im Nachhinein versteht, war klar, was das Bild für Sandrine bewies. Cornélie war nach dem Krieg aus dem Dorf verschwunden, kam erst nach langen Jahren zurück. Nur um ihre Tochter Fabienne, die sie irgendwo draußen geboren hatte, vielleicht in dem fremden Land am Kreidefelsen, in die Obhut ihrer Cousine Jeanne zu geben und bald darauf zu sterben. An Erschöpfung oder Schweigen. Der uniformierte Fremde musste Fabiennes Vater sein. Es war im Dorf durchaus bekannt, dass Alphonse nichts dagegen hatte, dass seine Tochter Cornélie sich in einen der uniformierten Fremden verliebte, in deren Auftrag Alphonse Steige regierte. Man musste es nicht aussprechen: Alphonse stellte seine Tochter den Fremden praktisch zur Verfügung.

So ist das arme Mädchen Fabienne mit demselben Sack Unrecht auf die Welt gekommen, den schon ihre Mutter Cornélie und davor deren Vater Alphonse und davor dessen Väter und Großväter herumgeschleppt haben. Eine Generation lud ihn der nächsten aufs Kreuz, leer wurde er nie. Nur wenn einer aus der Sippe einmal aufstieg und endlich gefürchtet wurde, wie seinerzeit Alphonse, nur dann war dieser uralte Sack leichter zu tragen, vielleicht für eine Generation. Oder eine halbe. Bei Alphonse hielt die Erleichterung nicht einmal so lang.

Cornélie wartete das Ende des Krieges gar nicht ab, um aus Steige zu verschwinden. Nur ihre Cousine Jeanne, die trotzig in Steige blieb, erinnerte das Dorf jetzt noch daran, dass es hier einmal Alphonse und seine Tochter gegeben hatte.

»Da will man Joseph Meister zum Helden machen. Und dann stößt man auf so etwas. Würde mich sehr wundern, wenn Fabienne überhaupt weiß, was dieses Photo da bedeutet. Sollte sich wirklich noch mal überlegen, ob sie die Richtige ist. Die Richtige, um die Gedenktafel für Joseph zu schreiben«, sagte Sandrine.

Ich weiß, dass es Sandrine nicht genügt, wenn die Leute ihre Erinnerungsbrocken in dem Haus abliefern, das früher Alphonse gehörte. Sie ist nicht damit zufrieden, sich nur vorzustellen, sie würde mit Alphonse zusammen diese Erinnerungsbrocken mustern. Sie wühlt tatsächlich in den Apothekerschränken herum. Etwas Unerwartetes findet sie nie.

Damals, als Joseph sich das Leben nahm, hielt das Dorf durch die Gerüchte zusammen. Je tiefer die Sichel der fremden Armeen in das Land schnitt, desto wichtiger wurden Gerüchte. Sie hinderten uns daran zu verzweifeln. Wir hätten nicht überlebt ohne sie. Das Gerücht von Kartoffeln oder Güterwaggons oder Wintern, in denen gesiegt werden würde, war sättigender als die Kartoffeln selber, die Güterwaggons oder die Siege, die ausblieben. Als man uns unser eigenes Leben zurückgegeben hatte, verloren die Gerüchte eine Zeit lang an Bedeutung. Sie waren noch da, aber es gab genügend, was man anfassen konnte, das einen tröstete.

Einzig für Sandrine ist die Gerüchtezeit nie zu Ende gegangen. Was sie in den mächtigen Apothekerschränken findet, jedes Photo, jedes Tagebuch, jede abgegriffene Münze bestätigt ein Gerücht, das seinerseits wieder ein zweites Gerücht bestätigt, dieses ein drittes und so endlos fort und im Kreis. Sie hatte schon immer gewusst, dass Fabienne zu dem Fremden auf den Kreidefelsen gehört. Dass Fabienne einen Fremden zum Vater hatte. Wie Cornélie. Wie Alphonse. Wie sie selber. Fabienne war ihre Enkelin geworden oder eine Cousine. Eine Schwester.

Sandrine nahm mir das Photo aus der Hand, ging zurück ins Haus.

Bevor Sandrine noch etwas gesagt hatte, fragte Fabienne mich, ob ich die Adresse von Maëlis hätte.

»Was willst du mit Maëlis' Adresse? Sie ist schon so lange oben an der Küste. Was willst du damit?«

Fabienne antwortete nicht, schaute mich nur blass an. Natürlich hatte ich Maëlis' Adresse. Ihre Telephonnummer auch. Wir schrieben uns in langen, unregelmäßigen Abständen. Telephoniert hatten wir nie miteinander.

Sandrines Mund klappte auf. Da nahm ich schnell den Zettel mit dem Text für Josephs Gedenktafel und schrieb auf die Rückseite:

Maëlis Zarapoff; rue de Men Fall 17, Concarneau.

Fabienne verzog das Gesicht, als hätte ich ein großes Geheimnis verraten. Stand auf und ging.

Tagelang geschah nichts. Die Linde blühte noch, während der Juni schon zu Ende ging. Manche Abende waren unerwartet kühl. Was hätte auch geschehen sollen. Fabienne kam nicht, dabei war noch vieles zu berichten übrig. Worauf wartete ich? Darauf, dass sich vor Josephs altem, kleinem Haus die Erde auftat. Oder darauf, dass hinter dem Gemeindeamt, wo der Bürgermeister Camille Sonnefraud in seinem Büro hockte, die Hadangoutte über ihre Ufer trat. Ich wusste es nicht.

Ich saß auf der Bank hinter dem Haus, den Rücken gegen das sonnenwarme Holz gedrückt, wollte nie mehr aufstehen. Hielt meine Maultrommel in der Hand. War voller Unruhe, deren Grund ich nicht verstand.

Sandrine ging ins Dorf. Fabienne sei von zuhause weggelaufen berichtete sie, als sei das ihr persönlicher Triumph. Fabiennes Tante Jeanne mache sich aber keine großen Sorgen. Die werde schon zurückkommen, wenn ihr das Geld ausgehe, das sie aus der Küchenkasse genommen habe. Wer alt genug sei, Geld zu nehmen, der sei auch alt genug für den Rest.

Dann bekam Sandrine einen Brief. Fabienne ließ wissen, sie sei in Concarneau, hier müsse sie den Rest erfahren. Man möge sich ihretwegen keine Sorgen machen, sie könne auf sich aufpassen.

Sandrine und ich versuchten, unser altes Leben wieder aufzunehmen, mit nie gekochten Rezepten und Schulden und Giersch-Terrinen.

Maëlis

Ich sehe den Salzbauern zu. Die Salzblüten wachsen in der Hitze aus dem Meer. Empfindlich sind die. Zerbricht man sie, sinkt die Salzblume ins Wasser zurück und auf den Grund. Dort erntet sie niemand mehr.

Hier in Concarneau habe ich meine Ruhe gefunden. In den Salzgärten. Dort, wo ich als Ingenieurin arbeite. Das Salz ist ehrlich, gnadenlos ehrlich ist das Salz.

Und jetzt steht plötzlich diese junge Frau vor meiner Tür, Fabienne. Aus Steige, warum bloß aus Steige. Sie habe mit Etgar gesprochen, er habe ihr meine Adresse gegeben. Sie könne sich bei mir holen, was sie noch wissen muss. Alphonse ist ihr Großvater gewesen, selber hat sie ihn nie erlebt.

Ich war verblüfft, wehrlos buchstäblich. Warum wäre ausgerechnet ich frei von Hass? Georges ist vor langer Zeit gestorben, hat mich allein an der Atlantikküste zurückgelassen. Er hatte mich damals im letzten Augenblick aus Steige herausgeholt. Ich habe gedacht, das alles liegt hinter mir, gehofft, ich hätte Alphonse abgetan. Jetzt steht seine Enkelin in meinem Garten. Der Himmel über Concarneau war heute so blau, wie er oft war, wenn Joseph Meister uns in Steige besuchte. Aber das bilde ich mir ein. Die Himmel über den Sommern von Concarneau sind salzfarben, es sind nicht die Himmel von Steige.

Wissen ihre Leute daheim, dass sie nach Concarneau gefahren ist? Fabienne schüttelte den Kopf. Es sei kein Geheimnis, trotzdem habe sie es niemandem gesagt. Sie schaute mich an. Das gute Gesicht von Alphonse, das er ja auch haben konnte. Hätte er nur die abstoßende linke Gesichtshälfte gehabt, die Leute wären nie auf ihn hereingefallen.

Komm herein, sagte ich.

Die nächsten Tage vergingen auf seltsam unbewegte Art und Weise. Morgens, Fabienne schlief noch, ging ich aus dem Haus, um nach den Salzgärten zu sehen. Kam ich zurück, war sie einkaufen gewesen, hatte Mittagessen gekocht.

Ich hatte ihr Geld dagelassen, aber vergessen, ihr zu erklären, wo ich in Concarneau einkaufe. Sie hatte alles gefunden, als lebe sie seit Jahren hier. Ich sprach über die Salzgärten und die Ville Close so wie ich mit Freunden, die ich lange nicht gesehen habe und die sich nach meiner Arbeit erkundigen, gesprochen hätte. Und doch war es anders. Wir saßen an dem Tisch, den ich jeden Tag mit einer Handvoll Salz scheuere. Sein Holz ist weiß geworden. Fabienne sah mir aufmerksam ins Gesicht, hörte hinter meine Worte.

In der dritten Woche sagte Fabienne, sie würde gerne mitkommen in die Salzgärten. Ich nahm sie mit, dorthin, wo ich seit Jahren arbeite, nicht aufhören will, obwohl ich in Rente gehen könnte. Wo sich mein Leben abspielt. Die Männer stehen dort mit ihren hochgekrempelten Hosen, und während der Himmel langsam hell wird, heben und senken sie geduldig ihre langen Salzrechen. Es ist ein sehr alter Takt, mit dem sie hier die Zeit nachmessen.

Über Joseph habe sie erfahren, was sie wissen müsse, sagte Fabienne. Und Alphonse Guillemin, nach dem, was Sandrine über ihn gesagt habe, könne sie sich den gut vorstellen. Er sei ihr Großvater, auch wenn sie nicht glaube, dass sie ihn hätte gern haben können. Sie bezweifle mittlerweile, ob es wirklich nötig sei, eine Gedenktafel für Joseph Meister anzubringen. Ganz bestimmt sei nicht sie diejenige, die entscheiden könne, was auf der Tafel stehen müsste.

Dann kam Émile zu Besuch, ein Freund. Er arbeitet in Paris am Institut Pasteur, hat ein Ferienhaus hier in Concarneau.

Émile kann manchem widerstehen, nicht aber der Gelegenheit zum Dozieren. Zweimal nicht, wenn eine junge Frau ihm zuhört. Selbstverständlich kennt er die Geschichte von Joseph Meister, sie steht ja in den Schulbüchern.

»Die Vorstellung«, sagte Émile, schob den Teller mit den leeren Muschelschalen weg, lehnte sich zufrieden seufzend zurück, »die Vorstellung, in der Wissenschaft gebe es entweder ganz falsch oder ganz richtig und nichts dazwischen und nichts davor und danach auch nichts, diese Vorstellung ist falsch. Möglicherweise hat jede Wissenschaft ihre eigene Entfernung zur Wahrheit, ein Soziologe eine andere als ein Physiker. Außerdem wird sie mit sehr unterschiedlichen Geräten gemessen. Pasteur jedenfalls war Chemiker, der sich die meiste Zeit seines Lebens mit biologischen Fragen beschäftigte. Er hatte immer eine unerschütterliche Meinung davon, was bei seinen Experimenten herauskommen musste. Noch bevor er das Experiment durchgeführt hatte. Die Öffentlichkeit erfuhr nach dem Experiment lediglich, dass die Wirklichkeit einmal mehr höflich genug gewesen ist, sich seiner vorgefassten Meinung zu beugen. Das reichte ja. Die Seidenwürmer, die Bakterien, die Hefen, alle tanzten sie nach der Pfeife seiner Vorurteile.

Weil man aber nun mal nicht für diejenigen Ergebnisse berühmt wird, die man nicht erklären kann, sondern nur für diejenigen, die hineinpassen ins Weltbild, legte Pasteur die unpassenden Ergebnisse zur Seite. Das machen alle so. Claude Bernard hat es so gemacht, Lavoisier, der ganz besonders, nimm, wen du willst. Die Großen legen die richtigen Sachen zur Seite. Aber irgendwo, wenigstens für sich selber, müssen auch die Pasteurs aufschreiben, was sie wirklich getan, was sie wirklich gefunden haben. Gerade das Unpassende, an das sie sich beim nächsten Mal unbedingt erinnern müssen. Dafür haben sie zu Pasteurs Zeit ein Labortagebuch geführt. Ein halbes Jahrhundert später stellt man fest, wie viel Interessantes sie für ihre Nachfolger zurechtgelegt haben. In seinen Labortagebüchern schreibt Pasteur eine Menge über die Tollwut, die damals Hundswut genannt wurde. Meistens sind es nur halbe Sätze, oft lange Kolonnen von Zahlen, schwer zu verstehen. Man kann darüber streiten.«

Émile goss sich Wein nach.

Damals hatte ich Steige über Nacht verlassen müssen. Aber ich wollte es auch verlassen, in jedem Fall wäre ich weggegangen. Ich suchte ein ehrliches Leben. Eines ohne die halben Wahrheiten und die ganzen Geschichten, den Hass und die Gerüchte, die unser Dorf zusammenbackten. Nur um herauszufinden, dass nicht einmal das Salz immer unbestechlich ist.

»Du kennst natürlich das berühmte Porträt«, fuhr Émile fort, »jeder kennt es, er hat ja festgelegt, dass die Welt ihn so sehen soll: Pasteur hält ein seltsam geformtes Glasgefäß in der Rechten, ein Stück Papier in der Linken. In dem Glasgefäß baumelt an einem Wollfaden, noch blutig rot, das Rückenmark eines Kaninchens. Roux hatte ihm gezeigt, dass man, wenn man abgeschwächte Tollwuterreger gewinnen will, das Rückenmark eines infizierten Kaninchens trocknen muss. Daraus entsteht der Impfstoff.

Pasteur hat das Rückenmark von Kaninchen, die an der

Tollwut gestorben waren, unterschiedlich lang getrocknet, bevor er es injizierte. Mal hat er es ganz frisch, noch blutend praktisch, hergenommen, mal war es einen Tag lang getrocknet worden, mal zwei Tage oder Wochen. Aus dem Mark hatte er eine Brühe gekocht, und sie seinen Patienten eingespritzt. Auch Joseph hatte er so behandelt.

Pasteur schreibt sich auf, damit er daran denkt: Am gefährlichsten sei das frisch entnommene Rückenmark eines gerade verstorbenen tollwütigen Kaninchens. Dann bekommt er Zweifel, nennt sie aber nicht. Jedenfalls dreht er ein paar Wochen später seine Theorie um und legt fest: Am gefährlichsten sei nicht das frisch entnommene Mark, sondern dasjenige, das am längsten getrocknet worden ist. In dem Augenblick, als er den achtjährigen Joseph Meister impfte, wusste er selber nicht, wie es nun wirklich richtig war, welche Reihenfolge eingehalten werden muss. Auch das hat er sich notiert.

In den großen Konferenzsälen sagte er, sein Mittel habe er an ganzen Rudeln von Hunden erfolgreich ausprobiert. Tatsache ist – Joseph war das erste Lebewesen, an dem er seine neue Reihenfolge zum ersten Mal ausprobierte. Also: am ersten Tag ganz trockenes Mark (er hielt es damals gerade für das gefährlichste), am zweiten eines, das weniger lang im Glas gehangen hatte, das am dritten Tag war noch frischer. Und so weiter. Bis er am Schluss, nach zwölf Tagen, Joseph ein blutiges Stück Rückenmark gespritzt hat. Das Kaninchen war Stunden vorher an der Tollwut gestorben. Und der Hund, den er am zwölften Tag zur gleichen Zeit und zusammen mit Joseph mit demselben frischen Rückenmark infizierte, starb nach drei Tagen an der Tollwut. ›Nur dem

Kühnen lacht das Glück!‹ hat er in sein Labortagebuch geschrieben. Ausrufezeichen.

Heute wissen wir, was Pasteur damals nicht wissen konnte. Ein tollwütiges Kaninchen ist der Wirt für den Erreger der Tollwut, sein Nervensystem hilft der Tollwut, sich zu vermehren. Zugleich bildet sein Organismus aber auch Abwehrstoffe gegen die Tollwut. Das nennen wir heute Antikörper. Wird das Rückenmark getrocknet, dann schwächt man die eigentlichen Tollwuterreger. Die Antikörper werden dabei nicht abgeschwächt. Am gefährlichsten ist also die Impfung mit ganz frischem Rückenmark.«

Zu Beginn meiner Jahre in Concarneau habe ich mich oft gefragt, ob ich die Wahrheit schuldig bin. Ob ich verpflichtet bin, die Mühe auf mich zu nehmen, die sie macht. Dann legte sich ein Jahr über das andere auf die schroffen Steine. Die zeichneten sich unter den vielen Schichten bald nur noch als flache Erhebungen ab, versöhnlich, nicht wiederzuerkennen.

Ich musste wieder daran denken, wie Alphonse im »Natzwiller Hof« getobt hatte. Es ging ihm nicht um Joseph, schon gar nicht um Pasteur. Es ging ihm nicht um die Toten. Es ging ihm darum, den Lebenden ihre Helden wegzunehmen. Er hätte auch gegen eine Stubenfliege losgetobt.

»Eine Impfung gegen die Hundswut, wenn einer die Hundswut schon drei Tage hat«, hatte er im »Natzwiller Hof« gebrüllt. »Schöner Hokuspokus. Wenn Joseph die Tollwut damals gehabt hat, wenn! sage ich – welcher Idiot würde ihm dann noch zusätzliche Hundswutbazillen hineinspritzen? Hätte man da nicht besser den Köter von Vonné am Leben gelassen und ihn freundlich gebeten, den Joseph noch vierzehn Mal mehr zu beißen?«

Die Leute dachten, dass man dagegen nichts sagen kann. Auch ich dachte das. Insofern war Émiles Lehrstunde heute für mich wichtiger als für Fabienne.

Und Alphonse schrie weiter:
»Wenn damals, am 4. Juli 1885, auch nur einer dieser feigen Pariser Manns genug gewesen wäre, euren Heiligen Pasteur zu fragen, wie er sich erklärt, dass die Hundswut gegen die Hundswut hilft, er hätte keinen einzigen Grund nennen können. Wie soll denn ein Impfstoff helfen, wenn die Krankheit schon in deinem Blut schwimmt oder an deinen Nerven hoch ins Hirn hineinkriecht.

Euer Saint Pasteur hat das genau gewusst. Er wusste, dass Joseph die Hundswut gar nicht hatte. Er wusste, dass er einem Kind, das bis auf ein paar Bisse gesund war, die Hundswut gespritzt hat. Er wollte einem gesunden Menschen die Hundswut spritzen. Er wollte beweisen, dass er eine wirksame Impfung erfunden hat. Das war es. Und wenn das nicht sein Plan gewesen wäre, wenn er überhaupt nicht gewusst hat, was er da mit Joseph angestellt hat, dann wäre er ein unvorstellbarer Dummkopf gewesen. Ein Teufel oder ein Dummkopf. Eines von beiden. Die große Nation hat sich für das Dritte entschieden: Wohltäter der Menschheit. Für den hat Joseph sich umgebracht. Das fabelhafte Institut Pasteur ist mit Millionen an Spendengeldern gegründet worden, weil Pasteur Joseph Meister geheilt hat. Mit einer Lüge, die jeder glauben wollte.«

Georges hatte mir damals die Nachricht übermittelt, ich solle noch warten. Er dachte, die Zeit sei nicht reif. Aber er war nicht im Dorf, er konnte nicht sehen, wie Steige sich unter dem Einfluss Alphonses praktisch täglich veränderte. Bald hätten sie Steige ganz in der Hand gehabt. Sie wollten weiter nördlich den roten Granit abbauen. Da war Steige ihnen im Weg.

Im Übrigen war es Etgar, der mir die ganze Zeit ahnungslos Georges' Nachrichten zugestellt hatte. Er wusste nicht, was er in seiner Tragetasche alles mit sich herumtrug. Nach der Sache mit *Le Petit Journal* musste schleunigst dafür gesorgt werden, dass er nicht mehr als Briefträger arbeitete. Er war viel zu gutgläubig. Eine Zeit lang war das nützlich gewesen.

In den Briefen, die er mir schickt, schreibt er von einer Schuld. Er glaubt, er habe da etwas auf sich geladen. Und er glaubt offensichtlich, ich wüsste, was das ist. Aber ich weiß von keiner Schuld Etgars.

Émile erklärte, zu einem ordnungsgemäßen Tollwutexperiment gehörte die abschließende Kontrollinjektion, also die letzte Spritze mit dem besonders gefährlichen infizierten Kaninchenmark, die Joseph überlebt, und die den gleichzeitig behandelten Hund umgebracht hatte. Über seine Kontrollinjektion berichtete Pasteur in jener berühmten Vorlesung, in der er den Sieg über die Tollwut verkündete. Wörtlich und unverblümt berichtet er, jeder hätte verstehen können, was er sagte:

»Joseph Meister ist sozusagen zweimal der Tollwut entronnen. Das erste Mal ist er derjenigen Tollwut entronnen, die er als Folge der Hundebisse möglicherweise entwickelt hätte. Das zweite Mal hat er die Tollwut überstanden, mit der diesmal nicht der Hundebiss, sondern ich ihn infiziert habe. Diese Infektion war, obwohl viel gefährlicher als der Biss eines tollwütigen Straßenköters, notwendig. Anders hätte ich doch nie herausgefunden, ob er durch meine Behandlung immun geworden war. Im Übrigen hatte es durchaus einen Vorteil, ihm die besonders gefährlichen Erreger erst zum Schluss zu verabreichen. Verabreicht man so außerordentlich gefährliche Erreger wie die aus dem frischen Rückenmark des unmittelbar zuvor an Tollwut gestorbenen Kaninchens, dann sieht man viel früher, ob der Impfling tatsächlich Tollwut entwickelt, früher jedenfalls, als wenn er sich durch den weitaus harmloseren Biss eines Hundes angesteckt hat.«

So mache man das?, fragte Fabienne.
»Ja«, antwortete Émile. »Man versucht, ein Kontrolltier zu töten, indem man ihm den Erreger in der gefährlichsten, der ›virulentesten‹ Form einspritzt, die man überhaupt zur Verfügung hat. Für die ›Kontrollinjektion‹ muss der Erreger so ›virulent‹ sein, dass er das Tier unweigerlich tötet, wenn das Tier vorher entweder nicht geimpft oder mit einem Wirkstoff geimpft worden ist, der wirkungslos war. Überlebt das Tier, darf man schlussfolgern, der Impfstoff funktioniert.«
»Und so eine Kontrollinjektion hat Joseph am Schluss wirklich bekommen?«
»Ja«, antwortete Émile, »das hat er. Zu streng darfst du

nicht urteilen. Schließlich ist die Tollwut eine Krankheit, die mit absoluter Sicherheit tötet. Das war damals so, und so ist es heute noch. Man kann nur Pasteurs Impfstoff geben. Man hofft, dass die Abwehrstoffe und die abgeschwächten Erreger, die den Organismus zwingen, weitere Abwehrstoffe herzustellen, ohne selber die Tollwut zu erregen, dass diese Stoffe schneller sind. Heute stellt man die Impfstoffe anders her als Pasteur vor hundert Jahren. Das Prinzip aber hat Pasteur entdeckt. Und Joseph Meister hat es beweisen dürfen.«

Émile trank seinen Wein aus und schwieg. Ich hatte damals keine Ahnung davon, worin Pasteurs Entdeckung wirklich bestand, warum sie wichtig und Joseph ein Held war. Das alles zählte für mich nicht, nicht für Georges und die anderen. Für uns zählte damals, dass Joseph sich umgebracht hatte. Auf den Stufen zu Pasteurs Grab. Es mag merkwürdig klingen, aber es gab uns Kraft.

Heute begreife ich noch immer so wenig. Aber eines eben doch: Wenn Joseph die Tollwut nach der Kontrollspritze immer noch nicht hatte, dann muss Pasteur das Mittel gegen die Tollwut ja tatsächlich gefunden haben. Dass sein Impfstoff hilft, konnte er nur an einem beweisen, der die Tollwut nicht hatte. Dann wäre der arme Joseph tatsächlich als ein Held gestorben. Ein Held aus Unwissenheit vielleicht. Trotzdem ein Held. Nichts brauchten wir damals so sehr wie Helden. Wir hatten Recht gehabt. Und richtig war es gewesen.

Fabienne

Ich denke, ich werde in Concarneau bleiben. Jedenfalls will ich nicht zurück nach Steige. Maëlis lässt mich in ihrem Haus wohnen, es ist groß und die meisten Zimmer stehen sowieso leer. Später einmal würde ich gerne auch in den Salzgärten arbeiten wie sie. In Quimper oder, falls es da keine gute Hochschule gibt, in Rennes könnte ich studieren. Auch dabei will Maëlis mir helfen.

Es macht nichts aus, dass ich an der Gedenktafel für Joseph Meister am Ende nicht mehr mitmachen konnte. Das Gymnasium hat mir ein Zeugnis geschickt, die anderen Abschlussprüfungen habe ich ja bestanden. Monsieur Desrolles, der Lehrer, der uns damals aufforderte, die Gedenktafel zu machen, hat bestätigt, dass ich mich an der Diskussion in dem Ausmaß beteiligt habe, wie das für eine Benotung notwendig sei, sogar darüber hinaus. Ohnehin ist die Gedenktafel immer noch nicht fertig. Der Streit über den richtigen Text, und ob man sie überhaupt aufhängen soll, scheint noch lange nicht beendet. Somit habe ich ein gültiges Abiturzeugnis und kann studieren.

Ganz hat mich die Sache nicht in Ruhe gelassen. Ich habe versucht, eine Ausgabe des *Le Petit Journal* aus dem Archiv zu bekommen. Und von Etgar wusste ich, dass in der Nähe von Steige eine Cousine von Joseph gelebt hatte. Sie hatte alles, was es an Schriftlichem über Joseph gab, gesammelt, die anderen in der Familie um Photos und Briefe angebettelt, Vieles zusammengetragen. Natürlich war auch sie längst gestorben. Aber sie hatte ihrer Enkelin die Kisten und Schachteln voller Papier vererbt. Ich schrieb ihr.

Und so war es in Wirklichkeit gewesen:

Die Zeitungsmeldung »*Se suicida Joseph Meister para proteger la cripta de Pasteur*« war falsch. Nicht am 14. Juni, als die fremden Truppen die Hauptstadt besetzten, hatte Joseph sich das Leben genommen, wie *Le Petit Journal* schrieb. Und er hatte es auch nicht auf den Stufen der Gruft von Louis Pasteur getan, den er bis zum Schluss für seinen Lebensretter hielt. Joseph war zehn Tage nach dem 14. Juni gestorben. Am 24. Juni 1940 hatte er zuhause seinen Kopf in den Gasofen gelegt. Er hatte seine Frau überredet, mit den Töchtern vor den Soldaten zu fliehen. Seit zehn Tagen hatte er nichts mehr von ihnen gehört. Deswegen wohl.

Ich musste an das Photo mit dem gezackten Rand denken, das ich Sandrine und Etgar gezeigt habe. Ja, die Wahrheit ist wichtig. Und die Wirklichkeit wird schon wirklich sein. Genauso wichtig ist, dass es Impfungen gibt. Und dass die Leute einen Helden in Steige hatten. Wenn Joseph sich in Paris wehren konnte, dann konnten sie es hier vielleicht auch.

Maëlis redet nicht gerne über diese Zeit, das hat sie mir sehr deutlich zu verstehen gegeben. Aber wenn ich in ihrem Haus leben soll und dieselbe Arbeit lernen, die sie macht, dann muss ich mehr wissen. Etwas mehr wenigstens. Noch heute ist diese Geschichte nicht zu Ende. Falls sie jemals zu Ende geht, Josephs Tod war jedenfalls nicht ihr Ende.

Nach vielen Versuchen habe ich von Maëlis noch ein paar Einzelheiten erfahren, die ich mir zusammengesetzt habe. Demnach war es so:

Nachdem das Dorf erfahren hatte, dass Joseph sich das Leben genommen hatte, muss es merkwürdig schnell gegangen sein. Alphonses Herrschaft über das Dorf zerbröselte. Maëlis sagte, jeder konnte es sehen. Alphonse sah es jedenfalls sehr deutlich und schlug um sich. Mit seinem Feldzug gegen den Impfwahnsinn hatte Alphonse sich noch zum Anführer einer Bewegung gegen die Bevormunder, Besserwisser und Scheinheiligen machen können. Eine Bewegung, die, je gründlicher die Aufklärung das Dorf ergriff, fast zur Raserei wurde. Bald sei es nicht mehr nur um die Hundswutimpfung gegangen. Man habe vom gesunden Volkskörper dahergeredet, als sei jedem klar, was mit diesem fremden Begriff gemeint ist. Es sei gefunden worden, dass Steige für die neuen Zeiten auch einen neuen Bürgermeister brauche. Dafür wäre nur Alphonse in Frage gekommen. Das hatten viele gesagt. Die, die es nicht gesagt hatten, sahen, dass es unvermeidlich war.

Aber bevor es so weit kam, habe Alphonses Feldzug an Schwung verloren. Warum, konnte ich von Maëlis nicht erfahren. Sie war jedenfalls froh darüber gewesen. Das Dorf selber schien es nicht zu begreifen und es müssen unterschiedliche Theorien im Umlauf gewesen sein. Mit der Frostschutzsalbe hätte es zusammenhängen können. Die Leute stellten erstaunt fest, dass es oft ganz nebensächliche Dinge sind, derentwegen sie ihre Überzeugungen wechseln. Alphonse gab nämlich die Salbe nur noch an die Hauptleute seiner Bewegung ab. Er behauptete, diejenigen, die sich in den östlichen Schneewüsten die Füße abfroren, um auch Steige zu verteidigen, die bräuchten die Salbe notwendiger als die Männer in Steige, wo es selten kalt genug ist.

Ein Grund hätte auch sein können, dass Alphonse begann herumzuschnüffeln. Als trotz des Freibiers weniger Leute in den Natzwiller Hof kamen, fing er an, in die Häuser zu gehen. Dabei soll er mit seinem linken Auge wohl manches gesehen haben. Sein anderes Auge, das freundliche, verwickelte die Leute derweil in ein Gespräch und lenkte sie ab. Er muss das Vieh gesehen haben, es stand noch munter im Stall. Das Fleisch hätte längst abgeliefert sein sollen. Er sah, dass der Mann, der letzte Woche seinen Einberufungsbefehl bekommen hatte, gar nicht mit hohem Fieber im Bett lag. Er hätte sich gut auf der Erfassungsstelle melden können. Er sah, dass der Sohn sich die Mistgabel in den Fuß stieß, weil er nicht in den Krieg wollte. Solche Dinge sah er, und andere. Alphonse sagte den Leuten, er habe nicht gesehen, was er da gerade gesehen habe. So sei er nicht. Aber sie müssten das in Ordnung bringen. Er erwarte von ihnen, dass sie ihre Pflicht täten, gerade in schweren Zeiten. Am nächsten Tag kamen Gendarmen, zerrten die Männer und die Söhne und das Fleisch aus den Häusern. Man konnte unmöglich glauben, dass Alphonse wirklich nichts gesagt hatte.

Die Sache mit Maëlis gab am Ende, glaube ich, den Ausschlag. Von dieser Sache berichtete Maëlis fast kein einziges Wort.

Alphonse muss überzeugt gewesen sein, jede Frau erliege dem Geruch der Macht. Eines Abends saß im »Natzwiller Hof« wieder eine Handvoll Männer, die ihr Wasser nicht halten konnten vor Begeisterung und Bier. Das sind Maëlis Worte. Alphonse soll zu ihnen sinngemäß etwas gesagt haben wie: Es sei doch die reinste Verschwendung, dass diese Maëlis dem Volkskörper nicht ein paar stramme Söhne schenkte, bei all dem prachtvollen Erbgut, das ihr unter der Bluse stecke. Er werde das jetzt besorgen, man solle sie nur mal herholen.

Es soll plötzlich still geworden sein in der Gaststube. Mit einem Schlag werden die Männer nüchtern gewesen sein. Sie erwachten nach einem Besäufnis, hatten rasende Kopfschmerzen und das Gefühl, irgendwann hätten sie alles falsch gemacht. Jedenfalls standen sie auf und gingen ohne ein Wort nachhause. Mein Gott, und dieses Vieh war mein Großvater. Ich finde es fast übermenschlich von Maëlis, dass sie mir ein Zimmer in ihrem Haus gibt.

Am folgenden Tag sollen dann Fragen aufgetreten sein.

Die Leute fragten sich und sie fragten den Nachbarn, warum Etgar den Posten des Hilfsbriefträgers so schnell verloren hatte, obwohl es nie Beanstandungen gegeben hatte. Sie fragten sich, wie Alphonse an Finkielkrauts Apotheke gekommen sei. Sie fragten sich, warum einer davon nicht satt werden konnte, obzwar man davon gut satt hätte sein müssen. Dieser fremde Alphonse wollte mehr, wollte alles und alle. Wollte den Bürgermeistersessel, obwohl Antoine Sonnefraud dieses Amt seit Jahren gerecht versah. Das fanden sie. Sie fragten sich, was Alphonse in ihren Häusern verloren hatte. Was wusste der denn von Fieber und Schwäche. Einer, der nie etwas anderes gelernt hatte, als den Beruf des Handelsreisenden für *Der kommende Tag AG*. Was verstand er von Fußverletzungen mit Mistgabeln, der Dahergelaufene. Wie oft hatte er denn selber eine in der Hand gehabt? Widerwärtig, sagten sie, widerwärtig sein Geschwätz vom gesunden Volkskörper. Wer sollte sich das auf die Dauer anhören. Man musste einander helfen, auch wenn man schwach wurde und krank, gerade dann. Maëlis wurde nie erwähnt. Es war, als lebten über Nacht andere Menschen in Steige.

Dann müssen sich die Ereignisse überstürzt haben.
Als Erstes blieb der »Natzwiller Hof« leer.
Dann wollte keiner mehr in der Apotheke einkaufen. Wenn Großvater Alphonse an den Türen klopfte, um, wie er sagte, mal nach dem Rechten zu sehen, war niemand zuhause und die Türen abgesperrt. Er drohte, morgen werde er wiederkommen. Das Dorf schloss sich ein.
Auch am nächsten Tag waren die Türen zu. Er schrie durch die verrammelte Tür hindurch, ob man etwas zu verbergen habe. Beim dritten Mal sagte er sehr leise durch die Tür, jetzt sei er sich sicher, dass dort drinnen etwas verborgen werde. Dann müsse er leider mit den Gendarmen zurückkommen.

Am Morgen fand man ihn auf der Treppe, die vom Verkaufsraum der Apotheke in seinen Schlafraum hinaufführt. Ein Schlaganfall wurde sofort vermutet. Die Beine werden ihm versagt, die Lähmung nicht nur die gesunde Seite seines Gesichts, sondern seinen ganzen Körper ergriffen haben. Am Ende wird er die Treppe hinuntergestürzt sein. So wird man es sich wohl erklärt haben. Manche sollen noch gemeint haben, für einen Schlaganfall sei reichlich Blut auf der Treppe gewesen. So viel schwarzes Blut. Wie man nur so bluten kann, wenn man eine Holztreppe hinunterstürzt. Das ist doch nicht so hart das Holz.

Natürlich gab es eine gründliche Untersuchung, bei der dies und jenes ans Licht kam. Viele Männer wurden mit Fieber und durchstochenen Füßen an die Front geschickt. Zusammen mit ihnen wurde das Fleisch auf Lastwagen weggeschafft. Aber sonst war nicht viel.

Außer dass Maëlis seit diesem Tag verschwunden war.

Über die Bescheidenheit der Rebe

Als man ihr Erde auf den Kopf tat, läuteten die Glocken von St. Julien ein paar törichte Schläge. Niemand verstand, warum die Glocken sich mit dem Läuten überhaupt Arbeit machten. Wenn es um Berenice ging, hatten sie immer nur geschwiegen, wofür jetzt also der Aufwand. Berenice Domer, so hatte sie geheißen, die blinde Berenice.

Sie war alt geworden bis zu diesem Februar des Jahres 1878. Auch das war so etwas. Anständige und arbeitsame Leute wurden in St. Julien nicht so alt. Immerhin, und das beruhigte die Jüngeren, hatte sie das Alter in seiner ganzen widerwärtigen Gebrechlichkeit hübsch lange auskosten müssen.

Ich würde mir gerne vorstellen, dass Berenice da unten – in diesen ersten Frühlingstagen ist die Erde ja noch hart – die Glocken hört. Sie wird nicht lächeln. Aber ein bisschen zufrieden könnte sie sein. Und ihr Sohn Yannick, wie er da vor dem Grab steht – doch, ich glaube, das rührt sie. Gleich wirft er den Strauß Blaukappen auf ihren Sarg. Berenice wird sich ihre Rührung nicht anmerken lassen. Gerührtsein hat sich ihr nicht ausgezahlt in St. Julien.

Gerührt war sie nur ein einziges Mal in ihrem Leben. Das war ein Mal zu viel. Obwohl sie ihren Sohn Yannick, das Ergebnis dieser einmaligen Rührung, geliebt hatte. Sie war stolz gewesen, dass er ihren Starrsinn geerbt hatte, die

Unzufriedenheit, die Fremdheit und das Grübeln. Yannick hatte sich oft gewehrt gegen ihre harte Liebe.

Nachdem das Grab zugeschaufelt war – Gérard, der Küster, der die Toten eingrub, hatte gesagt, sie sollten sich eine Schaufel nehmen und mit anpacken – gingen Yannick Domer und die junge Frau vom Kirchhügel ins Dorf St. Julien hinunter. Einen Leichenschmaus würde es nicht geben. Bis zuletzt hatte Yannicks Mutter Berenice keinen Frieden mit dem Dorf gemacht. Eine Handvoll schwarzgekleideter alter Leute hatte bei der Totenmesse für Berenice in den Kirchenbänken gekniet. Sie hatten ihren Herrgott angefleht, er möge im letzten Augenblick die Hügel des Beaujolais ringsum auftun und dafür sorgen, dass Berenice samt ihrem Sarg verschlungen würde. Weil sie nie zu ihnen gehört hatte. Weil sie, die Blinde, diesen verfluchten Scharfblick gehabt hatte. Und denen hätte Yannick jetzt ein Glas Wein gekauft, und ein Stück Lammschulter, und einen süßen Kuchen, damit sie sich noch ein letztes Mal auf Kosten der Mutter das Maul zerrissen? Wie käme er dazu.

Die Bittermandelbäume blühten schon. Zum Süden hin hielten die Pfirsiche ihr helles Rot in das Februarlicht. An einem Tag wie heute konnte man von hier bis hinüber nach Lyon sehen. Die Trockenmauern waren kühl. Die Häuser waren aus den grauen und rosa Steinen gebaut, die von den Trockenmauern übrig geblieben waren. Drinnen hatten sie das Licht schon gelöscht. Es war ja hell genug, man spart, wo man kann. Nicht wie Berenice, die trotz ihrer Blindheit immer eine Kerze hatte brennen lassen. Aus den

Fensterhöhlen schauten sie Yannick und seiner jungen Frau hinterher.

Die beiden gingen zum Haus des Bürgermeisters, achteten darauf, ihre Schritte langsam zu setzen. Man geht so, wenn man von einem Begräbnis kommt. Der Pfarrer hatte ihnen vom Bürgermeister ausgerichtet, sie sollten bei ihm vorbeikommen, es gebe, wenn sie die Mutter eingegraben hätten, einiges zu besprechen. Yannick hatte sich einen Sonntagsanzug ausgeliehen, der hing über die schmalen Schultern. Die schwarzen Haare mit Wasser aus der Stirn gekämmt, sah er aus wie ein Junge, der einen erwachsenen Mann spielen muss.

Der Herr Bürgermeister Saulnes habe Unaufschiebbares zu erledigen, richtete die Magd aus. Wenn es unbedingt sein müsse, könnten sie warten, bis der Herr Bürgermeister fertig sei. Es könne dauern. Sie wies auf die steinerne Bank neben der Tür zur Küche und ging zurück ins Haus.

Die junge Frau zog Yannick auf die Bank. Sie kannte das Gehabe, mit dem man in Saint-Julien-en-Chatenay wissen lässt, man ist höhergestellt. Sie war hier aufgewachsen.

»Seltsam«, sagte sie leise, »vor wenigen Wochen ist Claude in Paris gestorben. Und jetzt deine Mutter. Als hätte sie darauf erst noch warten müssen.«

Yannick zog die vollen Lippen mürrisch nach unten. Er erinnerte sich nur ungern an den Mann Claude. Und an jenes Frühjahr vor acht Jahren, in dem dieser Claude eine so wichtige Rolle gespielt hatte, dachte er auch nicht gerne. Damals hatten sich seine Mutter Berenice und Claude getroffen. Claude Bernard, der in das Dorf St. Julien gehörte, aber ein Professor in Paris war. Das war 1870 gewesen, kurz vor dem Krieg, und es war nur seinetwegen, dass sie mit dem Claude Bernard überhaupt hatte zusammentreffen müssen. Weil sie wusste, es würde Krieg geben.

Die Frau wickelte Brot und Fleisch aus einem blauen Tuch. Ein Leichenschmaus war es nicht. Aber doch gutes Fleisch und frisches Brot. Das Februarlicht hatte sie beide hungrig gemacht.

Acht Jahre zuvor, im Frühjahr des Jahres 1870, hätte in St. Julien keiner geglaubt, dass es ein paar Wochen später Krieg geben würde. Das glaubt man vorher nie. Wohl redeten sie seit Langem davon, ein Krieg würde das Land durchlüften, Ordnung schaffen, einen Strich unter die ewigen Schulden ziehen. Das wurde im Gasthof geredet, so wie man eben redet, wenn man seiner Meinung Gewicht verschaffen will. Einen richtigen Krieg wollte deswegen doch keiner. Überhaupt war ein Krieg für die Dörfer des Beaujolais genau so weit weg wie der Kaiser, der dort irgendwo im Norden auf einem Thron saß. Seine Steuerbeamten durchschnüffelten die Weinkeller in den Dörfern. Und die Preußen, wenn sie sich weiter so aufführten, würden tüchtige Prügel beziehen. Obwohl, ein ernstzunehmender Krieg würde das nicht sein. Wenn überhaupt.

Wie jedes Frühjahr war Claude Bernard nach St. Julien gekommen, um ein paar Wochen lang bei seiner Mutter zu wohnen, und sich um den Wein zu kümmern.

Die Bernards waren seit Generationen Winzer. Ihr ganzes Glück und ihr ganzes Unglück hatten sie an die krummen

Reben gehängt. Als Junge wollte Claude Dramatiker werden, nicht Schriftsteller allgemein, sondern gleich Dramatiker. Schimmernde Welten wollte er auf die Bühne stellen mit Helden, die laut redeten. Der Beruf des Apothekers schien ihm auch nicht uninteressant. Ebenso hatte er über den Beruf des Historikers nachgedacht, des Messerwerfers, des Gedichteschreibers, des Schafhirten, des Beichtvaters oder eben doch den des Weinhändlers. So viele glänzende Welten, ein Junge aus St. Julien musste nur die Hand ausstrecken.

Am Ende wurde er Professor für Allgemeine Physiologie an der uralten Sorbonne in Paris, der glänzendsten Universität des Landes. Ein Beruf, von dem sie in St. Julien noch nie gehört hatten. Weshalb in St. Julien allgemein angenommen wurde, Claude sei in Wirklichkeit Arzt, und dieser unaussprechliche Professortitel nur ein Vorwand.

Es war nämlich an dem. In St. Julien konnte Claude nicht die Arzthonorare verlangen, die sie ihm in der reichen Stadt Paris zahlten. Von ihnen konnte er gar nichts verlangen. Und weil sie gerne bei anderen den Takt voraussetzten, der ihnen selber völlig fehlte, dachten sie, Claude erzähle ihnen hier in St. Julien nur, er sei Professor für dieses unaussprechliche Zeug. Wahrscheinlich hatte Claude diese Bezeichnung selber erfunden. Tat also nur so, als sei er kein Arzt, und als seien die Gespräche mit ihm keine Sprechstunde. So konnte er die Leute von St. Julien umsonst behandeln.

Während der Wochen, die Claude in St. Julien verbrachte, besuchten sie ihn unter irgendeinem Vorwand, meistens aber auch ohne einen. Saßen endlose Stunden an seinem Küchentisch, Jeanne Saulnier, Claudes Mutter, stellte ein

Glas Wein nach dem anderen vor sie hin. Tranken den Wein, beredeten die kommende Ernte, erwogen die letztjährige und ob es sich noch auszahle, Weinbauer zu sein. Aber etwas Anderes hat man eben nicht gelernt.

Schon im Gehen dann, drehten sie sich noch einmal um. Kamen, da fällt mir noch etwas Kurioses ein, auf einen entfernten Verwandten im Nachbardorf zu sprechen, der diese Koliken, hier, rechts vom Nabel, wie diese Koliken quälen können, unmenschlich sei das. Dabei zeigten sie auf den eigenen Bauch und verzogen das Gesicht. Kaum dass man arbeiten könne, stinkendes Wasser müsse man erbrechen, genau dasselbe Wasser laufe einem hinten heraus. In Paris kenne man so etwas bestimmt gar nicht? Claude, der längst begriffen hatte, dass es nicht um einen entfernten Verwandten ging, sondern um Antoine selber, der da vor ihm stand, Claude antwortete, er sei ja nun mal kein Arzt. Bauchkoliken, die allerdings kenne er aus eigener Erfahrung nur zu gut. Das letzte Mal habe ihm sein Arzt Wismut verschrieben. Wenn es in Paris anschlage, würde es wohl auch in St. Julien helfen. Da nickte Antoine zufrieden, trank seinen Wein aus und ging. Wismut also, mehr hatte Antoine ja gar nicht wissen wollen. Seine Kolik zwickte deutlich weniger, seit er wusste, was dagegen half. Außerdem, und das war das Beste, hatte er Claude diesen Rat ganz ohne Honorar aus der Nase gezogen.

Seit Claude sich für die Medizin entschieden hatte, aus der er dann in die Physiologie hinein geraten war, hatte seine Mutter gewollt, dass er Dorfarzt in St. Julien würde. Irgendwie war er das jetzt ja doch geworden. Auch Jeanne glaubte nicht recht an diesen Lehrstuhl für Allgemeines Irgendwas.

Im Dorf war er der Claude geblieben, Jeanne Saulniers

Ältester, war nie der Professor aus Paris geworden. Antoine, Philippe und die anderen Weinbauern sparten ihre Koliken und Leistenbrüche und Geschwüre bis zum nächsten Frühjahr auf, wenn sie wieder mit ihm am Küchentisch sitzen würden. Oder bis in den Herbst, wenn Claude zur Weinernte kam. Fanden, sie hätten es schlechter treffen können mit so einem Dorfarzt. Der ein bisschen lebensuntüchtig war und beim Reden immer gleich rot wurde. Aber doch ein guter Arzt. Preiswert vor allem, praktisch gratis. Nur das Wismut musste man sich in der Apotheke in Lyon selber besorgen.

In diesem Frühjahr, die alten Weinbauern behaupteten, sie könnten es jetzt schon in der Luft schmecken, 1870 würde ein gewaltig großer Jahrgang werden, hatte Claude es in Paris nicht mehr ausgehalten. Er musste weg von der wichtigtuerischen Stadt. Weg von seiner Frau Fanny, die ihn wegen seiner Experimente mit Tieren angezeigt hatte, und die ihm die beiden Töchter wegnahm und gegen ihn aufhetzte. In Ruhe seine Gedanken finden und aufschreiben. Seine Gedanken über das, was er das inwendige Milieu nannte. Das innere Milieu sollte er es besser nennen. In Paris lachte man über Formulierungen, die nach St. Julien rochen. Darüber und, weil das irgendwie miteinander zusammenhängen musste, über die grundlegenden Gemeinsamkeiten zwischen Tieren und Pflanzen.

In Paris stahlen sie ihm die Zeit, die er fürs Nachdenken brauchte. Dort machten es die berühmten Physiologen, Mediziner, Chemiker nicht viel anders als die Weinbauern von

St. Julien. Irgendein Vorwand, Claude Bernard aufzusuchen, fand sich immer. Sie setzten sich breitbeinig vor seinem Schreibtisch hin, und ja, einen Kaffee gerne, mit Sahne und zwei Löffel Zucker bitte. Legten ihm, fast schon im Hinausgehen, umwegig und so, als handele es sich nicht um ihre eigenen Forschungen, sondern um die Nabelkoliken eines entfernten Verwandten, ein Problem vor, mit dem sie nicht weiterkamen. Die Fakten ließen sich nicht passend machen, und sie hatten keine Idee, wie man aus ihren Reagenzgläsern und Schmelztiegeln bessere Fakten herauskochen könnte.

Claude Bernard hörte ihnen zu, zuhören und hinschauen konnte er gut. Immer hatte er selber schon einmal etwas Ähnliches gemacht, hatte ein Werkzeug erfunden und gebaut, mit dem man das Problem des entfernten Verwandten zergliedern konnte. Entfernte Verwandte, sagte er lächelnd, die vom festgefahrenen Glauben an ihre eigenen Theorien nicht loskommen, haben nicht nur die denkbar schlechtesten Voraussetzungen, Neues zu entdecken. Sie sind darüber hinaus auch miserable Beobachter.

Claudes eigene Neugierde war maßlos und gefräßig, machte vor nichts und niemandem Halt. Wo andere keine Idee hatten, hatte er drei. Wo andere doch auf eine Idee gekommen waren, hatte er die selber bereits ausprobiert und wusste, sie war falsch. Sobald man sein Labor betritt, erklärte er, muss man seine Einbildungskraft ablegen wie einen Mantel. Wenn man das Labor verlässt, muss man sie wieder umlegen. Man darf nicht aufhören zu träumen, zu vermuten, zu reimen. Nur beim Experimentieren – da muss man damit aufhören, unbedingt. Muss sich ganz aufs Beobachten beschränken. Voller Begeisterung zeigte er, wie ein Experiment, das die Frage des entfernten Verwandten beantworten würde, anzulegen und durchzuführen war. Die Kollegen machten wegwerfende Handbewegungen, ja ja, genau das hatten sie auch gedacht, es dem Verwandten sogar schon vorgeschlagen. Hatten ihn lediglich um Bestätigung bitten wollen. Zwei Meinungen sind besser als eine, so in etwa. Dann gingen sie weg. Überzeugt, selber darauf gekommen zu sein, führten sie Claudes Ideen aus. Schrieben Bücher und hielten Vorträge über ihre Ideen. Von Claude war dabei nicht mehr die Rede.

Es war keineswegs so, dass Claude für Ehren unempfänglich gewesen wäre, dass es ihm gleichgültig war, wenn andere an seiner Stelle Orden und geachtete Positionen bekamen. Aber er konnte, wenn ihm einer mit einem angeblich unlösbaren Problem kam, den Mund einfach nicht halten. Er musste die Wirklichkeit packen und aus ihr herausschütteln, was sie hergab. Jetzt würde es für ein paar Wochen nur die Leistenbrüche und Koliken von St. Julien geben, seine Mutter, die Weinreben, die Hügel des Beaujolais und das kleine Steinhaus, in dem er vor 57 Jahren auf die Welt gekommen war. Die eigenen Gedanken denken, nicht die der anderen. Er musste endlich herausfinden, ob die Reben sehen können und sich gegenseitig erkennen, wie die Menschen.

So war Claude Bernard also, im Frühjahr des viel zu großen Jahres 1870, von Paris her kommend, in St. Julien eingetroffen. Der Februar hatte den Duft des Lavendels, der Granatapfelbäume und des Ginsters bis von Nîmes, Orange und Lyon heraufgetragen, und die flachen Täler zwischen den Weinhügeln hatten sich damit gefüllt.

Bernard hatte seine Mutter Jeanne umarmt, danach Agnès. Sie versah den Haushalt für Jeanne, seit die das nicht mehr konnte. Claude dankte Agnès, die sich selbstlos um seine Mutter kümmerte. Wollte wissen, wie es den Winter hindurch gegangen war. Kam dann sofort auf den schwarzen Stoff zu reden. Schwarzen Stoff brauche er unbedingt. Vor zwei Jahren hatte er an der Mauer ihres Hauses Weinreben gepflanzt, für die war der Stoff bestimmt. Claude war so aufgeregt, als würde die Welt untergehen, wenn er seine Reben nicht augenblicklich in schwarzen Stoff wickeln könnte. Schwarz musste er sein, die Reben sollten kein Licht sehen. Eine Last dürfte der Stoff den Reben aber auch nicht sein, leicht sollte er sich bewegen in den kommenden Märzwinden.

Berenice, hatte Agnès gesagt, Berenice könnte vielleicht helfen. Sie sei die Einzige, die einen Stoff habe, der möglicherweise das sei, was Claude sich vorstellte. Berenice Domer also. Es war das erste Mal, dass Claude ihren vollständigen Namen hörte.

Das mit dem schwarzen Stoff war so.

Yannick, Berenices Sohn, war fünfzehn, als er weglief. Vor St. Julien weglief. Oder vor seiner Mutter Berenice, beides gehörte nicht zusammen, aber lösen ließ es sich auch nicht voneinander.

Seine Mutter hatte ihm den Namen Yannick gegeben. Niemand hieß hier so, kein Vater und kein Großvater würde so einen Namen vererben. Und wenn einer so hieß, wusste man es sofort: Yannick, das ist ein Vaterloser. Nur, irgendeiner musste ihn ja doch gezeugt haben. Vielleicht einer der vielen Männer aus dem Dorf, denen der Speichel im Mund zusammenlief, wenn sie Berenice ansahen. Also eigentlich jeder. Vielleicht einer der Zigeuner, die im Herbst durch die Dörfer zogen, Messer schliffen und Kessel flickten, von diesen Fremden hatte der Junge das Haar, es glänzte wie Lack. Niemand wusste es, und Berenice sagte nichts. Die Frauen im Dorf sahen ihre Männer an, forschten nach Zeichen, dass sie bei Berenice gelegen hatten. Sie versuchten, mit Berenice ins Gespräch zu kommen, die sagte kein Wort. Legte ihren kleinen Jungen an die weißen Brüste und blieb stumm. Lächelte höchstens ein unfrohes Lächeln, als wisse sie alles über die Begierden der Männer von St. Julien.

Dann wurde Berenice blind. Das geschah zwei Wochen nach Yannicks Geburt, und es geschah auf ganz beiläufige Weise. Berenice wachte morgens auf und konnte nichts mehr sehen. Mehr war es nicht, aber es war auch nicht weniger. Sie hatte keine Schmerzen, sie fühlte sich nicht einmal unwohl. Nur dass ihre Welt jetzt dunkel war.

Vielleicht wäre noch etwas zu retten gewesen, hätte man gleich gehandelt. Aber im Dorf hatte man es nicht eilig. Es wurde so verstanden, dass der Herrgott Berenice die Blindheit als Strafe auferlegt hatte. Gnädig genug war er gewesen, dass er sie ihren Sohn noch hatte sehen lassen. Also ließ man sich Zeit.

Berenices Welt blieb schwarz und ihre Brüste weiß, und sie ertrug es nicht, wenn sie unter allerlei Vorwänden begafft wurde. Ohne Überzeugung wurden Hausmittel vorgeschlagen, von denen man gehört hatte, sie hätten in solch zweideutigen Fällen schon einmal geholfen. Die Blindheit der Berenice war eine Strafe, das wusste in St. Julien jeder. Nach einigen Monaten beschlossen Berenices Verwandte, die in Lyon lebten, sie solle nach Paris geschafft werden. Vielleicht sei sie ja für die Doktoren der Hauptstadt interessant genug.

Yannick wurde bei einer Tante in Lyon untergebracht. Die hatte vier Kinder, sie würde ein fünftes mit durchfüttern können.

Mehr als drei Jahre blieb Berenice in Paris. Dann verloren die berühmten Doktoren das Interesse an ihr und schickten sie zurück nach St. Julien. Die Frauen des Dorfes stellten fest, dass sie sich nicht verändert hatte. Sie war immer noch schön und erregte noch immer die Begierden der Männer. Sie schwieg noch immer über Yannicks Vater. Das Einzige, was sich geändert hatte, war, dass, wenn Berenice jetzt die Augen öffnete, ihr hellgrauer Blick wie von selber nach oben rutschte. Als blicke sie hinter ihre Stirn und sähe sich selber beim Nachdenken zu. Das beruhigte die Frauen ein wenig. Den hellgrauen Augen hatten sie es zugeschrieben, wenn ihre Männer nachts im Schlaf stöhnten. Gottseidank war dieses Wegrutschen der Augen nicht verführerisch.

Noch eines hatte sich geändert. Berenice hatte gelernt, in ihrer Welt ohne Licht zurechtzukommen. Sie verlangte ihren Sohn Yannick zurück. Sie bestand darauf, mit Yannick wieder in dem Haus neben der Kirche, mitten im Dorf, zu leben. Wollte nichts davon wissen, irgendwo am Rand des Dorfes, fast schon zwischen den Weinbergen, untergebracht zu werden, weggeräumt aus dem Gewissen von St. Julien.

Yannick musste die Familie der Tante in Lyon verlassen und zu seiner fremden Mutter ziehen, die ihn nicht sah.

Bevor Yannick als Fünfzehnjähriger St. Julien dann endgültig verließ, hatte er immer wieder versucht auszureißen.

Anstatt zur Schule zu gehen, war er die Weinberge hinuntergestiegen, den Bach entlang zur Straße, die zu groß war für seine kleinen Füße. Er hatte gehört, die Straße führe nach Lyon.

Nachdem sie ihn das zweite Mal am Straßenrand aufgegriffen hatten, brachte Berenice ihn morgens zur Schule und holte ihn mittags ab. Er versuchte es wieder, versuchte es abends und vor Sonnenaufgang, versuchte es im Herbst, ging durch den Schnee. Berenice machte ihm keine Vorwürfe und stellte ihm keine Fragen. Yannick hätte auch nichts zu antworten gewusst. Die stumme Auseinandersetzung dauerte so lang, bis er eines Tages nicht mehr zurückkam, weil er Arbeit bei einem Weber in Lyon gefunden hatte. Der war froh über die billige Arbeitskraft.

Ein Jahr lang kam Yannick nicht mehr nach St. Julien zurück. Dann bat er den Weber um ein Stück Stoff, er möge es ihm vom Lohn abziehen. Den brachte er seiner Mutter Berenice. Setzte sich in ihre Küche, beantwortete alle Fragen über seine Arbeit beim Weber, wollte auch wissen, wie die Mutter zurechtkäme. Er werde jetzt häufiger nach ihr sehen. Er legte ihr den schwarzen Stoff in den Schoß und ging weg.

Als er, ein paar Wochen darauf, wieder nach St. Julien kam, hatte seine Mutter aus dem Stoff eine schwarze Hose genäht. Sie passte ihm, als habe sie Maß genommen.

Der Webermeister wollte natürlich wissen, wie er sich von seinem Lohn eine so ordentliche Hose leisten konnte. Die habe ihm seine Mutter Berenice genäht und er, Yannick, habe anhand besagter Hose sofort eine Geschäftsidee entwickelt:

Der Weber lieferte sein Tuch an Pfarrhaushalte und Klöster, in die Häuser der Advokaten, Staatsanwälte und Richter, auch die Offiziere der Garnison von Lyon schätzten es. Wie wäre es, wenn sie in diesen Häusern nicht nur die unförmigen Stoffbahnen anböten, sondern in unterschiedlichen Größen zugeschnittene, aber noch nicht endgültig fertige Hosen und Jacken? Rohlinge von Hosen und Jacken sozusagen, die die Pfarrershaushälterin dann nur noch mit ein paar Stichen zusammennähen müsste. Die Menschen seien ja reichlich unterschiedlich. Der eine habe kurze Arme, die nicht zu seinen langen Beinen passten, der andere ein endloses Stück Lende zwischen Brust und Hüfte, und darunter zu kurze Beine, da könne sich jeder die Rohlingsteile nehmen, in die seine ungleichen Verhältnisse am besten passten. Wie geschickt seine Mutter nähe, das habe der Weber ja nun selber gesehen. Er hätte den Vorschlag zu machen, dass er einmal in der Woche Stoffbahnen nach St. Julien schaffen und dafür die Anzugsrohlinge nach Lyon zurückbringen würde. Sie könnten seinen Vorschlag zunächst in der Garnison ausprobieren. Soldaten seien ja schon froh, wenn sie die Knöpfe für den Hosenstall fänden, ansonsten nähmen sie es nicht so genau. Das sei ein probehalber Anfang, dabei gebe es nicht viel zu verlieren.

So wurde es gemacht.

Berenice, die bisher vom gelegentlichen Mitleid und ebenso gelegentlichen kleinen Aufträgen gelebt hatte, bekam tüchtig zu tun. Nie wurde davon gesprochen, warum Yannick weggelaufen war. Wenn er die Stoffbahnen brachte, blieb er jetzt immer öfter über Nacht. Ging erst am nächsten Morgen, noch vor Sonnenaufgang, mit den Anzugrohlingen wieder hinunter nach Lyon.

An diesen Rohlings-Stoff hatte Agnès gedacht. Das heißt, nicht genau an diesen Stoff. Neben den schweren Hosen für die Offiziere schnitt und säumte Berenice inzwischen dünnere Stoffe für die Priesterhosen. Und seit ein paar Wochen brachte ihr Yannick ein besonders feines Gespinst, so leicht, dass sie überlegten, ob man nicht Frauenkleider daraus machen könnte. Begraben und getauft wurde immer jemand, und die gebräuchlichen Stoffe waren so schwer, dass die Frauen heftig schwitzten, wenn im Sommer einer begraben werden musste. Das könnte der Stoff für die Reben sein.

»Wenn der Herr Bürgermeister keine Zeit für uns hat, dann gehen wir eben wieder«, schimpfte Yannick. »Was wird so einer schon zu bereden haben mit uns. Wenn er glaubt, er kann mich genauso behandeln, wie das elende Dorf meine Mutter ihr Leben lang behandelt hat, dann täuscht er sich der Herr. Die Pächter schikanieren, ihren Weibern nachstellen, das können diese Böcke. Das kommt, weil ihnen keiner zeigt, wo sie hingehören.«

Die Frau legte ihm die Hand auf den Arm. Er solle sich beruhigen. Vielleicht gebe es ja wirklich etwas im Zusammenhang mit dem Tod seiner Mutter, dass sie erfahren müssten.

»Und was wäre das dann? Warum sollte meine Mutter dem Vieh von Bürgermeister etwas gesagt haben, was sie mir nicht gesagt hat?«

Das wusste sie natürlich auch nicht. Aber dass der Bürgermeister sie auf die Bank vor seiner Küche zitiert hatte, nur um ihnen sein Beileid zu bekunden, konnte sie sich auch nicht vorstellen. Wie immer versuchte sie zu verstehen und auszugleichen. Was sie an diesem hochfahrenden Träumer Yannick gefunden, und warum sie mit ihm St. Julien verlassen hatte, um in Lyon zu leben, war vielen unbegreiflich.

Agnès war froh, dass ihr Berenices schwarze Tuche eingefallen waren. Nicht nur der Reben wegen. Es wäre schön, zu Berenice zu gehen und Yannick dort zu treffen. Agnès fand, er war viel zu selten in St. Julien, und immer schon wieder weg, wenn die Sonne aufging.

Claude war über ihren Vorschlag in schreckliche Aufregung geraten. Er wollte sofort zu dieser Berenice. Als Agnès jetzt neben Claude ins Dorf ging, konnte sie mit den Schritten des hochgewachsenen Mannes kaum mithalten. Agnès war eine kleine Person. Ihr schweres dunkles Haar flocht sie in einen Zopf, der ihr den Rücken herunterhing und im raschen Gehen hin und her schwang. Das Blau ihrer Augen verwirrte viele der jungen Männer. Noch mehr verwirrte es sie, dass Agnès kein Interesse an ihnen zeigte. Sie versorgte den Haushalt für Claudes Mutter Jeanne und verbrachte ansonsten jede freie Minute im Garten oder in dem kleinen Gewächshaus, dass sie sich gebaut und eingerichtet hatte. Auf hölzernen Regalen zog sie Ringelblumen, Weinreben, Raukel und vieles andere. Nicht um Fensterbretter oder Kommoden zu schmücken, nicht für die Küche. Sondern weil sie die Pflanzen verstehen wollte. Wenn Claude in St. Julien war, verbrachten die beiden viele Stunden in dem Gewächshaus. Der Claude streichelt mal wieder ihre Ringelblume, grinsten die jungen Männer. Tatsächlich erklärte er Agnès seine Gedanken über Pflanzen und lernte von ihren genauen Fragen.

Es war Agnès gewesen, die ihn auf die Sache mit den Weinreben gebracht hatte. Ob Pflanzen sehen können, hatte sie eines Tages gefragt.

»Sie haben keine Augen«, hatte Claude geantwortet. »Aber du hast völlig Recht – wer schreibt uns vor, dass wir nur mit Augen sehen oder nur mit Ohren hören dürfen? Augen sind wundervoll konstruierte Linsen, die vor diesen beiden kleinen Löchern in unserem Schädel sitzen und das Licht gebündelt in unser Hirn schicken. Nur: warum sollte man ausschließlich auf diese Weise sehen können, die noch dazu sehr verletzlich ist? Genauso gut kann man sich vorstellen, dass deine Ringelblumen das Licht nicht mit zwei Augen wahrnehmen, sondern mit tausenden wenig spezialisierter Zellen überall auf ihren Blättern, Blüten und Stengeln. Jede dieser Zellen ist für sich fast blind, wenig empfindlich für Licht und noch mit allerlei anderem beschäftigt. Aber die unendliche Zahl dieser schwachsichtigen Zellen zusammengenommen, könnte die Ringelblume empfindlich und scharfsichtig machen. Was hat dich auf diese erstaunliche Überlegung gebracht? Die umso erstaunlicher ist, weil sie selbstverständlich ist. Jeder hätte sich das fragen können.«

Sie habe, berichtete Agnès, herausfinden wollen, ob die Ringelblume ihre Blüte gar nicht zum Licht der Sonne, sondern nur zur Wärme der Sonne hinstreckt. Habe Eis in Kübeln schmelzen lassen, damit Kälte sich dort ausbreite, wo die Sonne hin schien. Trotzdem richteten die Ringelblumen ihre Blüten weiterhin zur Sonne, die Kälte war ihnen gleichgültig. Sie habe den Gegenversuch gemacht, wie Claude es sie gelehrt hatte. Hatte versucht, die Blüten mit Wärme in den Schatten zu locken. Sie konnte die Blüten nicht dazu verführen, von der Sonne wegzuschauen. Die Blüten, die Stengel, die Blätter, alle Teile des Pflanzenkörpers drängten ins Licht, davon war sie überzeugt. Nun – alle nicht, um genau zu sein. So habe sie sich gefragt, wie es mit den Wurzeln sei. Warum, wenn es doch die ganze Pflanze ins Licht zieht, verhalten die Wurzeln sich so anders. Die fliehen vor dem Licht in immer tiefere Dunkelheit. Hatte die Ringelblume Lichtaugen in der Blüte und Dunkelaugen in der Wurzelspitze? Und war der Lichtsinn der Raukel, der Weinrebe oder der Blaukappen genauso beschaffen wie der der Ringelblume?

Wie jedes Mal, wenn Agnès das Selbstverständliche für fragwürdig hielt, war Claude hingerissen von ihr. Ihre Fragen ließen ihm keine Ruhe, immer wieder kam er darauf zurück. Gleich nach ihrem ersten Gespräch darüber hatte Claude Reben an der Mauer des Hauses gepflanzt. Die sollten zunächst einmal aufwachsen wie alle anderen Reben im Beaujolais auch. Und nun waren die Reben erwachsen genug für eine Prüfung ihres Lichtsinnes. Dafür brauchte er Berenices schwarzes Tuch.

»Im vorigen Jahrhundert hat ein schwedischer Botaniker, er hieß Carl Linné, behauptet, dass Pflanzen schlafen«, sagte Claude. »Er hat darüber ein Buch verfasst: *Vom Schlaf der Pflanzen*. Bis heute denkt man ja, der Schlaf sei ein Vorrecht der Menschen, sei sozusagen eine höhere Form der Untätigkeit. Niedrige Tiere, Pflanzen gar, schlafen nach dieser Vorstellung gar nicht. Linnés Gedanke, dass Pflanzen diese höhere Tätigkeit beherrschen, wurde verlacht oder für Lästerung Gottes und des Menschen angesehen. Bis er zum

Beweis seiner Idee eine Blütenuhr konstruierte. Er setzte unterschiedliche Pflanzen in ein rundes Beet, ähnlich dem Zifferblatt einer Uhr. Er hatte beobachtet, wann die Pflanzen erwachen und ihre Blüten öffnen. Jede Art tut das pünktlich und zu einer anderen Zeit. So genau wie Linné musst du erst einmal hinschauen, um das zu sehen. Er pflanzte sie in seinem Uhrenbeet in der Reihenfolge ihres Aufwachens. Musste nur aus dem Fenster schauen, welche Pflanze gerade ihre Blüten öffnete, und konnte auf ein paar Minuten genau sagen, wie spät es war. Ein strenger Beweis war das nicht. Aber wenn du die Leute verblüffst, kannst du ihnen fast alles beweisen.«

Schon vor Linné hatten einige ältere Botaniker bemerkt, dass der indische Dattelbaum nachts behutsam die gefiederten Blätter um seine Blüten zusammenlegt, als ›umarme er sie und nehme sie damit wider den ungünstigen Einfluss der Nachtluft in Schutz‹.

Claude war rot geworden, als er der jungen Agnès von diesen Beobachtungen der älteren Botaniker erzählte, seine Schritte wurden noch schneller. Agnès musste jetzt beinah rennen, wenn sie ihm folgen wollte. Claude errötete ständig, eine lächerliche Angewohnheit, die er ebenso wenig loswurde, wie das Schwitzen seiner Hände. Dabei hatten die Gesichtsflecken und die nassen Hände nichts damit zu tun, dass er sich geschämt hätte. Das befiel ihn bereits, wenn ein Gedanke ihn neugierig machte, wenn er ein Argument entwickelte, wenn er etwas erklärte, was ihm aufgefallen war. Und ihm fiel jeden Augenblick etwas auf. Zwar vergaßen die Zuhörer seiner Vorlesungen in Paris schnell, wie merkwürdig sie es fanden, den riesenhaften und berühmten Claude

Bernard (seine Körpergröße entsprach durchaus seinem Ruhm) an seinem Pult da vorne stehen zu sehen mit roten Flecken im Gesicht. Claude selber vergaß es natürlich nicht, es machte ihm jeden öffentlichen Auftritt zur Qual.

»Linné hat angenommen«, sagte er jetzt, als würde er, wenn er nur entschlossen und rasch genug weitersprach, schon wieder blass werden, »dass die Pünktlichkeit der Blumen mit ihrem Sinn für Licht zusammenhängt. Wenn man der Blumenuhr einmal beim Zeitmessen zugesehen hat, liegt diese Idee natürlich nah. Nur: Warum weckt dasselbe Tageslicht die eine Pflanze früher und die andere später? Gibt es unter den Pflanzen Langschläfer und Frühaufsteher genauso gut wie unter den Menschen? Durchdringt das Licht ihre Empfindlichkeit schneller oder langsamer, je nachdem, wie dick ihre Blätter sind? Nehmen sie nicht nur die Stärke des Lichts oder die Zusammensetzung seiner Farben wahr? Können sie, weil sie nicht mit zwei Augen sehen, sondern mit Tausenden von Lichtzellen, den Einfallswinkel der Lichtstrahlen geometrisch präzise bestimmen und lassen sich davon aufwecken? Wir sehen uns das jetzt bei den Reben an. Wir lassen die Wurzeln fürs Erste außer Acht und beginnen mit den obersten Blättern der Rebe.«

Bevor Claude noch erklären konnte, welche Reben-Versuche er sich auf der Fahrt von Paris nach St. Julien überlegt und in seinem Notizbuch aufgeschrieben hatte, waren sie am Haus von Berenice angelangt. Agnès klopfte an den Fensterladen, wartete nicht, sondern ging gleich voraus in das kleine Haus. Sie war öfter bei Berenice. Die mangelnde

Achtung des Dorfes, ihre Fremdheit, mochte sie auch sehr unterschiedliche Ursache haben, verband die beiden Frauen. Außerdem hoffte Agnès jedes Mal, sie werde Yannick dort treffen.

Claude war zum ersten Mal hier. Die Leute aus dem Dorf redeten gern über Leistenbrüche, Darmkoliken und Ernteaussichten. Über Berenice sprachen sie nicht, nicht mit Claude jedenfalls. Dazu war er schon zu lange in Paris. Er wusste lediglich, dass hier eine blinde Frau lebte, unverheiratet, mit einem Sohn Yannick, von dem er glaubte, der habe ihnen als Junge manchmal bei der Weinernte geholfen. Das war alles so lange her.

Sie betraten das kleine Haus. Agnès ging zu Berenice hin, legte ihr grüßend die Hand auf die Schulter. Die Blinde saß am Fenster, mit dem Rücken zur Tür. Sie drehte sich nie um, nie unterbrach sie ihre Arbeit mit dem schwarzen Tuch, nähte und schnitt stumm weiter, so lange, bis ihre Besucher herausbrachten, was sie von ihr wollten.

Sicherlich spürte sie, was Agnès nicht sah: dass Claude auf der Schwelle stehen geblieben war. Er hatte den Kopf neigen müssen, die Tür war niedrig, und so verharrte er jetzt, als habe ihn in dieser gekrümmten Haltung ein Schmerz getroffen, aus dem er sich nicht mehr aufrichten konnte. Sagte nichts, starrte nur unentwegt auf Berenices Rücken. Wie gut er diesen Rücken kannte, diese Nackenlinie, die das helle Licht in zwei Hälften schnitt, dieses unwillige Zurückdrehen des Kopfes. Nichts hatte sich geändert in all den Jahren, gar nichts. Es tat noch genau so weh.

»Ihr sollt hereinkommen. Der Herr Bürgermeister Saulnes will euch sehen«, sagte die eingebildete Magd jetzt und winkte Yannick und die Frau ins Haus. Als hätten die beiden draußen auf der Steinbank die Sonne genossen und dem Bürgermeister die Zeit gestohlen.

Sie setzten sich vor den Schreibtisch. Lange sagte Herr Saulnes nichts, kratzte über seine dicke Stirnhaut, besah, was seine Nägel dort herausholten.

»Was hat sie sich bloß dabei gedacht?«, fragte er plötzlich, »sie muss doch irrsinnig geworden sein auf ihre alten Tage.«

Yannick hatte keine Lust, wieder das Dorfgeschwätz über seine Mutter anzuhören, mit dem man nicht einmal am Tag ihrer Beerdigung Ruhe geben konnte. Er stand auf, zog die Frau hoch, wollte weg.

»Ach ja, Yannick, wenn man wie du ein großer Herr in Lyon geworden ist,«, sagte Herr Saulnes, kratzte weiter seine dicke Stirnhaut, besah dabei unverhohlen die appetitliche Frau an Yannicks Seite, »dann hat man es natürlich nicht nötig, sich anzuhören, was ein kleiner Dorfbürgermeister zu sagen hätte. Das versteht sich. Ich will ganz aufrichtig sein: Mir wäre es auch lieber, wenn ich nicht mit dir reden müsste. Also verschwinde ruhig. Viel wäre es ohnehin nicht, was ich dir zu sagen habe. Aber auch das Wenige ist immer noch besser beim Dorf aufgehoben, als bei den widersetzlichen Webern, mit denen du dich in Lyon herumtreibst. In den alten Zeiten hätte man mit einem wie dir nicht lange gefackelt. Leider gibt es die alten Zeiten nicht mehr.«

Yannick setzte sich wieder. Herr Saulnes grinste und schwieg.

»Könnte uns mitgeteilt werden, Herr Bürgermeister, worum es geht?«, fragte die Frau jetzt.

Nach einigem Hin und Her erfuhren sie es.

Vor einigen Wochen war Claude Bernard mit fünfundsechzig Jahren in Paris gestorben. Das wussten die beiden schon, ganz Frankreich wusste es schließlich. Dazu hätte der Bürgermeister sie nicht rufen lassen müssen. Kurz nach seinem Tod war der Brief einer Pariser Behörde, von der hier noch nie jemand gehört hatte, in St. Julien eingegangen. Er war gerichtet an »Madame Berenice Domer«. »Madame«, na ja.

Berenice hatte den Brief dem Postboten Jules aus der Hand gerissen. Wahrscheinlich hatte sie geglaubt, Yannick, wenn er die nächste Lieferung Tuch aus Lyon brächte, würde ihr den Brief vorlesen.

Aber Yannick hatte sich verspätet. Berenice, die sich zu dieser Zeit bereits krank gefühlt hatte, fragte Jules, als er an einem der nächsten Tage vorbeikam, ob dann er ihr den Brief dieser unerhörten Pariser Behörde vorlesen könne. Das tat der.

Es ging darum, dass die Behörde sich beehrte, »Madame« Berenice Domer den Tod des Professors Claude Bernard anzuzeigen, ein unersetzlicher Verlust für das französische Vaterland. Professor Bernard habe vor seinem Tode bei der unterzeichneten Behörde ein Dokument hinterlegt, das die unterzeichnete Behörde hiermit beglaubigte. Professor Bernard habe verfügt, dass besagtes Dokument nach seinem Tode der Madame Berenice zu eröffnen sei. In diesem Dokument habe der viel zu früh verstorbene Professor Bernard nun Folgendes festgelegt.

Bürgermeister Saulnes, als er bei dieser Stelle seines Berichts angelangt war, schüttelte den Kopf. Tat so, als verwirre ihn die ganze Angelegenheit. Tatsächlich genoss er es, die beiden jungen Leute hinzuhalten. Am liebsten hätte er die Magd gebeten, das Mittagmahl aufzutragen, hungrig war er immer. Er hätte es dann in aller Ruhe verzehrt, während die beiden ihm zusehen mussten. Aber Yannick wollte schon wieder davonrennen. Überhaupt hätte Herr Saulnes das, was Jules, der Postbote, ihm über diesen Brief mitgeteilt hatte, lieber für sich behalten. Höchstens dem Postboten etwas abgegeben. Ärgerlicherweise fühlte der Postbote Jules sich, wenn es um Berenice ging, nicht nur Herrn Saulnes gegenüber verpflichtet. Oder war es anders herum, Jules glaubte, viele seien Berenice gegenüber verpflichtet, und deshalb über Wichtiges in ihrem Leben zu unterrichten. Jedenfalls wusste das ganze Dorf Bescheid. Und Bürgermeister Saulnes konnte den Inhalt dieses amtlichen Dokuments nicht mehr für sich behalten. Er musste die Nachricht an diesen Yannick loswerden.

»Berenice«, hatte Agnès gesagt, »wir kommen wegen deiner Stoffe.«

Berenice nähte stumm weiter. Es würde schon herauskommen, was genau man von ihr wollte. Das kam immer heraus. Sie hatte Zeit. Ihr Haar war seit Langem weiß geworden, nur ein paar dunkle Strähnen noch. Sie flocht es zu zwei Zöpfen, die sie fest um ihren Kopf wand, als müsste der sonst auseinanderspringen. Claude schaute auf ihre Hände. Sie schienen älter als sie selber. Die Fingerspitzen, die den ganzen Tag den schwarzen Stoff drehten und wendeten und streichelten und schnitten und säumten, waren glatt geschliffen und grau wie das Gefieder einer Taube. Es ließ sich dies Grau nicht mehr abwaschen. Obwohl sie es ja nicht sah, nur spürte.

Agnès drehte sich zu Claude herum, wunderte sich, als sie ihn erstarrt unter der niedrigen Tür sah, winkte dann, er solle näher kommen und Berenice erklären, weswegen sie gekommen waren. Aber Claude konnte nicht sprechen, die Worte waren in seiner Kehle festgetrampelt.

Wie hätte er ahnen können, dass sie all die Jahre im selben Dorf nebeneinanderher gelebt hatten? Hätte er es wissen müssen? Sie war, wenn Claude zu Besuch in sein Heimatdorf gekommen war, im Gespräch mit ihm nie erwähnt worden, und wenn doch, dann war natürlich von einer »Berenice« die Rede gewesen. Falls Claude je gewusst hatte, dass sie Berenice mit Vornamen hieß, hatte er es gründlich vergessen. Eher war es allerdings so, dass er ihren Vornamen nie gekannt oder auch nur zu erfahren versucht hatte.

Als »Mademoiselle Domer, diese Blinde aus dem Beaujolais« hatte er sie kennengelernt. Damals in Paris, als er sie, zusammen mit vielen anderen Doktoren, untersuchte. Sie käme aus irgendeinem Dorf, sie wolle nicht mehr sagen, als dass sie immer ganz gesund gewesen sei, und bis vor ein paar Wochen so gut habe sehen können wie jede andere. Ihr schwarzes Haar flocht sie zu zwei Zöpfen. Wenn sie die Augen öffnete und ihren hellgrauen Blick auf einen richtete, war es unbegreiflich, dass sie einen nicht sehen sollte.

Seit sie dort, auf dem harten Bett der Krankenabteilung der Sorbonne, vor Claude gesessen hatte, lief er wie im Fieber herum. Er musste sich eingestehen, dass er ihre Blindheit als einen Schutz verstand. Auch für sich. Mindestens sah sie sein ständiges Erröten nicht, oder wie er die nassen Hände am Kittel abwischte.

Sie war nur ein paar Tage lang seine Patientin gewesen, und eigentlich nicht einmal das. Denn sie gehörte von Rechts wegen Jean-Martin Charcot, war lediglich vorübergehend in Claudes Abteilung untergebracht, weil Charcots Hysterikerinnenbetten mal wieder überfüllt waren.

Halb Paris lief hin, wenn Charcot im großen Hörsaal die Körper der jungen Hysterikerinnen entblößte und Konvulsionen, Toben und Schreien auslöste. Die Vorstellung, dieses grauäugige, schweigsame Mädchen Charcot auszuliefern, war Claude unerträglich. Er hatte Gründe gesucht, um zu beweisen, dass nicht Charcot, der ja nur ein Irrenarzt war, für dies Mädchen zuständig war, sondern er, er allein. Er hatte seinem Lehrer François Magendie eine wirre Theorie über den Schutzmechanismus des inwendigen Milieus entwickelt, dieser Begriff war ihm in seiner Verzweiflung gerade noch eingefallen. Dass er sich frage, ob die Blindheit der Mademoiselle Domer Teil dieses Schutzmechanismus sei oder ein Defekt in eben diesem Mechanismus. Er müsse das jedenfalls unbedingt herausbekommen, für die Hysterieforschung stünde sie notfalls ja immer noch zur Verfügung. Als Claude jetzt, so viele Jahre waren verloren und vertan, in diesem niedrigen Zimmer stand, stieg ihm brennend eine Zärtlichkeit die Kehle hoch.

Claude drehte sich um und verließ das Haus. Vergaß sogar nach dem schwarzen Stoff zu fragen. Unfassbar.

Später fand Agnès ihn vor seinem Schreibtisch. Er machte

Einträge in seinem Buch, das ein Notizbuch war oder ein Ideenbuch oder ein Labortagebuch, je nachdem. Der Frühlingsabend war kühl, Claude hatte kein Feuer gemacht.

»Soll ich den Kamin anheizen?«, fragte Agnès vorsichtig. Claude war sehr blass, er schüttelte den Kopf.

»Was hast du mit – ihr wegen des schwarzen Stoffs besprochen?« Das Sprechen fiel ihm sichtlich schwer, aber wie immer, wenn es um seine Versuche ging, konnte er nichts unerledigt lassen.

»Mit Berenice ist gar nichts einfach«, antwortete Agnès. »Ich habe ihr gesagt, dass wir schwarze, dünne Umhänge brauchen, oben eine gesäumte Öffnung, durch die die Reben den Kopf stecken können, alles andere muss bis zum Boden hinunter bedeckt sein. Und eine Schnur, mit der die Halsöffnung erweitert oder enger gemacht werden kann. Sie hat sofort begriffen, worum es sich handelt, schwierig sei das nicht. Sie hat aber eine Bedingung: Berenice sagt, es gibt Krieg, sie will nicht, dass Yannick, ihr Sohn, zu den Soldaten geht. Yannick steht auf der Liste der Rekrutierten. Das Geld, um ihn freizukaufen, hat sie beisammen. Was ihr fehlt, ist die Fürsprache bei den Armeebehörden in Paris, damit er endgültig von der Liste gestrichen wird. Natürlich weiß sie, was jeder in St. Julien weiß – dass du ein wichtiger Mann dort in Paris bist, ein Professor. Du kannst helfen, sagt sie. Und du musst ihr helfen, wenn wir die Umhänge für die Reben haben wollen.«

Agnès verstummte. Sie konnte sich nicht vorstellen, dass es Krieg geben würde, wie Berenice es sagte. Sie wollte es sich nicht vorstellen. Da kamen Männer als Krüppel heim, viele überhaupt nicht mehr. Nur, weil sich der Kaiser mit den Preußen um irgendeine Vorherrschaft schlagen musste. Nach einem Sieg wären die Bauern noch ärmer als nach einer Niederlage. Wer konnte das wollen. Aber Yannick war nicht wie die anderen jungen Männer von St. Julien. Ihr lag viel daran, dass er nicht zu den Soldaten musste. Agnès wusste, dass Yannick es anders sah. Bei den Webern sagten sie, wenn nur jeder ehrliche Mann ein Gewehr in die Hand bekäme, dann wäre Louis Napoleon sehr schnell von seinem Kaiserstuhl herunter. Im Handumdrehen hätten sie ihn auf seine wirkliche Größe gebracht, die ziemlich genau der einer Schießbudenfigur entsprach. Deswegen dachte Yannick oft, er sollte zu den Soldaten gehen. Gewiss würde es ihn empören, wenn seine Mutter es anders für ihn entschied. Als sei er immer noch der kleine Junge, der durch die Weinberge nach Lyon weglief.

Claude starrte auf seine Aufzeichnungen, die gewissenhaft geordnet vor ihm auf dem Schreibtisch lagen. Hatte Berenice ihn wiedererkannt? Die Sinne der Blinden waren zum Ausgleich für den verlorenen Gesichtssinn doppelt scharf, auch der Sinn für Vergangenes. Wenn sie ihn nun wiedererkannt hatte? Würde sie ihn hassen, noch immer hassen, weil er damals nicht hatte verhindern können, dass sie in Charcots Hände fiel? Wäre er ihr gleichgültig? Konnte irgendeiner der unzähligen Doktoren, die sie damals untersucht und befragt hatten, ihr überhaupt im Gedächtnis geblieben sein?

»Wirst du tun, was Berenice für den Stoff verlangt?«, fragte Agnès. Sie spürte, wie aufgewühlt Claude war, wie hilflos. Am besten half man ihm, wenn man über seine Versuche sprach, als gebe es sonst nichts auf der Welt. Claude brachte keine Antwort heraus.

»Ich habe Berenice jedenfalls gesagt«, fuhr Agnès fort, »wenn Yannick mit dem neuen Tuch von Lyon heraufkommt, dann soll sie ihn herbringen, unbedingt. Es bleibt uns nicht viel Zeit. Die Reben müssen schwarze Umhänge tragen, bevor ihre Knospen aufbrechen. Sie hat seit Tagen keine Nachricht von Yannick. Er sollte längst da sein, Berenice macht sich Sorgen. Yannick ist nie sehr zuverlässig mit dem Kommen. Aber ich verstehe ihre Sorge, in diesen Zeiten weiß man doch nie.«

Claude schwieg. Agnès hatte Recht, man musste etwas tun. Das musste man immer. Nie konnte man in Ruhe sitzen und einen Gedanken zu Ende denken, Gefühle drängten sich dazwischen, brachten Unordnung hinein. Kann man sein Leben noch einmal leben, nur anders diesmal? Kann man behalten, was man verstanden, und mit all dem, was man zu Ende gedacht hat, den Anfang noch einmal machen? Es wäre dann wohl nicht mehr derselbe Anfang.

Er sah Berenice vor sich, wie er sie all die Jahre hindurch gesehen hatte – auf dem Rand des Eisenbettes sitzend, wandte sie den Kopf weg, als schaue sie hinaus durch das hohe Fenster des Krankensaales in die Straßen von Paris. Die Linie ihres Nackens schnitt die Welt in zwei ungleiche Hälften. Anmutig und sehr vergeblich verlief sie auf die einzig denkbare Art, auf der sie verlaufen konnte. Diese Linie war alles, was ihm von Berenice geblieben war. Heute Nachmittag hatte er sie wiedergefunden.

Agnès sagte, Claude solle sich nur bald hinlegen, ging dann in ihr Zimmer.

Claude blieb am Schreibtisch sitzen. Zwang sich, an seiner Darlegung des inwendigen Milieus weiterzuarbeiten. Er sollte es wirklich ›inneres Milieu‹ nennen. Er starrte auf die Sätze, die fortgesetzt werden wollten.

»Kein Lebewesen tritt der Umwelt nackt gegenüber. Wir überleben nicht ungeschützt. Ohne Haut und schützendes Fleisch können wir uns der Atmosphäre gar nicht aussetzen.

Wir brauchen eine stabile Schutzhülle. Diese Schutzhülle will ich das ›innere Milieu‹ nennen. Es dient als Vermittler zwischen der äußeren Umwelt und der eigentlich lebendigen Substanz, den Zellen. Die Zellen baden, treiben, existieren in einer inneren Umwelt, die sie ganz einhüllt, und sie gegenüber der Außenwelt abschließt. Zugleich dient dieses innere Milieu als Mittler zwischen ihnen und der Außenwelt. Man wird also sagen müssen, dass die in der Luft lebenden Tiere gar nicht unmittelbar in der Luft, die Fische gar nicht wirklich und unmittelbar im Wasser, die Würmer nicht wirklich und unmittelbar im Sand leben. Die Luft, das Wasser, der Sand sind unsere äußere Umgebung, wüst, chaotisch, stets in Veränderung und deshalb völlig lebensfeindlich. Leben braucht Unveränderlichkeit. Es entfaltet und entwickelt sich nur, wenn es in einem Bereich eingeschlossen ist, der es gegen die unablässigen Veränderungen der Außenwelt in Schutz nimmt.

Was nun ist dieses unser inneres Milieu? Es ist das Blut. Bei den niedrigeren Tieren ist es die Hämolymphe. Bei den Pflanzen der Pflanzensaft, der in ihren Adern kreist, und dessen schützende Funktion wir sehen können, wenn er als Harz aus einer Wunde tropft und sie bald darauf verschließt.

Die Organe, die Gewebe, alle Apparate des Lebens funktionieren auf erstaunlich unabänderliche Weise. Das rührt daher, dass das innere Milieu, das die Zellen umgibt, selber in gewisser Weise unveränderlich ist oder, richtiger, diese Unveränderlichkeit recht eigentlich erzeugt. Die Unbeständigkeiten und launischen Schwankungen der umgebenden Atmosphäre brechen sich an diesem inneren Milieu. Das geht so weit, dass die inneren Lebensbedingungen für die höheren Lebewesen praktisch konstant sind.

Ich bin vermutlich der Erste, der darauf besteht, dass es für jegliches tierische und pflanzliche Leben tatsächlich zwei Milieus gibt: eine äußere Welt, in die der Organismus hineingeworfen ist, und ein inneres Milieu, in dem die zellulären Bestandteile unserer Gewebe Ruhe und ihr eigentliches Leben finden. Es ist, als wären wir blind und taub in den Kosmos hineingeboren. Wir sehen die Welt erst, wenn wir uns in unserem inneren Milieu gegen sie abschließen. In unser inneres Milieu lassen wir nur gerade so viel Welt hinein, wie wir auch zu verdauen und zu vertragen vermögen. Nie, niemals mehr als genau das! Blindheit und Veränderlichkeit gehören zusammen. So wie andererseits die Unveränderlichkeit des inneren Milieus die Voraussetzung jedes freien und unabhängigen Lebens ist.«

Hatte er die Sätze über Blindheit und Harz heute geschrieben? Oder schon viel früher? Hatte er mit diesen Sätzen seine Theorie für Magendie formuliert? Damals war es ja keine Theorie. Sondern nur ein hilfloser Versuch, Mademoiselle Domer, Berenice, wie er jetzt wusste, zu behalten. Traf es zu, was er über die Undurchdringlichkeit und Unveränderlichkeit unserer inneren Kapsel geschrieben hatte? Hing die ganze Richtigkeit seiner Theorie nicht plötzlich davon ab, ob Berenice ihn heute wiedererkannt hatte? War die Kapsel geborsten? Oder seine damals als Hilfsmittel erfundene Theorie? War es Berenice damals gelungen, sich abzuschließen gegen ihn? Gegen den Gestank und das Stöhnen der Krankensäle, gegen die unwürdige Neugier, ja, auch seine Neugier, gegen die Charcots, gegen die zudringliche Stadt und das gehässige Dorf? Hatte sie das alles ausschließen können aus ihrer unveränderlichen Welt, in die sie nur hineinließ, was sie gerade noch ertrug?

Am Morgen fand Agnès Claude am Schreibtisch. Er schien mit sich selber zu sprechen. Ließ sich überreden, eine Tasse heißer Milch zu trinken, dann ging er hinaus. Er wolle sich in den Weinbergen müde laufen und ein paar Gedanken loswerden. Vielleicht könne Agnès schon damit anfangen, für die Versuchsreben feste Stöcke in der richtigen Länge vorzubereiten. Er nehme an, die Reben würden ohne Licht Angsttriebe bilden, die werde man stützen müssen. Solche Angsttriebe seien weich und gäben der Pflanze wenig Halt.

Noch immer suchte Bürgermeister Saulnes schwitzend, mit halb geschlossenen Augen, nach einer Möglichkeit, Yannick zu verheimlichen, was er ihm würde sagen müssen.
Vielleicht sei der Herr Professor Claude Bernard so zartfühlend ja gar nicht gewesen. Nicht so, wie man es vom Sohn eines einfachen Weinhändlers, der es zum Doktor in Paris gebracht hat, annehmen sollte, sagte er jetzt mit einem schmutzigen Lachen.

Eine neue Runde um den Brei, dachte Yannick. Ob der Bürgermeister vorhabe, irgendwann einmal zur Sache zu kommen, fragte er, wollte schon wieder aufspringen, aber die kleine Hand der Frau drückte ihn zurück auf den Stuhl.

Oh nein, da täusche Yannick sich, er, Philippe Saulnes, sei bei der Sache, ganz und gar und durchaus jetzt. Denn gerade das sei doch die Sache, um die es gehe. Um Zartgefühl. Und um Hochmut. Um beides gehe es, und wie viel davon da war und wie viel davon fehlte. Damals. Er, Saulnes, habe den Eindruck, die Frau verstünde das besser als Yannick.

»Muss ich mir schon wieder anhören, wie hochmütig meine Mutter gewesen sein soll? Dass sie immer geglaubt hat, sie sei etwas Besseres als die Bauern hier? Sie war etwas Besseres, das ist wahr. So schwierig ist das in St. Julien ja nicht.«

»Über den Hochmut deiner Mutter wollte ich gar nicht reden, Yannick. Über ihre Blindheit wäre zu sprechen. Das kam kurz nach deiner Geburt über sie.«

Yannick starrte Saulnes wütend an.

»Wir haben uns natürlich gefragt, warum eine gesunde, kräftige Frau, gerade Mutter eines ebenso gesunden Knaben geworden, blind wird. Wir haben wirklich versucht, es zu verstehen, ihr zu helfen, alle. Keiner hat es verstanden. Erst als sie nicht mehr zurückkam aus Paris, als sie sich immer wieder hat untersuchen und begaffen lassen, erst da haben wir allmählich verstanden. Drei Jahre war sie in Paris, mögen auch vier gewesen sein, in den Hospitälern und bei den Doktoren. Und ganz besonders bei einem.«

Saulnes kratzte wieder an seiner Stirnhaut herum, als säße dort unter der talgigen Haut die Erinnerung.

»Wenn ein Kind gezeugt wird, und das geschieht ohne Liebe, nicht einmal mit der Vernunft, die dir sagt, dass es irgendwann einmal ein anderer ist, der in deinem Weinberg arbeitet, und dann soll der wenigstens von deinem Blut sein, wenn da also nichts weiter ist als Lüsternheit und Gewalt, davon kann eine Frau schon einmal blind werden. Aus Ohnmacht, aus Scham, aus Verzweiflung.

Lass es uns kurz machen, Yannick, irgendwann hättest du es ohnehin erfahren. Damals hat das Dorf es nur geglaubt, aber jetzt weiß das Dorf es: Der verstorbene Claude ist dein Vater gewesen. Und über diesen unschönen und vermutlich gewalttätigen Akt ist deine Mutter blind geworden. Es soll ja über die Toten nichts Böses gesagt werden. Dass er verstanden hat, er muss etwas gutmachen, an Dir und an deiner Mutter Berenice, er hat etwas zu bereuen, das war am Ende in Ordnung. So was kann passieren, wenn man sich nicht in der Beherrschung hat. Und wenn man glaubt, man ist etwas Besseres, nimmt sich, was man möchte, und wie man es möchte. Das kommt vor, oh ja.«

Yannick war blass geworden. Von jedem anderen wäre es ihm leichter gefallen, die Wahrheit über seinen Vater zu erfahren als ausgerechnet von Saulnes. Da, hinter dem Schreibtisch und dem Tablett mit Essen, hockte das ganze verlogene Dörflertum, das Yannick so hasste.

»Was Sie da über Claude reden«, sagte die Frau, ihr Ton war so sachlich, als läse sie die Niederschlagsmenge vom Glas des Regenmessers vor dem Gewächshaus ab, »was Sie da über Claude sagen, Herr Saulnes, ist unmöglich. Mag das ganze Dorf es glauben, es ist einfach unmöglich.«

»Ach ja? Woher weiß die junge Dame, dass es unmöglich

gewesen sein soll? Hat sie damals die Laterne gehalten? Wenn ich nicht so genau wüsste, Yannick ist sein Sohn, ich hätte gar keinen Grund hier herumzusitzen und mit Leuten zu reden, die für unser St. Julien Fremde sind. Dabei habe ich selber dieser verrückten Frau Berenice kurz vor ihrem Tod noch ein gutes Angebot gemacht.«

Saulnes schien vor allem unfassbar zu finden, dass man ein gutes Angebot von ihm ausschlagen konnte. Er schob die Blätter der unbekannten Pariser Behörde vor sich herum, als stünde darin möglicherweise die Antwort.

»Es wird wenig Sinn haben, euch, die ihr nicht groß geworden seid im Wein, und euer Leben nicht nach dem Wein richtet wie wir anderen hier, euch Fremde also, zu fragen. Trotzdem will ich es wissen, weil auch das gehört zum Thema, selbst wenn ihr es nicht glaubt: Was haltet ihr von diesem modernen Unfug, unsere tausendjährigen Rebstöcke auszureißen, und an ihrer Stelle fremde amerikanische Wurzelstöcke in unsere Erde zu stecken? Sie sagen, es hilft gegen die Reblaus, die man uns ja ebenfalls von Amerika her verschrieben hat. Erst schicken sie uns die Reblaus. Und dann müssen wir ihre Wurzelstöcke kaufen, um der Reblaus Herr zu werden. Sollen unsere Weinberge ein kalifornisches Tollhaus werden? Oder wollen wir so arbeiten und uns an das Unsere halten, wie es gut und richtig war für unsere Väter?«

Yannick antwortete nicht, er starrte auf seine Knie. Was hatte der Tod seiner Mutter mit den Rebläusen zu schaffen? In den Dörfern des Beaujolais war das Leben fest gefügt wie die grauen und rosa Trockenmauern. Die Dummheit wurde von Generation zu Generation weitervererbt und das Duckmäusertum gleich mit dazu. Es gab keine Luft für den Fortschritt. Sollten die Rebläuse die Weinberge kahl fressen, wenn man amerikanische Wurzelstöcke für fremdes Hexenwerk hielt. Was kümmerte es ihn? In Lyon hatten sie erst die Webstühle zerschlagen müssen, um zu begreifen, dass nicht der Webstuhl, sondern dessen Besitzer ihr Feind war. Am Ende hatten sie ihre Lektion gelernt. Die Leute von St. Julien würden ihre auch lernen. Jeder lernt, was er lernen muss.

Seine Mutter Berenice hatte Recht behalten. In jenem Jahr war der Krieg gekommen, genau, wie sie es vorausgesehen hatte. Bis ganz in das Dorf St. Julien hinein war er nicht gekommen, also nicht mit Soldaten und Artillerie. Hatte sich damit begnügt, den Hunger und die Kisten aus roher Fichte zu schicken, manchmal den Brief eines Colonels dazu, den niemand kannte. Von Pflicht und Vaterland war darin die Rede. Die Ordnung war verloren. Ein paar Rebstöcke hatten die schwarzen Umhänge anbehalten, die Agnès über sie gehängt hatte. Aus den Rissen im Umhang reckten sie ihre verdorrten Seitentriebe wie Arme zum Himmel. Zum Gebet. Oder zur Anklage. Anderen Reben waren die Umhänge gestohlen worden. Die Leute brauchten den Stoff, um ihre Hosen zu flicken. Oder um darin ihr Brot gehen zu lassen, in das sie Trester verbuken, manchmal auch Eicheln.

Aber noch war der 70er-Krieg weit, ganze drei Monate würden bis zu seinem Ausbruch vergehen, eine unermessliche Zeit. In der Vieles geschehen war. In der man noch allerlei erledigen konnte. Keiner hielt den Krieg für möglich. Nur Berenice wusste, er würde kommen. Wenn sie überhaupt einmal sprach, dann vom Krieg. So ungeniert, wie sie das Unheil beim Namen nennt, redet sie es herbei.

Seit dem Besuch bei Berenice fand Agnès es seltsam schwierig, mit Claude zusammenzuarbeiten. Er schien verwirrt, verbrachte Stunden an seinem Schreibtisch, ohne ein Wort zu schreiben, starrte nur aus dem Fenster in die Weinberge. Dann wieder rannte er aus dem Haus, sagte, er müsse nach den Reben sehen. Wenn Agnès ihn suchte, fand sie ihn auf einem Stein sitzend oder auf einem Haufen nasser Weinblätter. Immer waren es Stellen, von wo aus man das Dorf im Blick hatte. Und das Haus von Berenice.

Yannick war noch immer nicht aus Lyon mit den Stoffen gekommen. Dabei brauchten sie die Umhänge jeden Tag dringender. Berenice dachte nicht daran, die Umhänge zu nähen, solange sie nicht sicher war, dass Claude sich darum kümmerte, dass der Krieg ohne ihren Sohn Yannick stattfinden würde.

Jede Stunde, in der die Reben unbekümmert ohne schwarzen Umhang der Sonne entgegenwuchsen, brachte Agnès zur Verzweiflung. Andererseits hatte sie das Gefühl, Claude hätten plötzlich Zweifel an seiner Theorie des inneren Milieus erfasst. Er sprach jetzt davon, als müsse er alles neu durchdenken. Gibt es da wirklich eine unzerstörbare Kapsel in uns, die uns vor den Veränderungen der Welt draußen beschützt? Ohne jeden Zusammenhang fing er immer wieder an, Agnès von seiner Zeit als junger Arzt und seinem Dienst in den Krankensälen der Sorbonne zu erzählen. Oft fragte er Agnès nach Dingen, die damit nichts zu tun hatten. Etwa, an welche Ereignisse aus ihrer frühen Kindheit sie sich erinnern könne. Was sich überhaupt an Erinnerungen in unser Gehirn einbrenne, ob es ein Geschmack, ein Geruch, eine einzige Linie sei, die man für immer vor sich sehe. Was bewirke denn, dass man ein bestimmtes Ereignis nie mehr loswerde, während ein anderes, ein anderer Mensch, ein anderer Tag es nie bis in die Erinnerungsgruben des Gehirns schaffe.

Ununterbrochen überfielen Claude neue Zweifel. Und Ideen, wie die Umhänge genäht werden müssten, damit ein nächster Zweifel beseitigt, die nächste Frage beantwortet werden konnte. Fieberhaft malte er Skizzen auf lose Blätter. Mal sollte die Halsöffnung eng, mal weit sein, mit Knöpfen verstellbar oder mit einer Kordel, es sollte Ärmel geben oder keine, der Saum sollte bis auf den Boden reichen und den Umfang des Wurzelstocks, oder höchstens die Knöchel bedecken. Mit den Skizzen schickte er Agnès zu Berenice, begleitete sie zur Tür, schien manchmal im Weinberg eine Stelle zu suchen, von wo aus er ihren Weg noch länger mit Blicken verfolgen konnte. Wenn sie zurückkam, lagen neue Skizzen in seinem Arbeitszimmer. Dringlich befragte er Agnès, was Berenice gesagt, wie sie ausgesehen habe, ob sie ihn ernst nahm. Ob überhaupt die Rede von ihm gewesen war. Berenice habe sich gleichmütig wie immer die neuen Skizzen erklären lassen. Sofort begriffen, worum es Claude ging. Sie sei nicht ungeduldig gewesen. Ja, das alles könne man machen. Wenn Yannick nur nicht zu den Soldaten müsse. Mehr konnte Agnès nicht berichten, so oft Claude sie auch zu Berenice schickte.

Yannick ist gekommen. Mit einem Korb voll schwarzen Tuchs ist er gekommen. So viel Tuch hat er von Lyon heraufgebracht, dass man dem ganzen Dorf Trauer anmessen kann. Wer will, bekommt ein schwarzes Bettlaken oben drauf.

»Ich gehe und hole Berenice und Yannick«, sagte Agnès. »Es wird besser sein, wir besprechen alles hier. Yannick sieht es nicht gern, wenn jemand im Haus seiner Mutter ist. Seit sie mit dem Tuch ein kleines Geld verdient, ist sie manchen Leuten ja interessant geworden. Yannick will nicht, dass im Haus seiner blinden Mutter herumgeschnüffelt wird. Und dann könnte ich auch einen Lammbraten vorbereiten. Was wird er bei seinem Weber in Lyon schon zu essen bekommen. Mager, wie er ist.«

Claude, immer noch so abwesend, beinah verwirrt, wie er die letzten Tage gewesen war, nickte.

Als Agnès zurückkam, war Claude verschwunden. Agnès hatte Yannick zum Mitkommen bewegen können, Berenice hatte sich geweigert. Es gebe nichts zu besprechen. Man müsse sich an die Abmachung halten, das sei alles. Was sie wolle, habe sie deutlich genug gesagt, der Professor solle sich bitte um seinen Teil kümmern. Dazu müsste sie nicht weg von hier, durchs Dorf geführt werden und in fremde Häuser. Yannick schien von einer Abmachung nichts zu wissen. Aber weil Agnès erklärte, es ginge um den Stoff, war er mitgekommen.

Es machte sie stolz, nein froh, nein, nun – irgendetwas machte es jedenfalls mit ihr, neben Yannick durch St. Julien zu gehen, zwischen den Trockenmauern und den Häusern, die aus den grauen und rosa Steinen gebaut waren, die von den Trockenmauern übrig geblieben waren. Sie spürte, wie die Leute ihnen aus den Fensterhöhlen hinterherschauten, noch langsamer setzte sie daraufhin ihre Schritte. Ungelenk passte Yannick sich ihrem Gang an. Er war so schmal an ihrer Seite, ein Junge mit Taschen voller Steine und Träume, die lackschwarzen Haare mit Wasser aus der Stirn gekämmt. Sie hätte gerne seine Hand genommen. Aber die war sehr groß, sie ließ es sein.

»Setz dich, Yannick. Ich hole dir ein Glas Wasser. Und dann sehe ich, wo Claude bleibt.«

Yannick nahm unbehaglich Platz im Haus von Claude Bernard. Als Kind hatte er den Bernards bei der Weinernte geholfen und wird wohl ein paar Mal hier gewesen sein.

Agnès fand Claude im Garten bei ihren Versuchsreben. Er streichelte die faserige Haut der Rebstöcke, als bitte er sie, mit dem Blattansetzen noch einen Augenblick zu warten, ihre Umhänge müssten gleich fertig sein.

»Yannick ist da, Claude. Lass uns jetzt alles besprechen«, sagte sie.

»Ist sie denn nicht mitgekommen?«, fragte Claude.

»Berenice meint, sie hat alles gesagt, was sie zu sagen hat. Wenn du dich darum kümmerst, Yannick von den Soldaten frei zu bekommen, dann gilt das Geschäft für sie.«

Sie gingen hinein. Yannick wollte aufspringen, erinnerte sich dann aber daran, dass es für einen ehrlichen Weber keinen Grund geben dürfte, vor einem Professor aus Paris strammzustehen. Er starrte Claude an.

»Ihr wollt Stoff von meiner Mutter? Da hätte ich auch mitzureden. Schließlich bin ich es, der den Stoff von Lyon heraufschleppt. Und es gibt Abmachungen mit meinem Webermeister. Stoffrohlinge für Soldaten und Pfaffen, Verträge, Optionen. Das muss ausgeliefert werden. Ich will nicht, dass meine Mutter ein solides Geschäft riskiert für Rebenumhänge. Anders als die Soldaten werden die Reben ihre Umhänge nicht abnutzen, denke ich. Das ist kein Geschäft mit Zukunft.«

Voller Zärtlichkeit hörte Agnès Yannick zu. Er ist doch noch immer der Junge, der durch die Weinberge nach Lyon rennt. Sitzt da und redet von soliden Geschäften, die er sich für seine Mutter ausgedacht hat. Agnès fragte, ob man nicht besser ins andere Zimmer hinüber wolle. Es träfe sich, dass sie ein Stück Lamm auf dem Herd habe, man könne ja essen und reden. Zögernd erhob man sich und setzte sich an den Tisch.

Arglos begann Claude, von den Reben im Garten und an der Hausmauer zu erzählen. Als handele es sich um Kinder, die er nur gerade zum Spielen ins Freie geschickt und deren gute Erziehung er sich zum Ziel gesetzt hatte. Wie bei jeder Erziehung müsse man zuerst einmal verstehen, was in ihnen stecke, mit welchem Charakter, mit welchen Neigungen und Fähigkeiten man es zu tun habe.

»Warum verzichtet ein Weinblatt darauf, sich in der einen einzigen Linie auszurichten, die ihm die größte Lichtausbeute verspricht? Es erreicht ja nur in genau dieser einen Linie den optimalen Einfallswinkel zum Sonnenlicht, in jeder anderen Linie ist die Lichtausbeute geringer. Und sein Schwesterblatt, unmittelbar daneben oder darunter, müsste sich genau in derselben Linie, in genau demselben Winkel zur Sonne drängen. Warum also tritt so ein Blatt bescheiden zurück, und überlässt seinen Schwestern ein Stück vom guten Winkel? Und die sind ihrerseits ebenso bescheiden. Welche Kraft bringt also ein Blatt dazu, seinen unbezähmbaren Drang zum Licht zu beherrschen und so zu handeln, als habe es irgendeine Art gemeinsamer Aufgabe im Sinn? Ist das nicht staunenswert und ein Beispiel für uns?«

»Von Reben verstehe ich nichts. Wenn Bescheidenheit ist, was ich von ihnen lernen soll, bleibe ich lieber unwissend«, antwortete Yannick mürrisch. »Wären wir nur nicht so verflucht bescheiden, es könnte uns besser gehen.«

Claude hatte Yannicks Antwort nicht als Einwand verstanden. So erging es ihm oft. Wenn ein Gesprächspartner, ein Zuhörer, ein Student etwas sagte, was eine ungelöste naturwissenschaftliche Frage aufzuwerfen versprach, verstand er sofort, hörte geduldig zu. Hatte er den Eindruck, die Frage beziehe sich auf Allgemeines, das, was Claude bei sich die Weltfragen nannte, ging es um Politik oder, noch ärger, um Seelenforschung, dann hörte er gar nicht hin und ließ sich nicht unterbrechen im eigenen Gedankengang.

Jetzt gerade schob er die Kartoffeln, die Agnès mit Rosmarin bestreut hatte, auf seinem Teller zu geometrischen Mustern. Die kleinen fettigen Kartoffeln sollten zeigen, wie Blätter einander ausweichen, damit jedes etwas Licht bekommt, wenn auch keines so viel, wie es bekäme, drängte es sich rücksichtslos in die Sonne. Wenn er das verstand, würde Yannick bestimmt dieselbe Bewunderung empfinden wie Claude. Welche Kraft in dieser Bescheidenheit steckte.

Yannick hatte sein Stück Lammbraten fast aufgegessen, merkte, wie kräftig er zugelangt hatte, und führte die Gabel jetzt mit betont langsamen Bewegungen zum Mund.

»Es ist zu hoch für einen einfachen Webergesellen wie

mich, warum man einer Rebe den Kopf in einen schwarzen Umhang stecken muss, damit ihre Bescheidenheit sie so recht ans Licht führt. Kommt mir wie ziemlicher Hokuspokus vor und nicht wie ein reelles Geschäft. Da trage ich den Stoff lieber zu den Pfaffen. Die Kirche zahlt wenigstens gut für ihren Mummenschanz.«

Claude begriff, dass es jetzt nicht mehr um die Bescheidenheit der Weinblätter gehen konnte, nicht einmal mehr um Rosmarinkartoffeln. Sondern darum, ob der Kauf des schwarzen Stoffs überhaupt zustande käme.

»Deine Mutter hat mir nicht das vorgeschlagen, was du ein reelles Geschäft nennst. Eigentlich gar kein Geschäft, wenn man einmal davon absieht, dass ich ihr versichert habe, einen guten Preis für dein Tuch zu zahlen, das versteht sich von selbst. Sie sagt, ich soll helfen, dass du aus der Konskriptionsliste genommen wirst. Sie will dich nicht bei den Soldaten.«

Yannick war einen Augenblick sprachlos. Dann schlug er mit der flachen Hand auf den Tisch, die Rosmarinkartoffeln hüpften vom Teller.

»Ah so ist das! Man hat über das, was ich zu tun und über das, was ich zu lassen habe, bereits beschlossen. Abgemacht ist, dass der ungezogene Yannick nicht zu den Soldaten darf. Hat man auch beschlossen, wann ich einatmen und ausatmen darf? Oder wann ich die Nase nach dem Licht und die Ohren nach dem Mond drehe? Glauben Sie, weil Sie Professor in Paris sind und sonntags der spanischen Betschwester, die sich Kaiserin der Franzosen nennt, das Schnäuzchen pudern dürfen, glauben Sie wirklich, deshalb können Sie unsereins herumkommandieren?«

Yannick war aufgesprungen, es hielt ihn überhaupt schlecht im Sitzen, schon gar nicht, wenn er glaubte, man zwinge ihn. Mit der Gabel, ein Stück Lammbraten aufgespießt, gestikulierte er in Claudes Richtung.

»Ich will dem Herrn Professor etwas sagen. Meine Mutter denkt, es gibt Krieg. Mag sein. Mag sein, dass die dicke Wachtel auf dem französischen Thron uns zu den Waffen ruft. Soll er rufen. Wir folgen ihm schneller, als ihm lieb sein wird. Wenn jeder ehrliche Mann ein Gewehr in der Hand hat, dann ist unser großmächtiger Louis Napoleon im Handumdrehen von seinem Kaiserstuhl herunter. Und mit dem Näschenpudern ist dann auch Schluss.«

Claude war verblüfft, wie sehr Yannick in seiner aufflammenden Wut Berenice ähnelte, auch wenn die nicht aufsprang und mit Essgabeln fuchtelte. Was Yannick sagte, empfand er nicht als Beleidigung, es machte ihn sprachlos. Er kannte die Welt seines Labors, die Krankensäle der Sorbonne, die Gewächshäuser des *jardin du roi*, den Kampfboden der Vorlesungssäle. Er verkehrte mit anderen Professoren, weil er es musste. Gelegentlich ließ es sich auch nicht vermeiden, mit Persönlichkeiten vom Hofe zu verkehren, wobei er sich stets fehl am Platz fühlte. Sein ständiges Erröten und seine Unfähigkeit, einer Frage auszuweichen, machten ihm den eleganten Verkehr, den man selbstverständlich von ihm erwartete, unmöglich. Am wohlsten fühlte er sich, wenn er mit seinem Labordiener Auguste zusammen war, oder mit denjenigen seiner Freunde, mit denen er nächtelang über die Säfte der Bauchspeicheldrüse oder den Zuckergehalt der Leber diskutieren konnte. Und in St. Julien, auch da fühlte er sich wohl, bei den Reben, bei Agnès, bei den

Bauern, die ihn nach ihren Leistenbrüchen fragten, und die wussten, wie der Wein dieses Jahr würde, und Kummer hatten, weil sie nicht wussten, was gegen die Reblaus zu tun sei.

Das, was Yannick jetzt herausschrie, hatte Claude noch nie gehört. Er verstand nicht, wie einer so etwas sagen konnte, ohne zu stottern, ohne zu erröten. Er verstand nicht, wie jemand ein Gewehr haben wollte und keinen Frieden. Für die Menschen, mit denen er in Paris Umgang hatte, war Krieg unvorstellbar.

Claude sah zu Agnès hinüber. Sie hatte sich über den Tisch zu Yannick gebeugt, ihre kleinen Hände lagen zu Fäusten geballt neben dem Teller. Mit einer Mischung von Traurigkeit und Rührung hörte sie Yannick zu. Claude schien es, als sei ihr das, was Yannick sagte, nicht neu, als verstünde sie es. Unbegreiflich. Yannick, noch immer die Gabel in der Hand, rannte jetzt im Zimmer hin und her wie in einem Käfig.

»Der Yannick geht uns nicht zu den Soldaten. Der Yannick setzt sich brav zu Tisch, der Yannick isst seine Rosmarinkartoffeln und sein Lamm und hört sich Predigten an über die Bescheidenheit der Weinreben. Das könnte euch so passen. Nein, Herr Professor. Der brave Yannick wird tun, was er tun muss und was er als notwendig ansieht. Der brave Yannick wird es nicht zulassen, dass ihr den Reben ein schwarzes Tuch über den Kopf zieht, damit sie nichts sehen vom Dreck und der Gemeinheit und dem Hunger ringsum.«

Mit diesen Worten rannte Yannick hinaus. Agnès lächelte, sie war, ohne dass sie wusste, warum, verlegen. Aber irgendwie auch stolz. Schweigend aßen sie zu Ende. Ungern zerstörte Claude das Fächermuster der Rosmarinkartoffeln auf seinem Teller. Es stellte die Blattstellung zur Sonne dar.

Sie waren mit der Mahlzeit noch nicht fertig, als Philippe Saulnes, einer der reichen Bauern von St. Julien, hereinkam. Er wollte Claude, selbstverständlich ohne Bezahlung, zu seinen Bauchkoliken befragen. Als er Claude und Agnès am Tisch sitzen sah, grinste er lüstern. Setzte sich dann ohne Weiteres hin, langte in die Schüssel mit den Kartoffeln und stopfte sich ein paar in den Mund. So schlimm war es mit den Koliken auch wieder nicht.

»Habt ihr den Sohn von Berenice jetzt als Gärtner angestellt?«

Claude verneinte. Yannick war Weber, er konnte sich nicht vorstellen, dass der eine Hand für Pflanzen hatte.

»Die hat er weiß der Himmel nicht«, grinste Saulnes. »Obwohl er eure Reben an der Hauswand und in eurem Versuchsgarten gründlich ausgerissen hat. Da hat er ausnahmsweise einmal ordentliche Arbeit geleistet, kein Würzelchen ist in der Erde geblieben. Ist wohl gerade fertig geworden, als ich eben kam. Habe noch gesehen, wie er den Weg die Hügel hinunter nach Lyon ist. Der Teufel muss hinter ihm her gewesen sein.«

Claude und Agnès standen auf, gingen zögernd hinaus, während Saulnes sitzen blieb und sich über die Reste des Lammbratens hermachte. Vor einiger Zeit, bei einem Dorffest, hatte Saulnes Agnès in eine Ecke bugsiert, sich an sie gepresst und ihr ins Ohr geschnauft, er begehre sie, zur Not würde er sie sogar heiraten. Er war viele Jahr älter als Agnès, besaß Weinberge und eine talgige Haut. Angeekelt hatte

Agnès den Kopf von seinem weinsauren Atem weggedreht und sich aus seiner Umklammerung befreit. Jetzt saß er dort drinnen, aß den Lammbraten, als habe Agnès den für ihn zubereitet.

Während sie mit Claude fassungslos vor den tiefen Löchern stand, die Yannick hinterlassen hatte. Er hatte tatsächlich ihre Reben herausgerissen. Überall lagen die Erdbrocken herum. Wie groß musste seine Wut gewesen sein. An der Hausmauer stand noch eine Rebe, er hatte sie wohl übersehen. Merkwürdigerweise hatte er die ausgerissenen Reben mitgenommen. Als habe er sie nur deswegen so roh aus der Erde gezerrt, weil er ihnen etwas zeigen musste, das zu sehen sie sich bisher geweigert hatten.

Damals wusste Agnès nicht, dass sie Yannick lange nicht wiedersehen würde. Erst nach dem Krieg kam er wieder ins Dorf und zu seiner Mutter. Wo er gewesen war, sagte er nicht. Er sah nicht einen Monat älter aus als im Frühjahr. Er sah auch nicht aus wie nach einem Krieg.

Am Nachmittag des nächsten Tages gingen Agnès und Claude zu Berenice. Vorher hatten sie neue Reben in die Löcher gesetzt. Mit denen konnten sie allerdings noch nicht experimentieren. Sie würden die Reben vom Nordhang des Côte de Brouilly als Versuchsobjekte benutzen. Diesmal zögerte Claude nicht einzutreten, er wünschte Berenice einen guten Tag, setzte sich auf den einzigen Stuhl, den Berenice außer ihrem Arbeitsschemel in diesem Raum duldete.

Wie es aussah, war Berenice darauf gefasst gewesen, dass Yannick wegrennen würde, sie machte Claude keinen Vorwurf. Immerhin hatte Claude ja damit angefangen, seinen Teil ihrer Abmachung zu erfüllen. Den Brief an einen hochgestellten Bekannten, der im Rekrutierungsbüro oder im Armeeministerium für Yannick etwas erreichen würde, hatte er fertig geschrieben. Morgen werde er ihn abschicken. In dem Brief habe er auch sein Erscheinen angekündigt, werde deshalb in zwei Tagen selber nach Paris fahren, um der Sache Nachdruck zu verleihen.

Berenice sah Claude mit ihrem hellgrauen Blick an, der ihr diesmal nicht wegrutschte, als würde sie sich selber beim Nachdenken zuschauen. Sie hatte die Hosenrohlinge zur Seite gelegt, säumte die Halsöffnung eines Rebenumhangs und die verschließbaren Armschlitze an der Seite, so wie Agnès es ihr, anhand der letzten Skizze von Claude, erklärt hatte. Auf ihrem Nähtisch lag noch die Skizze. Claude verstand wenig von Näharbeit, hatte nicht erkannt, dass sie an einem Umhang arbeitete.

Wie es sei, dieses Leben in Paris, wollte Berenice wissen. Ihre Stimme war dunkel, als habe sie, die meistens schwieg, sich die Schwingungen eines ganzen Tages aufgespart.

»Die Wissenschaft absorbiert mich, ach was – sie frisst mich auf. Aber mehr verlange ich ja auch nicht von ihr, solange sie es mir nur möglich macht, mein Leben, meine Existenz zu vergessen.«

Wie oft hatte Claude diese Antwort schon gegeben. Er sah auf Berenices Nacken, der ihren Kopf mit den blinden Augen der Welt entgegenhielt. Er sog den Duft ein, mit dem das Schwarz der Stoffe die Kammer erfüllte. Auf einmal war er sich nicht mehr sicher, ob seine Antwort noch stimmte.

Es war schon dunkel, als er zusammen mit Agnès wieder zurückging.

Am nächsten Morgen fand Agnès einen Zettel von Claude. Er sei zu Berenice, um mit ihr über die Umhänge zu sprechen. Claude hatte wohl nicht wahrgenommen, dass Agnès gestern drei fertige Umhänge von Berenice mitgenommen hatte. Agnès versah den Haushalt, dann nahm sie die Umhänge und ging zu dem Hügel, den sie in St. Julien den Côte de Brouilly nannten. So schlecht gediehen auf seiner Nordseite die Reben, dass man sie ins Licht würde führen müssen, um süße Trauben von ihnen zu bekommen. Agnès hatte eine Schere mitgenommen, die zugleich scharf und kräftig war, lange hatten sie darüber diskutiert, wie und mit welchem Werkzeug die Rebschnitte anzusetzen waren.

Für die ersten Umhänge war es nun so beschlossen: Die seitlichen Blattansätze, soweit in diesem kalten Frühling schon welche ausgetrieben wären, würde sie unmittelbar am Stock abtrennen. Nur die Spitze der Rebe sollte ihre jungen Blätter behalten dürfen. Den Kontrollreben würde sie den Umhang überstülpen und den Kragen offen lassen, damit die mit ihrer Spitze ungehindert in die Sonne wachsen konnten. Bei der nächsten Rebe würde sie den Kragen fest verschließen und nur den seitlichen Ärmel offen lassen, wahrscheinlich würde die Rebe mit dem Kopf durch den Ärmel wollen. Der dritten würde sie, bevor sie ihr den Umhang überstülpte, die Spitze mit den jungen Blättern abschneiden, auch bei ihr würde die seitliche Ärmelöffnung Licht hereinlassen. Falls die Rebe nicht mit allen ihren Teilen gleichermaßen sah, sondern nur mit ihrer Spitze, würde sie jetzt auch nicht mehr zum Licht hin wachsen können.

Es gab noch viele andere Versuchsanordnungen, aber das waren die wichtigsten Bedingungen, die sie untersuchen würden. Einige Reben würden sie nur auf der Sonnenseite wässern, wieder andere nur auf der Schattenseite, um herauszufinden, wie stark die Suche nach Licht und wie die nach Wasser die Wachstumsbewegung der Reben beeinflussten.

Während Agnès im Weinberg nach Claudes exaktem Plan arbeitete, sie würde, je nachdem, wie schnell Berenice die Umhänge liefern konnte, die Reben des Nordabhangs des Côte de Brouilly Zug um Zug verhüllen, während Agnès also eine Arbeit tat, die Claude sich sonst nie hätte nehmen lassen, saß der neben Berenice und sah zu, wie sie nähte. Sah auf ihren dünnen Körper hin, der das Kleid trug wie eine Last. Eine notwendige Last, weil ihr die Sonne fehlte und sie, auch in den heißen Sommern des Beaujolais, ewig fröstelte. Sah auf ihre Hände, den sanften grauen Glanz der Fingerbeeren. Auf der Innenseite des Ringfingers, dort, wo das Ende der Nähnadel sich eingrub, wenn sie die Nadel durch den Stoff zwang, wuchs ein Wulst aus Hornhaut. Damit klopfte sie auf die Tischplatte, wenn ihr etwas lächerlich schien oder ungenau.

Wovon haben sie gesprochen? Oder haben sie nur geschwiegen?

Wenn es nicht nur eine Stille gegeben hat zwischen ihnen, dann wird Claude vom inneren Milieu gesprochen haben. Er hat zu wenig bedacht, wird er gesagt haben, dass Veränderungen, Umwälzungen, Erschütterungen von außen den

Weg in uns hinein finden müssen, und umgekehrt, dass auch unser abgekapseltes Inneres im kosmischen Äußeren etwas bewirkt und es verändert. Das wird ihm jetzt klar. Bisher hat er nur daran gearbeitet, wie dieses innere Milieu die äußeren Einflüsse in konstante Bedingungen übersetzt und umwandelt. Dass diese Konstanz die Voraussetzung für ein freies und unabhängiges Leben ist. Aber darüber hat er die Veränderlichkeit vergessen. Er hätte doch sehen müssen, was jeder sieht: dass wir uns verändern. Wir bleiben wir selbst, aber wir werden auch alt, die Reben genauso wie wir Menschen. Das Älterwerden verändert uns. Ereignisse, Veränderungen, Begegnungen, Erinnerungen, Schmerzen, Enttäuschungen betreffen uns. Änderten sie uns nicht, könnten wir nicht wir selber bleiben. Wie verwirrend und verwickelt das alles war, wird Claude gesagt haben, und vielleicht dabei zum ersten Mal in seinem Leben nicht errötet sein, wie sonst immer, wenn er über etwas sprach, das ihn berührte.

Und sonst? Sonst hätte es nichts gegeben, was sie sich sagen wollten? Man hätte gerne gewusst, ob sie auch von den Krankensälen der Sorbonne sprachen, von den Demütigungen bei Charcot. Vor allem hätte man gerne gewusst, ob sie sich eingestanden, ja, ich habe dich erkannt. Ich habe dich gleich erkannt, als du an der Türschwelle gestanden bist und dich nicht gerührt hast. Und ja, auch ich habe dich gleich erkannt, die Linie deines Nackens, und dass sie sich um ein Winziges verändert hat. Nein, nicht viel. Man könnte sich vorstellen, dass man es gesagt hätte, wäre man an Berenices oder Claudes Stelle. Oder war der unausrottbare Eigensinn des Lebendigen doch stärker als die Sehnsucht danach, sich zu sagen, man hat sich erkannt?

Jedenfalls, wenn sie nicht die ganze Zeit schwiegen, dann muss es viel gewesen sein, was sie sich zu erzählen hatten, und was nachzuholen war aus den vertanen Jahren. Fast wäre darüber in Vergessenheit geraten, dass Claude nach Paris musste, um bei seinem hochgestellten Bekannten für Yannick Druck zu machen.

Der zur Abreise festgesetzte Tag verging und noch einer, eine ganze Woche. Derweil wuchsen die Reben in ihren schwarzen Umhängen, die Agnès ihnen gewissenhaft umlegte, den nördlichen Côte de Brouilly hinauf. Vom Westen her wuchsen ihnen die Gerüchte über preußische Armeen, unendlich größer, unendlich grausamer, entgegen. Schickt ihr eure Reben zum Begräbnis?, fragten die Bauern in St. Julien. Es klang nicht so, als machten sie einen Witz. Berenice wusste, was kam. Claude sollte nur bald nach Paris, Yannicks wegen. Wahrscheinlich würde er nicht mehr zurückkommen von dort.

Einmal fragte Berenice, ihre Hand mit der harten Hornhaut lag gelassen auf der Tischplatte, was Claude eigentlich erreicht habe in seinem Leben. Er war noch keine sechzig, immerhin kann man sich das ja schon mal fragen, bevor man tot ist.

Merkwürdig, er denke tatsächlich jetzt erst darüber nach, sagte Claude.

Philippe Saulnes, der Bürgermeister, rieb sich die talgigen Finger an der Weste ab und seufzte. Er fand trotz aller Mühe einfach nichts mehr, womit er das, was er mitteilen musste, hätte hinauszögern können. Er griff nach dem Dokument der Pariser Behörde, von der hier noch keiner gehört hatte, an dessen Amtlichkeit aber nicht zu zweifeln war, und verlas jetzt Agnès und Yannick das Testament Claude Bernards, das inzwischen das ganze Dorf kannte.

Claude hatte verfügt, dass der Weinberg, den sie Côte de Brouilly nannten, und der sich seit Generationen im Besitz der Familie Bernard befand, nach seinem Tod an Berenice Domer fallen sollte. Er habe Schuld abzutragen bei Madame Domer, nicht nur, weil er für Yannick damals im Armeeministerium nichts erreicht hatte. Es sei dies das Wenigste, was er tun könne.

Der Bürgermeister Saulnes sah hoch und mit einem schiefen Grinsen zu Yannick. Dieses Testament bestätige doch alles, was man sich in St. Julien bisher schon gedacht habe. Unglückseligerweise mache es darüber hinaus amtlich und bestätige unwiderruflich, dass Yannick, nach dem Tod von Berenice, der Erbe des Weinbergs Côte de Brouilly sei.

Selbstverständlich, hieß es weiter in Claudes Testament, selbstverständlich sei Madame Domer völlig frei in dem, was sie mit dem Côte de Brouilly anfange. Ihm selber wäre es ein beruhigender Gedanke, wenn Madame Domer es erlauben wolle, dass Agnès, die ein schwesterliches und zugleich wissenschaftliches Verhältnis zu den Reben habe, sich um den Weinberg kümmere. Sie werde es schaffen, die Reben aus dem Schatten des Hügels herauszuführen. Er werde deshalb eine Summe für Agnès zur Verfügung stellen, die, so hoffe er, ausreichen werde, um sie für ihre Mühen zu entschädigen. Und darüber hinaus ihre Ausbildung als Lehrerin zu bezahlen. Denn das sei sein zweiter Wunsch, dass Agnès sich ausbilde, sie habe den Kopf danach.

Einen letzten Wunsch habe er. Er selber habe unendlich viel versäumt und falsch gemacht in seinem Leben. Er sei geehrt und gelobt worden von denjenigen, deren Lob und Ehrung ihm nichts bedeuteten. Vielleicht könnten Agnès und Berenices Sohn Yannick es sich besser einrichten. Für den Fall ihrer Heirat, den er sehr erhoffe, habe er eine Summe bei der Lyoner Bank hinterlegt. Wenn sie dieses Dokument dort vorlegten, würde ihnen das Geld ausbezahlt. Er stünde auch in Yannicks Schuld. Madame Domer, das wolle er am Ende doch noch sagen, habe ihn, Claude Bernard, wie sie selber geboren in St. Julien, einmal gefragt, was er erreicht habe im Leben. Nun es sei so und er wolle es hier einmal aufschreiben:

»Mein ganzes Leben lang habe ich Dinge zur Hand genommen. Jetzt, wo es ans Sterben geht, frage ich mich, was habe ich eigentlich die ganze Zeit getan. Wenigstens glaube ich nicht mehr an Illusionen.«

Eine Vorfassung der Erzählung »Das unangemessene Speckhemd«
ist 2014 in der Anthologie »Essen« zum Schwäbischen Literaturpreis 2014,
Wißner-Verlag Augsburg, hrsg. P. Fassl erschienen.

© 2017 Klöpfer & Meyer Verlag GmbH & Co. KG, Tübingen.
Alle Rechte vorbehalten.
ISBN 978-3-86351-454-9

Lektorat: Petra Wägenbaur, Tübingen.
Umschlaggestaltung: Christiane Hemmerich
Konzeption und Gestaltung, Tübingen.
Titelbild: Giraffe du Sennaar, 1827, Künstler: Meunier (?). Illustration de l'article
«Quelques Considérations sur la Girafe», par Étienne Geoffroy Saint-Hilaire,
p. 210-223, à propos de la girafe offerte à Charles X de France par Méhémet
Ali d'Égypte. Audouin, Brongniart et Dumas: «Annales des sciences naturelles».
Herstellung: Horst Schmid, Mössingen.
Satz: CompArt, Mössingen.
Druck und Einband: Pustet, Regensburg.

Mehr über das Verlagsprogramm von Klöpfer & Meyer
finden Sie unter *www.kloepfer-meyer.de*

**Michael Lichtwarck-Aschoff
Hoffnung ist das Ding mit Federn
Vom Fliegen. Drei Versuche und ein halber**

172 Seiten,
gebunden mit Schutzumschlag,
auch als eBook erhältlich

»Warum die Menschen fliegen wollen? Weil sie einmal die Schwere vergessen, weil sie Luft unter den Achseln spüren und so weit schauen wollen, wie sie gar nicht schauen können.«

Michael Lichtwarck-Aschoff, ausgezeichnet mit dem Schwäbischen Literaturpreis 2015 und dem Preis des Irseer Pegasus 2016.

»Vier bezaubernde Geschichten.« **Wort_Zone**

»Vier Geschichten von dreieinhalb Flugversuchen: großartig, hinreißend. So klar, kraftvoll, präzise und einfühlsam erzählt: da fängt man sofort Feuer.« **Markus Orths**

KLÖPFER & MEYER

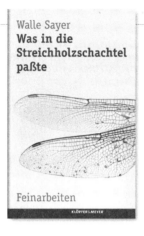

Walle Sayer
Was in die Streichholzschachtel paßte
Feinarbeiten
124 Seiten,
gebunden mit Schutzumschlag

»Gelernt: die Kunst, aus Sprache Stille zu formen, ›Stille, die einen Schatten wirft‹. Ein Schattenkundler ist er, ein Vergänglichkeitskenner.« DIE ZEIT

»Bei ihm begegnen wir einer Welt, die noch in ihrer Erdenschwere etwas Lichtes und Schwebendes besitzt – und für Augenblicke von allem Werkeln und Machen erlöst ist.« **Karl-Heinz Ott**

»Walle Sayer braucht für seine hochkomplexen Romane zehn bis zwanzig Zeilen. Mit einem Band von ihm erwirbt man sich ganze Bibliotheken.« **Michael Krüger**

KLÖPFER&MEYER